迷影

程波 著

上海文艺出版社

目录

迷影   1

别人的房子   26

达利的一天   50

对岸的树林   61

呼喊   88

马拉美的婚礼   111

面试   139

痊愈   168

青年主人公   184

周年   200

三声炮响	227
醉酒带来歌唱	273
左肾	295
寻找李眉	324
玻璃	347
异禀	361
语言的流动与故事的生长（代后记）	379

迷影

1

那天天一亮就开始下大暴雨,雨大得出奇,似乎是在一瞬间从地下涌出来,想把我卷到街上去。城市另一端的一个朋友发短信给我,说每当雨水多的时候就忍不住想见我,她还煽情地说,房子建在水上,就只有一生漂流了。

不过,我是该去见见她了。

几个月以来,我都躲在这个绝少人知道的地方,摆弄一些玻璃做的罐子管子,同时收发食物和信件。那些在眼前晃动的人影,跟我隔了层玻璃似的有些隔阂,他们从不正眼看我,也许还觉得我是个无所事事的家伙,也罢,反正贴了太阳膜的窗子,更适合偷窥,我液晶屏上闪动的光,比太阳光更能长久地让我凝视。

几个月前,她在海洋世界有玻璃顶篷的走道里最后一次见到我的时候就告诫过我,不要以为自己是在洞彻中幽居,不要以为别人都像这里的鱼，你看得见他们，他们看不见你，其实，你看见的不过只是暴露狂们并不在场的表演，而别人对你的窥淫癖也许根本就不介意。

那夜四次，我们进进出出。开始是海洋世界人工岛上的灌木迷宫，然后才是我们的身体。她说，根据走出这个经常迷失孩子的迷宫的攻略，不论路直路弯，每走四百步，就要向左转一次。我对她的话不以为然，因为很明显我们都不是被魔鬼追杀的小孩子，我即便是倒退着走结果又能怎样呢，就真的走不出去吗？她抱怨我，道理这么简单，我为什么就是不听她的话呢？她甚至还假装自责地提起一个古怪的念头，说都怪刚才还不够四百下，她就心软让我从她身体里逃了出来，她原本想好了默数到四百下的时候，才放开我。据说，如果那样的话，女人就可以把她身上的这个男人变成听话的孩子。

我躲起来，不全是因为害怕变成孩子。

作为一个还没有什么成就的实验科学家，我需要时不时地消失一下，干点别人现在还不理解、将来一旦理解了就有可能欣喜若狂的事情。从本质上说，我憎恨斗室中的浮士德博士，但是每当我躲起来的时候，这种日子我过得比他还有滋味。

就在几天前，为了光线射入房间能有一个更好的反射角度，我把那些原本在我安心工作时就会吱吱嘎嘎脱落的老式墙纸全部换掉，换成了纯白色的，还装了好几面镜子。那些旧墙纸的背面胶水早已老化，油腻腻的，还粘满了虫子的尸体，我把它们扔在卫生间里，分了好多次，一把火接一把火地在马桶里烧掉，灰烬随着排泄物冲走。

　　我还设计了一个特殊的装置，当房间里最明亮的那一面墙的亮度也达不到八个流明的时候，感光开关就会被激活并连动一个输出功率高达三马力的液压机械设备，随后屋顶的滑轮和地板上的滚轴转动起来，一面由坚硬轻巧的复合材料制成的墙就会从屋顶上迷幻地渐垂渐低，把原本就不大的房间再分成两半。这种时候，我就会从我的工作台这边穿墙而过，坐在更幽暗的那一边的矮沙发上，随便地听上一张名为"门"或者"墙"的唱片，休息一下。当然，这只是正事之余的小把戏，我要做的事情远比这个复杂。不过谁能够知道最后的结果会是什么样的呢？人们怎么说来着，凡门都是墙？还是凡墙都是门？不管哪一个吧，我想那意思都是说：自己的世界和外面的世界的关系就是那么回事，虽然艰苦的事情可能永远都没法结束，但也不能总是工作，该休息的时候还是要休息。

　　我是要去见见她了，该休息的时候就休息一下。

2

　　雨刷和雾灯都还能用，全景天窗也没有渗水下来。好多天没有人管，又淋了这么大的雨，它还能有如此表现，真是难为它了。想当初我从一个戏剧学院女孩手里搭救这辆"迷你"的时候，满目疮痍的它可不是现在这个样子，是我一锤子一锤子的敲打、一砂纸一砂纸的抚摸才让它获得了新生。那时候，我正和上一个女友如胶似漆，它没少偷窥我们的罗曼史，还装得如同一个饱经风尘却依然羞涩的少女似的，时不时地因为醋意撒点脾气。后来女友离我而去，我就开始了这样的生活：我总是先在城市的各个角落穿梭，寻找和搬运一切可以利用的东西，然后蛰居数日，如此反复；"迷你"总是先被当作苦力，然后又被冷落得如怨妇一般。这么长时间了，在一些关键问题上，我还没有实质性的突破；我知道这种事情急不得，不是因为我不够努力，只是时机还不成熟。

　　女友离开那一年的河流，水漫过堤坝，我注视着整个城市的倒影，之后，我就迷上了现在的事情。

　　雨小了些，像是雾升起来，从挡风玻璃看出去，雾中的风景若隐若现。我猜想北三环现在一定是水泄不通了，我可以摇开车窗，用手轻轻一挥，就让眼前的雨雾散去，但那些满脸横肉的铁家伙"迷你"怎么能够赶得开呢？那是一条循规蹈矩的路，如果前方就是车祸现场甚至还有血迹呢？在无休止的等待中筋疲力尽的滋味可不好受。我还是应该早点换一部带 GPS 功能的手机，以免出门的时候永远记不住装导航仪，我约略地记得应该有另一条可以直达目的地的路，但是这样的天气，那里可能隐藏着我并不能预料的风险。

其实，一开出辅路我就在犹豫走哪条路好，幸亏我把那个小木箱随身带着了；我想，少一点后顾之忧，我也许更愿意冒险一试。

水中驱车，如同陆上行舟，不能停怠，也不能冒进，这需要适度的忍耐和巨大的耐心。有那么一小段，一位套着雨靴撑着伞的大姐和我等速并行，她敲我的车窗，问我要不要来份地图，我没要也没开窗，她竟然不依不饶地问我要不要把雨伞——即便这样我都没有发火，我需要保持适度的忍耐和巨大的耐心。

从前面的立交桥下穿过，就离开大路，我凭着记忆这样决定。我还记得，桥洞下时常有些流浪艺人出没，五毛钱一段的吉他弹唱，给不给钱都行的洞箫横吹，还有撂地撒把式画圈逗闷子的，不一而足。我注意过：他们中的一些人表面上是瞎子，实际上不仅看得见还能凝视；他们中的一些人表面上是侏儒，实际上侏儒也能干大事，他们个个都是大力士；他们中的一些人表面上是男人，实际上那话儿可能只有一英寸，只是我不知道那是由易装癖还是同性恋所致；他们中的一些人，表面上是人，实际上不是人……哈哈，有一次深夜路过那里，远远听见桥下有人在唱歌，我才忍不住这么想。

看见"不准掉头"的路标，觉得那像是一个讽刺——我即便想掉头已经来不及了，积水进了排气管，"迷你"在桥下换上了比基尼。直到这个时候，我才明白过来，路边高地上赤着脚、肩扛铁管手提绳索的那帮人等待的就是这个时刻，他们高挽裤腿一拥而上，乐呵呵地把水搅浑。我认得出，他们就是那帮艺人装扮的，看天吃饭的道理，叫我永远不要低估水面以下的事物，而孤立无援的境地让我只能答应他们的要求。

我坐在车里，开始犹如待在水底一般压抑，我挂着空挡，心里空荡荡的。"迷你"被扎得像个"死夜恶"女郎，四角套在铁管上，随着那帮人口中有节奏的"哼哧哼哧"劳动号子，艰难地向前蠕动。随着车外水位的下降，我的内心感到了一丝愉悦，后来竟然还被一会浮在水上一会又接触到地面的机械运动弄得荡漾了起来，在快要到达高潮的时候，我猛踩了一脚油门，"迷你"呻吟着吐了两大口水，然后嘶鸣着尖叫了起来，真像个娘儿们。

他们大汗淋漓地从我手中接过钞票，恨不能把钱挤出水来，因为一时间分配不均，领头的行吟歌手竟然还想向我多要一点。原本我不是不可以满足他们，只是想到这样的天气，一路上不知道还会遇到什么事情，得留点以备不时之需，我才像一个审慎的资产阶级那般言词委婉地拒绝了他们。

卸下绳索和铁管的当口，他们中的一个西洋景艺人发现了副驾驶座上的那个小木箱，他不知道那是个什么玩意，就伸手去拿，我一把推开了他，把车门关紧。那群人围上来，我们差一点扭打在一起。可能是注意到了我态度的突然变化，行吟歌手猜出了小木箱对我的重要性，趁着我和别人争执，他让侏儒兄弟爬进了"迷你"。当我转过身来，它已经在他的手中了。

在要么给他们展示一下小木箱是干什么用的，要么拿一笔钱赎回它的选择中，我选择了后者。他们有些诧异，可是他们哪里会知道，小木箱在关键时刻能够使用且仅能使用一次，为了那一次也许一分钟也许只有几十秒、不知是否能有收获的使用，我就要付出几个月的辛苦，我怎么可能为了钱而放弃它呢？等着吧，总有一天，我会在你们面前使用它的，到时候，我要让你们为了它而放弃钱，即便那些钱并不源于敲诈，即便那些钱是你们沿街卖艺而来。

3

我脑海中始终有一种想法挥之不去：穿过偌大一个被雨水冲刷的城市，赶赴女人之约，但我似乎根本又不是为她而来，这到底意味着什么呢？

我的心里什么都没有，就像没有喜悦和痛苦，而这个城市似乎什么都有，每个人都能从中得到他们想要的。就像现在，当旅途散发出晨练老人身上一般无聊气息的时候，我希望得到一个同路人；有个人说说话就行，完全不需要是一场艳遇。那个站在加油站边上四处张望的带红帽子的女人，希望得到的可能正是一辆像我这样的开往城市另一端的过路车。我礼貌地随着她的手势停了车，小心地不让路边的积水溅起来。我们各自满足了对方的要求，相互露出善意的微笑。女人夸我的车真漂亮，她还说，这样的天气，原本能拦到一车就不错了，没想到还有坐"迷你"的福气。上车前，女人主动提出要帮我把油箱加满，条件是能不能带上她的朋友——欲望要得到过度满足，我没有理由拒绝。

女人挥挥手，我看见一个穿灰条西装的男人从加油站里走出来，他双肩背着个大旅行包，小跑了几步过来，在车边向我欠了欠身。

女人坐在我的身边，男人和他的包在我身后。直到他们离我而去，我们都保持着这样的空间关系。老实说，我从后视镜时不时地瞥他几眼，因为我心存芥蒂。女人的态度温和，只是语速很快，不停地跟我聊那些关于汽车、天气、城市、股票、旅游目的地、未来还有理想的话题，而他一上车就斜靠在后座上，把外衣向上拽起挡住半个脑袋，像是要睡觉，又像是对周围的一切都没有兴趣。我没有去打听他们的身份，他们约好了在雨天私奔，还是女人主动告诉我的。说这话时，她回头看了他一眼，然后带着炫耀的羞涩凑到我的耳边，她说她离开了她那坐在轮椅上的丈夫，和这个一个月前才来到加油站打工的男人一起远走高飞；她说她过够了原来的生活，鼓足了巨大的勇气才迈出现在的这一步。我问她不会因为这样的决定后悔吧？她坚定地说不会。她说不知道为什么，她的眼睛就像是专门为他而造的神秘透镜，只有看见他的时候，那些光才能透过来，才能聚焦，而她才能把那些令人激动的影像映射到她的脑子里，她会长久地兴奋，似乎没有他，她什么都看不见，而其他的一切，不过是过眼云烟。

去往另一个城市的高速公路，因为大雨封闭。我原本想把他们留在路边的咖啡店里等候下一辆过路车，没想到那却成了我自己的境遇。我说就在这里说再见吧，女人说好的，与此同时一个硬家伙抵住了我的头，不用从后视镜里看，我也明白那是握在男人手里的一把枪。女人笑容可掬地谢我送他们一程，她说他们会记得我，就像我不会忘了他们一样。她拉起手刹，让我不要着急，仔细地收拾一下东西，下车时不要落下什么。

他们显然看见了我的小木箱，不过，丝毫没有拿走它的意思。女人这个时候才想起问我这一路要去哪里，我说去见一个朋友。她还问男人还是女人，我说是女人。她说如果不是担心她丈夫追来，她原本可以把我带到目的地，我想说算了但竟说了声谢谢。

"迷你"还没有离开我的视线就又折了回来，女人在驾驶座摇下车窗，向我示意。我走过去，她把一个像首饰盒一样的东西交给我，她说她知道这东西不值车价，但她还是想把它送给我，可以当作礼物送给别的女人，不送也可以，也许什么时候我还能用上它。

我向"迷你"行注目礼，他们向我挥手告别。"迷你"绕过路障，加速开上了高速路。它就这样离开我，谁知道它今后的日子会怎样，只希望那对男女不要太亏待它就行了，不过，也许漂泊远方、四处驰骋，原本正是它所希望的，它会不会也如那个戴红帽子的女人一般，早已厌倦了现在的生活，才找了这样的机会私奔而去呢？

女人留给我的是一块水晶，打磨得如钻石一般晶莹剔透。虽说，晶莹的东西是崇高的，但天知道它到底有什么用。

4

辗转了很久，挤了好几站的公交车，还叫了一辆出租，我才来到这里。可是她怎么能不在呢？

我拨通了电话，还是只有彩铃在响，没有人接。在公交车上，我曾收到过她的一个短信，询问我快到了没有？而我，忙着看车里的热闹没注意也就没有回复。当时，在我面前，两个穿着水兵服把帽子别在左肩上的年轻人，同时从座位上蹿起来，只一下就干净利落地把另一个男人撂倒，他们把他的上衣掀过头顶，露出他健壮的胸背，衣服如同绳索在他的手臂上缠绕。三个男人扭在一起的场景让车厢里围观的人们异常兴奋，他们叫嚷着，要把这个扒手送到警察局里去，我却在这时觉察出一丝色情的味道。看得出，他们是在有意折磨他，他们在把他从车厢地板上拉起来，一个水兵在他的小腹上又狠狠地来了一拳，问还敢不敢这么干了？扒手口角有血流出来，开始求饶，车进隧道之前，他们才叫司机开了车门，一脚把他踹了下去。在我要离开之前，车厢里开始有掌声响起，水兵们如同返场谢幕的演员一样，矜持地夸耀着说，如果不是要在集合号响起之前赶回港口，即便是这种雾天，他们也饶不了他。

我问那个年长的出租车司机，到达目的地还需要多久？他说，如果我只是随便问问，他可以告诉我——不久。而如果我真的想知道，确切的答案是四分三十三秒。与他所说的相比，我更惊异于他的语言方式。他显然是注意到了我的疑惑，竟向我解释说以他三十年来每天都在测量着这个城市的职业经验，请相信他的判断没错。

我拨了她的电话，只有彩铃在响，没有人接。

他说，年轻人，弄清楚了地方就行，找不到要来接我的那个人不要紧，等一会儿对我这个年纪的人来说不是问题。只有那些没有确切时间和地点的等待才是让人最心烦的，就像他，如果不是在三十年前的战争中积累了巨大的耐心，这三十年来，他怎么都不可能熬过来。我没想到，他会说起战争，三十年前，我刚刚出生，不可能知道这个世界上到底发生过什么。他说在所谓的自卫反击中，他弄伤了他的右腿，以至于，每逢这样的天气，当它在油门和刹车间移动的时候，他就像是从一个阵地向另一个阵地冲锋。

那就歇了吧，最起码在这样的天气。

他说他没法停下来，一停下来，他就睡不好觉，老梦见走在街上撞见自己的灵车；躺在黑色棺木里，他的面容安详,而站在外面的他却心事重重。他说,就在几天前,他去参加了最后一位幸存下来的老战友的葬礼,他从他躺在那里的神态中看得出,什么叫作寂寞。我知道,他的意思是说,不是死于衰老或者失败,而是死于无人理睬。

我站在那里不断地拨她的电话,她还是不理我。

大雨重来,犹如从我的眼底背面。失落和愤怒在很短的时间里纠集在了一起。是她哀求着诱惑我来到这里,而现在她却像个躲在幕后的操纵者,肆意地享受着手中提线木偶的表演;我可不受女人的摆布。

5

她说她等不到我,就去海边了。如果我能够在正午前赶到那里,一定能够见到她。她说带着你的小木箱来海边找钥匙吧,她在老地方喝啤酒,老得比醉得更快。

那是我第一次见到她的地方。当时我更年轻,更喜欢无目的地闲逛,我记得,那天直到嗅出一丝大海和女人在近处的气息,我才抬头发现自己面对着大海,也才注意到她提着一双红色高跟鞋赤脚站在不远处的船甲板上。后来我知道,那是她丈夫的船,一有空他就会带她来这个游艇俱乐部,享受生活,我也曾经多次登上这艘船,哈哈,在她丈夫不在的时候，享受生活。

她提到我的小木箱，让我感到奇怪的是，在此之前，她并不知道它的秘密，我的小木箱也根本就没有钥匙。正是这种疑惑驱使着我来到了我们初次见面的地方。

她在那里等我，但她并不是一个人。我一走进船舱，就看见她坐在圆桌前向我微笑，与此同时，另外两个女人也坐在那里，静静地看着我。啤酒、咖啡和香烟的混合气味弥漫在那里，我还没有来得及表达我的困惑，她们就邀请我放下行李，先玩几圈麻将再说，还说，三缺一，这让她们几乎等了我她们的一生。

当着她们的面，我无法质问她为什么跑来这里，也无法唐突地打听她们是谁？她们似乎早已看穿了我的心事，不时地相互露出同谋者的表情，分享着我的尴尬和焦虑。

直到我抓了一手好牌，赢了她们，她们才肯向我吐露心声。

她们其中的一个问我，为什么这么多年过去了，我完全不是当年的模样了，她还记得我；而她几乎没有变，我为什么反而把她给遗忘了呢？我仔细地注视着她的脸庞，完全不知道她在说什么。

她们中的另一个娇嗔地叹着气，她说家乡的葡萄园薄雾的清晨多么美妙，她和我曾经在那里紧紧拥抱，如同静卧着的堕落天使,她还听过我那纯洁的呼吸时起时伏。我注意到说这些话时,她的胸部颤动得厉害。

她说她们并没有骗我,不信,她可以让她们证明给我看。

第一个女人解开衣襟,她说你不要看我的脸,你看看我的乳房,你还记得它们吗?一种奇怪的味道从我口中升起,有些熟悉但又很不真实。她说,当我快满十岁的时候,每当在夜晚看到月亮升起,我就会在黑夜中出走,去寻找她的乳房,然后把它们含在嘴里吸吮,甚至还要轻轻地咬着它们,才能安静地睡去。

第二个女人站起身,高高地掀起了裙摆。她说你不要盯着我的胸部,你看看这里。我感到我的脸有些发烫,她说,当我快要二十岁的时候,却还像个淘气的孩子,执著而又懦弱地徘徊在它的周围。我偷走过她的内裤,或在她洗澡的时候故意闯进来,想尽一切办法寻找进入那里的通行证,而当她真的让它向我敞开的时候,我却犹豫地迈着碎步惊恐地跑开。

我争辩着说,我不知道事实是否真的如她们所说,可以肯定的是,我不可能是一个像她们所说的那样的恋物癖者。

她说,她在我快三十岁的时候认识我,我只看了她一眼,就把目光长久地停留在她红色的高跟鞋上,我怎么可能不是一个恋物癖者？而且，她神秘地笑了笑接着说，如果我不是一个恋物癖者，我怎么解释小木箱，怎么解释长久以来我在做的那些事情？

她终于提到了小木箱，我也终于找到机会问她钥匙是什么意思。

越来越浓的咖啡与香烟的混合气味萦绕在我们身边，隐喻着欲望和欲望的消亡，她们说的每一句话都发自肺腑又言不由衷，我知道实际上我们无法互相欺骗，因为当我们分离，我们各自的生活本身就会变成谎言。

她说很明显并没有什么真的钥匙，她让我来这里，其实就是想告诉我，即便是我自己意识不到，她们三个也是我生命的前三十年中意义最为重大的女人，最起码比那些我随便结交的女友重要得多。她知道我并不是为了她们而来，但是我在这里见到的她们，可能正是我想带着小木箱见到的东西在我生命不同阶段上的投影，或者反过来说，我带着小木箱一路寻找的可能正是一个像她们一样，只是比她们更永恒的女人。她说，她想让我明白的就是这一点，这就是她和她们一起想要交给我的钥匙。

她的手机响了，她催促着让我赶紧离开。我听得出，那是她丈夫的电话，她说他已经到了游艇码头，我现在上岸，只会发生一场战争。我说我并不怕他，我可以像上次一样，用她的红色高跟鞋染红他的脑袋。她说她不想看到那样的情景，何况，这一次，他可能随身带着手枪。她让我穿上潜水服，又给了我一个密封罐，让我把小木箱放进去。涉水而去吧，她说这片海域连通着市郊的公共游泳池，只要我按照她告诉我的路线走，我就可以从那里出来，在天黑前顺利地返回家去。

从底舱离开前，她们把一把刀交到我手中说，在水中，刀比什么都好用。她们并排站在那里为我送行，从我的潜水镜里看出去，如同孪生姐妹。

6

从大海里游过来，我从来没有奢望能在下水道里碰上美人鱼，即便是鱼头人身的那一种。

我知道，每年的这个时节，只有那些丑陋的大嘴鲑鱼成群结队地从大海中逆水而来，它们交配产卵，然后在它们父母第一次做爱的水域腐烂死去，同时让孩子们接过他们手中的枪，开始新一轮生命的轮回。我想，这是一个人世的象征，千百个寂寞的集体。

我从水面以下三米的地方找到了下水道的出口，而这应该就是来前我被告知通往公共游泳池的入口。我随着鲑鱼群一起躲闪着迎面而来的湍急水流，游出不长的一段，我就可以起身行走了，而那些鲑鱼在我身旁跃起，时而溅起明亮的水花。我不知道从什么时候开始，城市中和大海相连的河流已经干涸，只有污水在下水道里流淌，人们再也看不见它们的身影，只能按照自己的欲望幻想着它们的味道和样子——食色，性也；德州，巴黎；鱼子酱和美人鱼。

我仿佛看见她在前面透进更多光线的转角处扭动了一下尾巴，然后把飘散的长发和我的凝视抛在了脑后。我背离了预定的路线，想证明幻想的事物是否就真的不存在。

下水道的拓扑结构比我想象的还要复杂，它们四通八达，如同一个巨大的章鱼在地下伸展着触手，只一会儿工夫，我就迷路了。四周浓黑，我想我的手机准是没电了，屏幕不亮，我没法像一个迟到的观众那样用它照亮脚下的路，甚至我想通过它知道现在的时间，也是不可能的。

黑暗中的跋涉艰苦而又劳累，有一瞬间，我几乎都要崩溃了，我甚至忍不住想，只要现在能让我见光，死又何妨。我靠在弧形的下水道壁上几乎睡去，身体弯成一把弓。然而我不敢睡去，我想如果睡梦中我终于找到了出口，爬到大雪覆盖的山巅呼喊，如石头一般尖叫，而醒过来的时候，我却依然还在这里，那样的绝望真的会让我但求速死的。我的小木箱还在，我不能用这样的方式想象死亡。

前面有光斑在墙壁上跳动,我走上前一些,它就朝着更远一些的地方移动,我跟着它左拐过不知道多少个弯,推开了面前的一扇木门。一个灯火通明的世界,瞬间让我雪盲,眼前的景物一下子淡成白,然后才在我眼中渐渐恢复它本来的面目:我看见一大群人在一个巨大的有如地下城市的空间里各行其是,并没有注意到我这个闯入者,而在中央的一块空地上矗立一个巨大的盛满了水的玻璃盒子,那里面游动的正是她。她尾巴上的鳞片在灯光下熠熠生辉,再经过水和玻璃的折射,更让人心醉。玻璃外面,有几个男人正注视着她的表演,就像海洋世界里的参观者。

我决定不论她是否愿意,我都要让她回到大海里去。我做到了,而让我感到欣慰的是,那正是她想要的。

我手握那把刀大叫着突然冲了过去,使劲地扎向玻璃,玻璃碎了,水从里面瀑布一般倾泻下来,在那些人还没有反应过来之前,卷着她和我奔腾而去。她把我托离水面,告诉我爬上面前的这段梯子,然后打开头上的窨井盖,我就可以离开下水道了。告别的时候,她拿我的那把刀,在水中刮下了一些她下半身上的鳞片,交到我的面前,她说,她也没有什么作为答谢,就把它们送给我吧。

需要的时候,对着它们说,要有光,她摆动尾巴离去前回过身对我点点头说,于是便会有光。

7

在下水道和地面之间,隔着一层地铁。

我探出头来,正好是地铁狂欢节的落幕表演在我头顶上演,我穿着潜水服,斜挎背包的样子一定很滑稽,所以围观的人群一定把我当作了彩排中就预先埋伏在那里的小丑了。我爬起来,跟在队伍最后,为了不让人们失望,我还做了几个夸张的动作和人们打招呼。

我看见行吟歌手和他的那帮兄弟也在队伍中,只不到一天的时间,他们竟然出落得如明星一般。我担心现在脱下衣服,他们一定会认出我,但我又热又渴,所以我溜进一段没有人的人行隧道中,躲在拐角处。

我该如何表述接下去的事情呢?

从表面上看,事情是这样的:我看见一个穿黑色风衣的中年男子,尾随她来到了隧道中,突然间,他掏出刀子的同时也掏出阳具,他的威胁让她呼救,很快又开始哭泣。他用力把她推倒,用手捂住她的嘴,趴在她的身上开始有所动作,还不断地说着脏话,低沉得如同腹语。我犹豫了一下还是冲了过去,在与那个家伙的搏斗中,他用刀挑破了我一侧的鼻翼,而我用刀扎进了他的下体。

不过，事实的真相是：她说她在这里等了我好长时间，要把她手中那一卷东西交给我，我接过一个厚度大约是十六毫米的小铁盒子，发现上面写着我看不懂的文字。她还说，还有十五分钟，最后一班地铁就要进站，而我要在站台时钟的正下方把铁盒子里的东西装进我的小木箱，她特别强调这可是这么长时间以来，我使用这个小木箱最好的机会。她说，告诉我这些是她应该干的，而作为对我搭救行为的报答，她还可以额外多告诉我一点。她说，随车而来的，可能有我最想见到的人。如果她来了，那我一定可以见到她；而如果她并没有来，那么我的小木箱即便是用了也没有任何意义。

地铁呼啸而来，然后呼啸而去，那短暂的一分钟，并不为我停留。我尽力去注意任何一个从小木箱前闪过的女人，但我又似乎失去了最基本的判断力：她们可以在任何一个地铁车站一下子从地面上消失，然后又在任何一个出其不意的时刻瞬间从地下冒出来：她来了，她看见了，她走了，一切似乎都在偶然中发生，一切又在每天按部就班地精确上演。她们中的一些人，表面上柳媚花娇，实际上可能并非荡女；她们中的一些人，表面上在夜归时手持蔷薇，实际上可能内心空如白昼，更适于蔷薇的葬礼；她们中的一些人表面上离我那么近，实际上却跨越真实和想象，直奔象征的世界远去。

她们要我等的那个人是谁？而谁又在这个世界的某个角落等着我？

8

那天天完全黑下来之前，雨还在下。

从这个城市的一端到另一端，在它的上方和下方穿行，当我回到那间房子，饥饿和疲惫倒在其次，首要的问题是，我忙碌了一整天，终于用了只能使用一次的小木箱，而它是否真的派上了用场？

我没法确定。

我甚至到现在为止还不知道用什么样的方法去证明这一点。一种对未知事物的恐惧在我每一处的神经末梢上聚集，我在皮肤上涂上防风油，想让这种不妙的感觉有所缓解。很长一段时间了，作为一个还没有什么成就的实验科学家，我都习惯于寻找事物的确定性，难道从一开始，我就错了？我倒在靠墙的矮沙发上，开始猜想自己是否是某种神秘之声一瞬间的对应物……

人造墙慢慢地降了下来，看来，窗外已经没有什么光线再能射进来。我不想开灯，这让我想起她留给我的鳞片。我把它们装到一个玻璃瓶子里，架在沙发的靠背上。我只轻轻地说了一句，要有光，淡黄色的光就如雨雾一般弥漫开来，照亮了四壁；它的亮度，足以把人造墙穿透。

我小心翼翼地把小木箱摆放在沙发前的茶几上，我从房间另一半的工作台上取来了工具，我原先怎么装配的它，我现在就怎么把它拆开。她给我的那卷十六毫米的东西还在那里，只不过已经在小木箱的滚轴上从这一头卷到了那一头。我把它拉直，对着亮光想把它看清楚一些，突然之间让我惊奇的事情出现了，漫射的光线透过半透明的材料，竟然把地铁车厢的影子投射到了我的人造墙上，我被惊得松开了手，在它在边掉落边重新卷起的过程中，我看到了人造墙上的影子动了起来，地铁在滑行，人在走动，只不过它们缠绕叠映在一起，扭曲变形，如一幅立体主义或未来主义绘画。

兴奋让我的思维变得活跃起来，根据多年以来在这个机械复制时代积累的专业知识，我知道，只要调整光源的位置和角度，控制好滚轴转动的速度和节奏，那些影像就一定会清晰起来。我是一个训练有素的实验科学家，这些事情难不倒我。

我把她留给我的那卷东西放回我的小木箱里，又用黑布遮住了装有她留给我的发光鳞片的玻璃瓶，让光更集中地朝着人造墙这一个方向射过来，接下去，我把她留给我的那块水晶立在前两者之间，用于折射光线，我耐心地调整着它们的空间关系，直到我找准虚实两个焦点。那卷东西在小箱子里以每秒二十四次的速度转动，它来源于真实的事物，所以我把它放在实焦点上；我要创造的正是那些虚幻的影子，它们只应该出现的人造墙壁的虚焦点上。

做完了这一切，一个长达一分钟的"地铁进站"的影像就这样在我面前诞生了。我没有兄弟，长达数年一个人默默的努力在这一天终于就要有了结果，我禁不住有些激动。但一个念头闪过，我的欣喜甚至还没有来得及释放，就又陷入了新的疑惑当中：地铁呼啸而来，呼啸而去，虽然我听不见它的声音；人们在地铁车厢中进进出出，可是我怎么还是看不见她的身影？

我记得她告诉过我，如果这些东西有用，那说明她一定来过，而如果她没有来，我又怎么可能把那些场景通过眼前的影像复现出来呢？现在，那个永恒的女人一定就在那里，在那个虚拟的世界的某个角落注视着我。

我反复凝视，从各个角度，甚至走到墙壁的反面；我仔细寻找，一格一格地重复，在跳动的光点和那些或明或暗的景物间游弋，我甚至通过改变焦距，不断放大那些影像，让自己在夸张的巨大事物中沉溺，只为寻找她的身影。

在三十岁的年龄，我要学会保持适度的忍耐和巨大的耐心，一切也许就会变得好起来。终于，在景深的最深处，在接近影没点的那个地方，我看见一个女人走出最后一节地铁车厢，对着我微笑。我看不清她微笑的样子，也没法判断她的年龄和身份，甚至连猜想她是否正朝我走来都不可能，但一种强烈的认同感让我相信，那就是她，毫无疑问，经过了这么多事情，那就是她，我为之而来的那个永恒的女人。

在那一刻，我感到一种地老天荒的情感在幽暗的房间里荡漾，这让我热泪盈眶。我的心随着光影跳动，多么让人激动，当时我就在其中，生命经过每秒二十四次的消逝，我像是死去多年重获新生，一种幸福的虚弱感充满了全身。我知道，从今往后，在这个如此发达又如此落后、如此清洁又如此污秽的城市里，就多了一种神圣的创造物——它与上帝无关，它是她的影子，却凭我而生；我迷恋的那些影子，其实一直就在那里等待着我，等待凭我而生。

别人的房子

1

毕业后第一次遇到老同学凌丁是在一个星期六的下午，由于当时的情况不太合适，加上我手里大包小包地拎着东西很不好看，我原本不想和他打招呼的；我想如果他没有看见我，我一低头让他从我旁边走过去也就算了。可没想到商业街上有那么多的人头攒动着，凌丁那么矮戴着那么厚的眼镜，他还是看见了我。他大叫了一声我的名字，然后就热情地伸出手小跑了过来。

一个人在这干吗呢？这几年在哪儿猫着呢？

你好，好久不见了。

我不知道凌丁看见了我为什么会显得这么热情，我赶紧放下手里的东西接住他伸过来的手。以前在学校读研究生的时候，我们虽然在一间屋里住了三年，可关系一直一般，他这个人性格内向，不爱说话，也没有什么朋友。毕业前我觉得同学一场，怎么都得互留一下地址吧。可他那时说的一句话我现在还记得，他说，你们这些人我是知道的，要不是看我去了出版社，想到以后可能还用得上的话，你们肯定不会来问我的地址。他虽然是笑着说这些话的，可是还是把我气得够呛，我心想，就你去的那个地方，现在谁还愿意去，也就你还把它当块宝似的。从我把他的住址电话记在通讯录上起，我就再也没有跟他联系过，当然，他也没有找过我。

凌丁问我有事吗，没事的话找个地方坐下来聊聊。我当时真有事，其实即便没事，我估计我也会推说有事，我跟他有什么好聊的呢？我伸手指了指地上的东西说：

我等个人，一会就来了。

谁呀？男的女的，陪女朋友逛街呢吧？

凌丁说话的口气和以前很不一样了，我一下子有点受不了。我心想，等谁你也问，我们好像没有这么熟吧！

我笑着嗯啊了两句想敷衍过去，可没想到他还来了劲，问我，怎么样，快结婚了吧！他说话的声音很大，弄得我都有点不好意思了。

你出版社的地址没变吧，改天我跟你联系。我赶紧这么问了一句，想把他支走算了。

什么出版社，我早就出来了，那个鬼地方，呆不到一年就呆不住了。凌丁掏出一张名片递过来说，我现在的电话和地址。我扫了一眼，上面的头衔竟然是广告公司总经理助理了。

不错呀。

哎，什么不错的，瞎混，比不了你们读博士留校的。

我以为给了名片，凌丁肯定要走了吧，可谁想到他又开始问我在学校这几年多怎么样。还能怎么样，就那样，我学着他的语气，像是对一个朋友说话那样问，你小子发财了吧。他说，发什么财，还是学校好，可以安安心心地做学问，到了要结婚的时候打个报告就会给你房子，不像他，还得自己买房。他说上个月他刚买了房，几十万的房子让他每个月得还好几千块钱的债，真够累的。看着他唏嘘感叹的样子，我是又生气又想笑：他明明知道现在的学校根本就不是他说的那么一回事，他还这么说；我算是看出来了，他今天遇到我就站着说个没完，成心是在我这找心理优势来了。

我顺嘴恭维了他几句，他也呵呵地笑着，眼看我和老同学凌丁在街头巧遇终于要如愿以偿地以这样的情景结束的时候，小剑却在这个时候拎着一大包东西从商场走了出来。我开始是背对着商场大门的，所以没有看见她，当凌丁指着我身后问，那个正走过来的是不是你的女朋友？我回过头去，才看见小剑。

我给他们作了介绍。凌丁显得比刚才更会说话的样子，他当着小剑的面先是夸我的福气好，然后又批评我不够体贴，怎么能让漂亮姑娘一个人逛商场呢？小剑笑着，然后又假装生气地看了我一眼，说，就是。凌丁还客气地想请我们吃饭，我当然婉言谢绝了，凌丁说，那下次吧，等他的房子装修好了他请我们去玩。

凌丁走远之后，我跟小剑开玩笑地说，你怎么胳膊肘向外拐啊，我陪你逛了一天街，就是没陪你进去换这件打折大衣，你至于"就是，就是"地没完吗？

你这人怎么这样，我不是看在他是你老同学的份上吗？我总不能对人家说，"你不了解情况就不要乱说"吧！

老同学？你没看见开始他那得意的样儿，见面就说房子不房子的，真让人看不惯。

人家怎么了，不是挺客气的？你是有点嫉妒别人的房子了吧？

我嫉妒？我指着自己的鼻子，又回过头去指着凌丁已经远去的瘦弱的背影说，我会嫉妒他？

小剑不说话，一个人在那儿乐。

2

小剑她妈看见我们拎着一堆东西进了门，先是笑着说，又逛街乱花钱啦，然后收起笑容把东西接过去说，都买了什么呀？

小剑说，妈，你上次说的衬衫这次我们看见了，就买下了。然后她又说帮她爸买了什么什么，小剑她妈笑着说，赶紧洗手吃饭吧，爸爸晚上在外面吃饭，不回来了。

晚饭时间，我和小剑她妈没怎么说话，吃过饭小剑和她妈在客厅里看电视，我看了一会儿新闻，就到小剑的房间，打开电脑上网打游戏了。我已经习惯了这样的情景，每次小剑她爸在的时候，我还和他聊聊天，她爸不在，我实在不知道和她妈说点什么好，开始我还觉得这样不太合适，也尝试着找点话题和她聊聊，可是这种时候，她妈总要和我谈学校的事，什么时候评职称啦，房子问题怎么样啦，很让人心烦；小剑她妈在一所中学教语文还当班主任，说起话来苦口婆心循循善诱，搞得我只能像个中学生似的频频点头称是。经历过几次这样的谈话之后，我就再也提不起和她交谈的兴趣了。我记得小剑有一次跟我说，你跟我妈多说说话呀，她说你这个人好是好，就是太书生气太老实啦。说完小剑换了一种口气笑着说，你真能装，在我们家还装得那么老实，我都不好意思向我妈说，你还老实？我说，给他们留下这样的印象这不是我的错，不过显得老实点有利于我们的地下工作，也未尝不是一件好事。我边说边坏笑着把手伸向小剑的身体，她扭过身去，风情万种地说，你看看，又不老实了不是？

小剑她爸回来的时候，小剑她妈正在客厅给我铺床，他好像喝得多了一点，和我打了个招呼，洗洗就回房间休息了。小剑她们家是两室两厅的房子，我来的时候他们总是在晚上睡觉前在客厅支张行军床，第二天，我起来后再收起来。小剑她爸在机关里当个小干部，是一个很要面子的人，虽然对我还算得上满意，但是却时常防着我和小剑有什么越轨的行为：晚上在他们进房间睡觉之前，总要让小剑也早点回房睡觉，有时小剑和我在客厅看电视看得迟了一点，他还要趁着出来上厕所的机会巡视催促一番。虽说他们的行为我完全能够理解，但我还是觉得不自在，我常想，大家都这么熟了，这样何必呢？我和小剑谈恋爱到现在都三年多了，他父母再古板幼稚，也不会认为我们之间还什么都没发生过吧，既然这样，又何必如此呢？不过让人欣慰的是：在这一点上，小剑和我站在同一条战线上，她还常在我面前抱怨她父母，据说有一次她妈在她爸的授意下向她问及这方面的事，小剑竟然说，你们就不要担心这些事啦，担心也是瞎担心，如果我不自觉的话，你们总不能时时看着我们吧，再说就算你们看也未必看得住，百密还有一疏呢！不过，后来我琢磨过来了，小剑她爸妈肯定是这样想的：不管你们在外面怎么样，在他们眼皮底下绝不会允许有什么事发生，这涉及他们在自己家中的权威问题。所以，虽然我和小剑完全可以在他们的眼皮底下，在他们合上眼皮的时候干点什么，但我们一直没干，一方面我们要给长辈一点面子，另一方面，担惊受怕地干那些原本是要追求快乐的事情，虽然可能会多一点刺激，但会缺少很多酣畅淋漓的感觉，会很不爽。谁叫这里不是自己的房子呢？在别人的房子里，只有当别人都不在的时候，这里才会短暂地完全地属于我们。

星期天，我很早就起来了。在小剑她家，我不能像在自己的宿舍里那样想什么时候起就什么时候起，因为她父母起得都很早，他们一出房间，在客厅里走动，我就再也睡不着了。自从我每隔一周到小剑家过一个周末的生活开始的那天起，一年多了，我都是这样度过的：在学校和在小剑家采用不同的作息制度，在学校晚睡晚起，在小剑家早睡早起；倒起时差来我驾轻就熟，我已经很习惯在两种制度之间自由穿梭了。

小剑还在房里睡觉，小剑她妈出去买菜了，我和她爸坐在电视机前看早新闻，怎么那么巧，是一个关于高校改造筒子楼改善青年教师生活条件的报道。这一段时间以来，小剑爸妈已经好几次提及我和小剑的婚事问题了，老是问我是怎么打算的。我知道他们的意思，他们是想最好我能从学校分到房子，如果分不到就先住到他们这里来。我很不愿意和他们谈论这些话题，因为很明显，我留校时间不长分房子不太可能，做倒插门女婿我又不干；前几次，小剑在场还好，打着哈哈就过去了，今天只有我一个人，又碰上倒霉的电视节目，开始我还想敷衍过去算了，但当小剑她爸语气严肃地步步紧逼的时候，我知道不正面回答看来是不行了。

房子其实不是问题，实在不行可以先在这里住上一两年，以后有了几年的积蓄，能分房子固然好，不能分自己买也可以，关键是你们年纪都不小了，还是把事情早点办掉安心啊！

回学校我再跟他们了解一下，听说青年教师公寓明年就建好了。

你们自己要有个想法，不要被动地跟着学校的政策转。你等它，等到什么时候啊！我跟你阿姨的意思都是想让你们先住在家里。反正现在你常来，也习惯了，而且周围的同事邻居总是看见你进进出出的，也早把你当我们家的人啦。

听她爸用这种口气说话，我就有点气不顺。在这住，天天见面，房子又不大，我都找不出一个安静的看书的地方。其实原本我自己也是着急这些事来着，老大不小的人了，不着急也不现实，但是看见小剑她爸妈急着招上门女婿那样，我好像反倒一点也不着急了。我说，叔叔，我会尽快想办法弄到自己的房子。

自己的房子？我这里就是别人的房子？想办法，你能想出什么办法？小剑她爸说话的语气不好听。

谈话处于僵局的时候，小剑从房里揉着眼睛出来了。她问一大早我们在聊什么呢，这么严肃？

她爸不说话。小剑冲我笑了笑，然后说，又说房子的事呢吧，我不是跟你们说过了，这事急不得。

她爸听她这么说，又开始抱怨我们对自己的事怎么一点也不着急。

冷了一会儿场之后，小剑舒了口气说，您也别急了，这样，您再给我们半年的时间，半年之后学校那边还弄不到房子，就按您的意思办。我猜小剑她刚才肯定是听到了我们的谈话才特地从房间里赶出来为我解围的，可她说的这个办法也不是个办法呀，半年，半年我到哪里去弄房子。

中午和小剑在厨房洗碗的时候，我问小剑她是怎么想的。她说她早上说的话是糊弄她爸妈的，叫我别太当真了。车到山前必有路，你别一说到房子自己就急得没主意啦，现在你首先要在学校好好干，不要想别的。你想，我都不急，你急什么？

小剑在市立图书馆里工作，她是一个善解人意的女孩，我怎么都得给她找一个属于我们自己的房子。

3

一度我对未来也充满过幻想，幻想我们可以有一大套房子，三室两厅，当然也可以是四室两厅：小剑在客厅看电视，我在书房的电脑前写文章，工作结束回到卧房，小剑躺在床头看书，温馨的气息充满整个房间。还有一两间客房平时就那么空着，以显示我们并不缺少房间，不需要让客人睡在客厅，当然小剑她爸妈偶尔来的时候可以住在那里，我会热情地招待他们。

我知道幻想只能是幻想，要想让它成为现实，就得付出努力。在后来的半年时间里，我一方面向学校反映我的困难情况，另一方面，为了钱我开始在学校外面兼课，而且努力地从买书的钱里节省下一部分购买各种彩票。从学校到小剑家大概需要一个小时的公交车程，以前我总是看书来打发时间，现在书买得少了，我就把幻想中了大奖之后的种种情况当作路途中的娱乐。

一个星期五的下午，我从兼课的成人教育学院上完课出来，口袋里装着刚领的课时补贴工资，所以到地铁车站的时候我一口气买了十张足球彩票，十张福利彩票。买完彩票我原本想直接去小剑家的，看了一下表，觉得时间还早，小剑肯定还没有下班，小剑她妈星期五下午政治学习，回家比平时要早，现在去她家的话，只和她妈两个人呆着又没什么话说，肯定会觉得不舒服，我决定先去附近的一家书店逛逛。最近我的论文写得不是很勤，赚钱固然重要，但也还得花点时间在学问上，不说别的，最起码要发够系里要求的论文数，不然的话，全年的学术奖金可就要泡汤了，那可是好几个月的工资呢！我在书店里随便地翻着一些新出的学术书籍，没想到在其中我竟然发现了一个博士时期同学的作品。在上学的时候，那个同学可是不如我的，到了毕业的时候有几个人和我竞争一个留校名额，他连竞争都没有参与。看着书的扉页上他在近照上意气风发的样子，还有照片下方关于他近况的介绍，我心里有点不是滋味。毕业好几年了，专著一本也没出出来，高级职称还不知在哪呢，房子也遥遥无期，而原来不如我的同学出了书，而且已经是副教授了，我现在却在为了一点小钱像头牛一样地在外面上课，每周像个小市民一样，买了彩票之后还为天上几乎不可能掉下的馅饼牵肠挂肚；唉，我这几年真不知道是怎么混的。我觉得自己的要求也不高，给我一套自己的房子，让我和小剑有一个舒适的安身之处，那样我就可以快乐地生活，认真地做自己的事情了。

从书店出来，时间差不多了，我就穿过已经开始热闹起来的文化休闲一条街，去乘地铁。走过一家酒吧的门前，我就听见身后有人叫我的名字。是凌丁。他先是很热情地说着怎么这么巧，然后就关心地问我这段时间过得怎么样，结婚了没有，还没等我回答，他又很快地换了一种口气抱歉地说，这段时间他很忙，也没有跟我联系，真不好意思。我也说不好意思，然后就顺着他的话问他忙什么呢。他说那话说起来就长了，我刚陪一个大客户喝完咖啡，还没吃饭，你也还没吃饭呢吧，这样，我们找个地方，边吃边聊！我推脱不去了，说小剑他们家还等我回去吃饭呢！老同学见面，不要不给面子吗，凌丁推了推明显薄了很多的眼镜，然后一伸手，把一部最新款的手机递到我的面前说，来，打个电话，请个假！

凌丁抽着烟坐在我对面，说他半年前遇到我那次之后不久就离开原来的公司，自己出来开广告公司了，虽然他拉走了原来公司的一大批客户，但刚开始的时候生意还是很不顺利，好在经过了几个月的忙碌，现在逐渐步入正轨。他笑着说，如果是一两个月以前在街上碰到我的话，说不定连打个招呼的时间都没有，哪里会像现在一样和老同学在这里吃饭聊天呀。

凌丁志得意满。真不错！我顺势用一种听上去像是羡慕的口气说，以后该叫你丁老板啦！

不错什么呀，还是你们呆在学校里的好。你快结婚了吧！结婚一定要通知我一声！

唉，我叹了口气，我倒是想赶紧结，可是不还要考虑房子的问题不是？虽然说到了我的痛处，在凌丁的面前，我还是尽量想显出无所谓的样子。

学校不是还分房吗？

学校的事你还不知道，等它不知要等到什么时候。

凌丁给我递过来一支烟，然后说，我现在住在公司附近的一套房子里，上次买的那套房子装修好了，我也不去住，也不太为了几个小钱租来租去的，现在那儿闲着也是闲着，要不你们就先去住吧。

我没想到他会这么说，有点吃惊地看了他一眼，带有试探性地说，那怎么好意思。

有什么不好意思的，谁叫我们是老同学呢，读书的时候我就觉得你挺优秀的，以后成了名不要不认老同学就行了。

你说真的？我的语气不像刚才那么释然了。

看不起我，我还骗你干吗？哪天你们去看一趟，看看符不符合你们的要求。

要么算我租的，等你要用的时候你说一声，我立刻搬走。我坐得更靠近桌子，还几乎要站了起来，有点激动地说。

他笑笑说，行啊。

在离开小剑她爸妈说的期限还有不到一个月的时候，我和小剑领了证，搬进了凌丁的房子。小剑爸妈当然是一脸不情愿的样子，他们开始极力反对我们这么做，租房子结婚还不如住在家里呢。是小剑在其中做了很多的工作，她爸妈才勉强同意的，小剑主要的理由是：不是自己的房子怎么了？那套房子离我的学校和她们图书馆都很近，平时会方便很多，那么大的房子每月只收那么几百元的房租，根本就是等于免费给我们住的，况且，家里的房子也不大，没办法的时候挤挤也就算了，现在有房子，再挤就没必要了。我们商量着结婚仪式搞得简单一点：让我爸妈从外地赶来，两家人加上不多的几个亲戚和朋友在一起吃了顿饭算了；我看得出，小剑爸妈很想让他们的女儿风风光光地出嫁，但我也听见小剑跟她爸妈说，又不是自己的房子，就不要搞得那么复杂了，等到我们自己有了房子，再补办上也不迟。小剑两头都有理。小剑知道这些都是我想做的，她真是一个善解人意的妻子！

婚礼那天，凌丁也来了。不过，后来我和小剑还是专门请他吃了一顿饭，以表达我们的谢意。凌丁说同学一场，这算不了什么，你们没必要这么客气，以后有什么用得到他的地方尽管说。他说他只有一个要求。

什么要求？我原来对凌丁让我们住他的房子心里就有点不踏实，现在我好像终于要找到答案似的一下子紧张了起来。

别不把我当朋友，以后也许有什么事我还得找你们帮忙呢。

那是，那是。我松了口气笑着说。小剑也在一边赔着笑说，这算什么要求，应该的。

4

凌丁的房子真是不错，不仅宽敞，而且装修得幽雅别致，非常符合我以前对于自己的房子的幻想。我把学校宿舍里的书和电脑统统搬了过来，把一间房间弄成了我向往已久的书房。小剑也时常像只小鸟一样在房子里快乐地飞来飞去，这里布置一下，那里安排一下，十分满足的样子。

由于房子的原因，我和凌丁的交往比以前任何时候都要频繁，有段时间，到周末的时候，只要凌丁公司的事情不忙，我们都会邀请他来我们家——也就是他自己的房子来吃饭。小剑在她家的时候很少做菜，但没想到现在做出的菜也很像是那么回事了。凌丁吃着小剑做的菜，用羡慕的口气说我真是幸福的人，不像他，外面看着挺风光的，但天天回到家却没有个可以说话的人。富裕的人总是会感叹和夸大他们在生活中不太重要的方面,比如感情上遭受的挫折,我知道,凌丁也只是遵从了这种习惯而已,如果真的让他不要为了生意奔忙,停下来找个姑娘谈谈情说说爱,他肯定又不会愿意的。我心里这么想,所以凌丁在我面前表现出来的羡慕一点也没有让我感到高兴,我只是提醒了自己一下"这套房子不是我的而是他的"这个我差一点忘了的问题。

我没想到凌丁有一次会半开玩笑半认真地开口叫小剑帮他介绍女朋友,更没想到小剑竟然一口答应了下来。小剑说,他们图书馆还真有不少年轻漂亮的姑娘,她还恭维凌丁说,像你这样的成功人士不愁找不到好的姑娘。

我曾经跟小剑说过,介绍女朋友这样的事往往是吃力不讨好的,她却说,凌丁帮了我们这么大的忙,我们这也算找个机会报答一下人家。在小剑的积极努力下,那段时间凌丁竟然和三四个姑娘见过了面。第一个姑娘是跟小剑关系不错的同事,我认识,所以第一次见面的时候我还陪着他们在一起吃了顿饭,凌丁跟后来几个姑娘第一次见面的时候我都没去,是小剑一个人陪他们的;我实在不太适应那种尴尬的气氛。小剑告诉我,没想到凌丁在女孩面前还挺腼腆的,但每次他和一个女孩接触不到几次就没有音信了,他不跟人家联系,女孩打电话给他又找不到他。小剑还问我,凌丁他的眼光是不是挺高的？我说，他的性格读书的时候就是那个样，现在虽然发达了，自信了，但本性可能是改不了的了。

后来，据我所知小剑没有再给凌丁介绍女朋友了，我以为凌丁生意一忙，他和我们的接触也不会像开始的那段时间那么频繁了，不经常看见凌丁，我想我和小剑的生活还有我的内心也会平静一些。可我没想到他却主动找上我了。他先是叫我帮他们公司翻译和整理了几次外文资料，当然他是说要给我报酬的，我假模假式地说那怎么成，最后他说，要不这样，你们这半年就不用交房租了。说实在的，这些事做起来无非就是要花一点时间，有钱可赚，就算兼职了，做起来心情也不算太坏，只是有时候想到多年之后我不仅成了读书时我根本瞧不上的同学的房客，还成了他的雇员，我的心情有点不快罢了。凌丁有一次还提出过，如果我有兴趣的话，可以到他的广告公司做一个兼职文案。我当时想都没想就说，你的好意我心领了，但现在手头有好多文章要写，还想早点弄出一本书，恐怕没有时间。凌丁说，对，对，做学问是正事。

凌丁还是一如既往地经常在周末光临，有时他会在中午的时候先打个电话来说，晚上过来；他来的时候，总是带上一瓶红酒或者外卖什么的，显得很客气的样子。他爱在我们面前谈他生意上的事，得意的时候，敢说他要把他的广告公司做成上海乃至全国最好的,有一回酒喝得有点多,他还说不出五年,他的公司就会跨入全球五千强。他也有绝口不提生意的时候,我猜想那是因为他的生意遇到了不顺。那种时候他就会问我学校的事情,我不能有抱怨,只要我说一点学校里的人际关系如何复杂可笑,对我如何不公平之类的事,他就会大段大段地发表看法,带有讽刺和鄙夷地说,那些知识分子,看着一个个人五人六的,却为着学校里面那么一点蝇头小利,阴着使劲,有什么意思?把那点精力拿出去,干点别的,踏踏实实地挣点钱,比什么不强?这样的话,有时候我跟学校里的其他几个年轻哥们喝酒的时候也会说,但从凌丁的嘴里说出来,我听着就别扭。我心想,当年硕士毕业的时候你不是也申请直升博士,没直升成你不还又考过吗?你是没考上,如果考上了你自己现在指不定是什么样呢?凌丁发完了关于学校的议论,就会把话题归结到让我到他公司里兼职的事情上来。我还是婉言谢绝了。凌丁笑着摇摇头说,你就是不为自己考虑,也该为小剑考虑呀,你不能让人家跟着你受苦啊。这句话刺到了我的痛处,虽然小剑在一边笑着对凌丁说,咳,受什么苦啊,现在不是挺好的?但我的脸色一下就难看了下来。不管出于什么样的目的,凌丁在我家里当着小剑的面这么说话,让我对他感到厌烦。

我在小剑面前毫不掩饰我对凌丁常来打扰我们生活的不

满，小剑说他可能是闲下来一个人没处去的原因，有了女朋友就不会这样了。我没她想的那么简单，但我也希望情况真的像她说的那样。那赶紧再给他介绍女朋友吧！小剑说，她能介绍的都介绍过了，也没有什么办法了。

凌丁来得越来越勤，有几次，他就睡在这里没有回去。再后来，即便在工作日，他高兴了也会过来，就差自己也配一把钥匙了。我开始无法忍受，小剑也有意见，但还是那么善解人意的样子，说他可能是无心之过。我说不管有心无心，我们都得向他直说，不能因为我们受了他的恩惠，就可以无缘无故地受到他的打扰，不行的话，我们可以搬走，不住在这里了。小剑说，为什么要搬，往哪里搬？在想和凌丁谈又犹豫着不好意思说的那段时间，我的心情很坏，还要装作很好客的样子。凌丁在的时候，我甚至感到这套房子的每一个角落都在和凌丁配合着，奚落着嘲笑着我；凌丁不在，它们还是在那盯着我，用凌丁那样充满了得意的神情。那几天，我甚至感到以前呆在小剑她爸妈那里算是幸福时光了。我又一次跟小剑说起搬走的事，我说搬回她爸妈那里也可以。小剑一面说我怎么比她还敏感，一面说事情没必要到那一步，我不好意思去说的话，她去跟凌丁说。

我不知道小剑具体跟凌丁是怎么说，在那次我故意很晚才回去的周末之后，凌丁果然不怎么再来了。我问小剑那天凌丁是什么样的反应，小剑说，将心比心，人家凌丁挺理解我们的，还一个劲地说不好意思呢。她还埋怨我老是有点看不起人家。

我看不起他？我指指自己的鼻子，又指指房间里宽敞的空间说，我什么时候看不起他了？

5

以前读书的时候，我一直都很顺利，一路直升读完博士，而且还找到了既漂亮又善解人意的小剑。可是不知为什么工作了之后，总是不顺心。货币分房政策下来了，前几次没挤进副教授行列的后果，这次集中爆发了：就因为还是讲师，我少了好几万的补贴。想尽快真正拥有自己的房子的计划又得搁浅了。

有一天晚上，小剑躺在我的身边跟我说，等我们存够了钱，我们也别再费劲到处看房子啦，我们干脆跟凌丁商量商量，让他把这里卖给我们算了。她还絮絮叨叨地在我耳边说了一通，如果真的成了这套房子的女主人的话，她要如何把客厅和卫生间按照她的设想再装修一下之类的话。她在那里自我陶醉地说个没完，我心里却想，别说买不起这里，就算买得起我也不会买的。

我不知道凌丁怎么知道学校的事的，他有一次打电话到我们家，说到这事，还劝我说，别想啦，来我这里兼段时间职，损失就全都补回来啦。凌丁很真诚的样子，我在电话里说，让我跟小剑商量一下，过几天再给他答复。但其实这一次，我已经决定去了。

每星期没有课的那几天，我都在凌丁的公司上班，不到一个月，对工作熟悉起来之后，做起来就觉得有点头绪了。除了写文案，我还参与了一些广告的策划工作，这些都不是很难。让我感到为难的是有时候和凌丁一起去和客户吃饭什么的，一到那种环境里，我就不适应，不太会喝酒，总使我有点手足无措的样子。在平常的工作里，凌丁对我还挺客气的，没有出现我开始担心的情况，可是一到酒桌上，我就有点受不了他的态度。他总是在那些客户或者生意伙伴面前说，我是名牌大学的博士啦，现在又是大学老师，以后肯定是名教授啦，在学校的时候多优秀，那时他多佩服我啦之类的事。开始我还觉得被他吹捧得不好意思，可越往后我越觉得不对劲，就现在的状况来说，他是老板我是兼职的，他还老那么说，不是在骂我吗？

虽然心里不是滋味，可我还是劝自己，可能是我多心啦，凌丁也许就是图一时口快，谁叫这是他的公司呢？我好不容易说服了自己，可无意中听到的一番话让我的一切努力都白费了。

那天我陪凌丁请他的几个老客户吃饭,酒桌上,凌丁还是不忘把我又吹捧了一顿。我拍着他的肩说,行啦,再说我就坐不住啦。后来我去了次卫生间,回来走到包间门口的时候,我听见凌丁对着那几个人说:

他以前在学校的时候可张狂了,根本就看不起我,现在怎么样,还不是老老实实住我的房子,恭恭敬敬地来给我打工。搞什么学问,要我看百无一用是书生,要不是看在他老婆的份上,他来给我当秘书我都不要。

我怔怔地躲在门边,听到那几个人嘴里不干不净地向凌丁问起小剑,还起着哄,凌丁小声地说了些什么,引得酒桌上的人哈哈大笑。我的脑子"嗡"地一下子就乱作了一团,我什么也没想,径直往家里奔去。

我推开卧室的门,小剑正躺在床上看电视,随口问了我一句,怎么回来这么早?

起来,收拾收拾,咱们明天就搬去你家。

怎么啦?又怎么啦?

你和凌丁怎么啦?!我冲着小剑吼叫。

小剑被我的态度吓住了,她叫我冷静一点,出了什么事,给她说清楚。我难以压住心中的怒气,大声质问这段时间背着我,她跟凌丁发生过什么?她说她曾经请求过凌丁帮我找个兼职的工作,还开着玩笑地问过他,把这套房子便宜点让给我们算了。

我看你是等不及成为这套房子的女主人了吧?我还是不依不饶。

你什么意思?小剑一下子也急了起来。

6

我走在离那套房子不远的街道上,看着路上的车辆、路边灯火阑珊的楼房。我知道我错怪了小剑,她是那样一个善解人意的女孩,我不该冲她发火,我一会儿会回去向她道歉的,但是我不知道她会不会答应搬出这套房子,她是那么喜欢它。唉,从认识到现在,我们从来就没有像今天吵得这么凶,我还把她最喜欢的花瓶摔在了墙上。

我没有目的地闲逛着,我现在不想回去,我耳边总是响起凌丁的话。虽然我知道小剑现在肯定是一个人在默默流泪呢,但我却真的一点也不想再跨进那套房子的大门了。

我坐在街边的花台上抽着烟,夜晚的风让我有点冷。这条街的对面又要开始造新的小区了,两条街以外的那片房子刚刚开始出售;这个城市每年要造那么多新的住宅,随时都有新的工地开工。但是要到什么时候,我才能给小剑一套我们自己的房子呢。

　　时间不早了,我转过身往回走,我不能让小剑一个人在别人的房子里等得太久。

达利的一天

1

"面包,请给我面包!"

"谁在那儿?"

"我!"

"你是谁?"

"您的儿子,萨尔瓦多·达利。"

大约是深夜两点钟,带着饥饿与疲惫,达利回到内战后的家乡。他心中忐忑不安,不知父亲多年的积怨是否会让那扇加泰罗尼亚风格的铁门锈蚀。铁门上的小窗打开了,露出父亲沉郁的脸庞。虽然内心充满了思念,可在那一刹那,达利还是觉得父亲的行为很可笑。难道他不能直接打开大门,哪怕是再次将我赶走?难道他保持公证人身份的空隙中,就一刻也不愿把自己看作是一个艺术家不那么循规蹈矩的父亲?铁门在铰链上转动,发出骨裂一般的声响。达利注视着父亲，父亲的身躯落在阴影里，只有院子里的路灯光反射在他的脸上，使他看上去还像多年前的那张肖像画上一样严肃，只是更苍老了一些。达利记得，画那张画时，自己刚刚被免去开除出校的处罚，重返了圣弗尔南多学院艺术系。在接下来的那一个假期里，达利到卡德隆兹，父亲在那里有一幢避暑的房子，他们全家将在这里安静地度过一些时日。习画多年，儿子第一次应父亲的要求，为他作一幅画。达利画得很仔细，分十五次画完后，父亲除了说对特征把握得比较准确外，对画本身没有多加评论，却谈了很多绘画之外的事情，达利知道，甚至是自己第一次个人画展将在巴塞罗那著名的达尔莫画廊举办的消息，也丝毫无法将父亲从儿子被学校开除又因政治原因遭到拘禁的阴影里解脱出来，所以尽管对父亲的言下之意非常清楚，达利也还是安静地站在画架旁一言不发。

战争。巴黎街道上打闹的声音传到达利的耳中，当他确信狂乱的幻想要在平静的生活里才能完成时，便在一怒之下离开了法国。加拉要去里斯本，达利回家，准备稍作休整后与加拉一起离开西班牙，离开欧洲，去美国。当然，在这一切之前，达利想的是与亲人告别。

革命。内战。德国的坦克披着绿色的树枝，怪兽一般的进入了西班牙。达利步履缓慢地走进铁门，拥抱了年迈的父亲,用在《欲望之谜,母亲、母亲、母亲》里一样的姿势,只是现在,母亲已离开了他们。达利时常怀疑是这幅画惹恼了父亲,因为画这幅画的时间是一九二九年,也就是这一年,一个超现实主义画家和一个诗人的妻子的奇妙组合体加拉·萨尔瓦多·达利诞生了。而父亲的来信中突然出现了断绝关系的词语,之后他就再也没有寄信来,达利寄回几封信也没有回音。后来,他从妹妹那儿偶然得知,父亲对他与一个比自己大十多岁的女子的结合很恼怒,也对他与弗洛伊德的会面曾颇多微词。而多年之后,在达利走进家门拥抱父亲的那一刻,他感到那双臂膀是有力的,不动声色却充满了温情。达利走过被炸塌一半的阳台,来到熟悉的客厅,安娜从房间里跑出来,紧紧地抱住了达利,眼中噙满泪水。她已不是少女了,可在达利的眼中,她还像《站在窗前的少女》那么美丽、清新。在少年时代,达利无数次地画妹妹的肖像,许多是头发和裸背的单纯的研究,达利记得,在她摆姿势的那些长长的钟点里,作为模特,她从来没有厌倦过。达利特别喜欢安娜站在窗前的背影和侧影,安娜因此也就养成了忘记其他的一切而只看窗外风景的习惯。是的,达利知道,在不久之前,安娜曾在刑讯室里遭受了讯问和拷打,大病了一场;而家中也因为他的原因,多次受到无政府主义者的冲击。是的,那张旧书桌已经不在了,厨房的天花板和墙壁上满是熏黑的污迹,而父亲的眼中充满了疲倦,安娜的背上可能还留有笞痕,这些就是革命留下的东西?达利的喉头有一些哽咽。

家人弄来饭食时,达利已不像刚才那样饥饿了。父亲一直没有说话,反倒使达利觉得有一些内疚,不过他已不打算与父亲谈及当年事情的原委,时钟会变得如盘中的奶油一般柔软,谜一样的事件为什么非要从记忆中挖出来,被一个确定的原因凝固呢?

达利在少年时代的床上躺下,很快便有了睡意。达利记得床头边的墙上原来有一块用画遮住的油污,小时候他常常揭起画去欣赏油污,他觉得每一次都可以看出不同的形状,怒吼的老妪、水塘边倒倾的树、乌云里的小鸟……每次他都会把藏匿在那里的蜘蛛吓跑。突然之间,达利有了一种莫名的恶意的冲动,他揭开画想发现什么,油污不见了,可是蜘蛛……蜘蛛依然像当年一样,迈着碎步,惊恐地逃开。

2

达利一觉睡到第二天中午时分才慢慢醒来,他躺在床上,看见阳光透过已经泛白的米黄色窗帘射在床的另一头。

多年以来,或许是从还未上寄宿学校的少年时代开始,达利就过起了昼夜颠倒的生活。他时常在父母都睡去之后醒来,对着房间里几乎是随便一样什么东西发呆,这在别人是无法理解的,而达利却幻想着,一些古怪的形象和念头就会慢慢的在脑中浮现出来,弄得他整夜兴奋异常而又焦躁不安。在第二天,他又会恶作剧式地谎称生病,接着享受亲人焦虑的表情和做白日梦的双重幸福。不过,达利也怀疑过自己是否真的有病。有一次,他在白日的酣睡时,突然觉得背上叮着一只臭虫,它牢牢地叮在那里,使劲地向皮肤里钻,怎么赶都赶不走。达利在极短的时间里愤怒到了极点,他拿起水果刀,对着镜子,用力地去挖割。感到疼痛的时候他才清醒过来,原来那并非是什么臭虫,只是长在自己身体上的一颗痣而已,而此时,背部流下的血已沾红了床单。

达利想起多年前的这次历险,感到一丝快意。不过他已记不清自己当时是醒着还是在梦中,或许那只是幻象,并没有真正的发生过。他再一次搜索了一遍记忆,父母、妹妹还有老仆露西娅似乎从未在他长大后提过此事。最后,他想到了加拉:加拉有一次对他说,在醒来听到蜜蜂的嗡嗡声时她感到了刺痛,那一次达利觉得这很有意思,在很短的时间内他就画出了《醒前一只蜜蜂飞自石榴而产生的梦》,现在想起来达利觉得躺在梦中被枪尖刺中左臂内侧的裸体不仅仅是加拉,还是自己。达利在床上享受了片刻这一发现带来的快感,不过他并没有太多的兴奋,毕竟,生活中此类发现对他来说,是太多了。而更让他高兴的倒是,这样一个发现将他与加拉又一次融为了一体。

加拉在干什么呢?巴黎一别,已有好几天了,达利不禁有些伤感。什么革命,什么内战,什么反法西斯,这些本来与他毫不相干的事就这么粗暴地闯入了他的生活,既然它们已经发生了,那么最好的方法就是学会接受,可是这个世界非要你表明态度,好像你对非此即彼的事只字不提就罪大恶极似的。好,要说,我就说法西斯就是希特勒坐在水洼里打毛线,露出上半身,武装带像女人的乳罩带一样可笑而迷人;革命,革命就是巨人列宁一把握住我的腰,往嘴里送;内战像一个人疯狂地撕开自己玩性虐待游戏一样充满痛苦的快意。别人都不让我这么说,布鲁东阿拉贡们尤其不让,可是我还得说。当然,它们让我没法安静地生活,让我和加拉到处奔波而且离别,我也会说。

加拉在干什么呢?达利陷入了沉思。这个世界上最重要的是加拉·萨尔瓦多·达利,其次是达利,然后才是其他的什么东西,在穿衣服的时候,达利对着镜子在心中默念了这句话。

3

父亲还是显得有些闷闷不乐，午饭时他吃得很慢也很少。安娜有一些兴奋，不停地为家人递上西红柿沙拉、烤香肠或是鲟鱼。父亲总是微微地摇摇头，看着食物从眼前移来移去，而达利却吃得很多，似乎是战争让他变得异常饥饿。

饭后的聊天时间，主要是父亲在说话，达利偶尔插上几句，而安娜坐在一边，深褐色的头发从苍白的脸庞垂下来，安静而温顺。从谈话中达利知道，父亲已辞去了公职，坐在书房那张红木椅上，阅读几乎成了他每天的工作。父亲说他迷上了马拉美，迷上了他那坐在忧郁的方窗前写下的文字。他还说达利回家来，自己还得向马拉美请上半天假与儿子交谈。达利抬起头，看见父亲说完这句话后，脸上露出了一丝微笑，他感到了父亲身上有另一种情绪在暗自涌动。达利昨夜未来得及说明回家来的确切原因，现在他已不准备说了。后来父亲又谈起委拉斯凯兹和维米尔的画，他说在这样一个时代，他们比拉斐尔更值得尊敬，而原因不仅仅在于他们来自西班牙又远离了西班牙，更在于他们比拉斐尔更接近了真实。达利没有想到父亲会将自己最喜爱的三个画家就这么当着他的面拿出来进行比较；他记得自己从来没有向父亲表述过对这三个人的偏爱。突然之间，他感到这么多年来其实父亲并没有真的离开过他。

老仆露西娅走进客厅，为他们端上咖啡，因为衰老和长久以来半瞎了眼睛的缘故，她的步履显得那么缓慢。安娜站起来接过咖啡盘，她们相互露出善意的微笑。达利也站了起来，露西娅摆了摆手，让他坐下，就转过身踱着步子，逆着窗外的光线走开了。看着她蹒跚的背影，达利想起第一幅让自己满意的画就是《露西娅肖像》，他记得画完这幅画后他还高兴地拿给露西娅看，她笑着说："画得真好，可惜我看不清了。"那段时间，达利被扁桃腺炎困扰着，而露西娅就像在他小时候给他讲故事那样，一直徘徊在他身旁。

谈话在沉默了许久之后才重新开始，他们谈到卡德隆兹，说到那座老房子已经破败不堪了，还说到了那里的邻居李季娅，一个有五个孩子的渔民的妻子。父亲和安娜对她的回忆是她时常为达利一家送上新鲜的海鱼和她那个小屋里飘散出来的饭食的芳香。达利对她的回忆集中于她那有中度偏执狂的独特性格中，这让他无比入迷。达利和安娜那时叫她"美人儿"，李季娅却管自己叫"乖孩子"。一九三五年毕加索和奥列维相约访问住在卡德隆兹的达利时，对她也非常入迷，后来李季娅还成了尤金里奥·德奥斯一部小说中女英雄的原型。自那以后，凡是他们在文章里提及"美人儿"或是"乖孩子"，不论指的是谁，李季娅都会高兴地对达利说：

"看，他们还没有忘记我，又在给我写这样公开的情书了。"达利收到李季娅的最后一封信是在两年以前，她在信中说，女人是蜜，她是血，她的儿子们只喜欢蜜而不珍惜血，其实，血比蜜还甜！达利记得收到那封信时想到了母亲，想到了像母亲一般的加拉，想到了露西娅和西班牙。他是流着泪画完那幅《血比蜜还甜》的。当然，他从未提及那些泪水，他相信对那些看着这幅画的人说，达利流泪了，该是多么可笑的一件事情。

4

接近傍晚时分，达利收到了加拉从里斯本拍来的电报，电文上说，她已办妥去美国的一切手续，她对欧洲已无所留恋，只是想早一点见到他。

达利没有想到事情会进行得如此顺利，他回到家还不到一天就又要离开了。达利看完电报后有了片刻的犹豫，这在以前是难以想象的，他意识到了这不该属于他的犹豫的出现意味着什么，甚至感到了一丝恐惧。

晚饭前，他平静地把回家的原因和第二天动身远去的打算告诉了家人。安娜几乎立刻就流下了眼泪，随着抽泣声越来越大，她转过身跑进了房间，她的背影比年少时更让达利心碎。达利看着父亲,他的面庞有一些模糊,父亲说,别管她了,接着就还是那样缓慢地嚼着食物,好长时间之后,才咽了下去。"好吧,晚上叫安娜帮你收拾一下行李,早点休息。"说着父亲走进书房,半掩上了门。达利想进去再说些什么,发现父亲已半躺在那张摇椅上,在幽暗的灯光下打开了马拉美的诗集。

安娜在收拾东西的时候眼中几乎一直含着泪花,达利不知该如何去安慰她。她默默地做完了这一切之后,背过身,说要时常给家里来信,不然父亲和她都会挂念的。然后她说了声晚安,就准备走出房门。"安娜",达利叫住了她,他本来想说,你的背影永远那么美,停了片刻,只轻轻地说了一声,晚安。

5

达利难以安眠,他先是计划了一下行程:他要先顺路去卡德隆兹,看看李季娅,再到马德里逗留两天,然后去里斯本与加拉会合,从那里去美国。他难以想象第二天清晨与父亲、安娜和露西娅离别时的情景。他又想起下午与父亲的谈话,"来自西班牙而又远离西班牙",达利开始赞叹父亲巫师一般神奇的预言能力,"在这样一个时代,更接近了真实。"

大约是凌晨两点钟，达利躺在少年时代睡过的床上，重读了一遍加拉的电报。将要失去家人，失去西班牙，失去欧洲了，达利想，却不会失去加拉，如果不会失去的东西一个人一生中只有一件，那么加拉就是西班牙，是欧洲。不错，世界上最重要的是加拉·萨尔瓦多·达利，其次是达利，然后才是别的什么东西。

对岸的树林

我们有快乐的童年，童年里有最好的朋友。

1

小军想到河对岸的那片树林里去玩，已经想了很久了。他听别的孩子说过，那里绿草如茵，草地上开满了各种颜色的小花，还有诱人的野草莓，但他也知道河对面是军分区大院，像他这种外面的小孩是进不去的。看着面前阳光下闪亮的河水，小军想，要是他能像有的小孩那样会游泳该多好，如果他会游泳，在这样阳光明媚的夏天中午，他就用不着在岸这边呆着了，他就可以一只手托着衣服从河的这一边游过去，然后把短裤脱下来挂在对岸的水杉树上，光着的下身穿上长裤衣裳，舒舒服服在草地上打滚吃草莓晒太阳，痛痛快快地玩上一个下午，等到太阳快要下山的时候，再把晒干的短裤穿上，从军区大院的正门大摇大摆地走出去，也许看门的解放军叔叔只管进不管出,根本不会想到他是从院后面的那条河里游过来的。

想着想着小军就笑了起来,直到他手里的鱼线抖了几下,他才反应过来,鱼咬食了。他猛地一提手中的小树枝,一条被他们这些孩子称为"爬地虎"的小鱼就被摔在岸边的石头上了。五六公分长的小鱼一离开水,在石头上一个劲地扑腾。"笨蛋!"小军骂了小鱼一句,一下子就把它抓到手心里,然后随手一扔,又把它扔回了河里。几年前,大概还是刚上小学的时候,小军就从河边那些更大的孩子那里学会了钓"爬地虎"的方法:这种鱼只在靠近岸边的地方活动,它们不是在水中游来游去,而是像陆地上的虫子似的,在水底爬着走。钓这种鱼,用不着鱼钩,只要在鱼线上绑上一小截蚯蚓,它一咬蚯蚓,你猛地一提线就能把它甩上岸来。可是现在,小军觉得自己已经长大了,在暑假再玩钓"爬地虎"之类的游戏,他感觉已经没有什么乐趣了。不到没什么事干的时候,谁会往岸边的太阳地里一坐,干这些已经玩腻的事情呢?小军无聊地想着。他从身边的地上顺手拾起一块很薄的石头,伸个懒腰站了起来,用它来打个水漂吧,也许可以一直打到河对面,让石头窜进树林里。小军在河边走来走去,想找一个合适的地点,把石头扔出去。就在小军刚把石头扔出手的时候,他就听见他爸在不远处扯着脖子喊他"就知道玩，要吃饭了还不给我回家！"同时小军看见石头在水面上歪歪扭扭地打出几个漂，还不到河当中就无声无息地没了踪影。"就知道叫！害得我水漂都没打好！"小军小声嘀咕了一句，把鱼线从小树枝上取下来绕了绕塞进口袋，很不情愿地答应了两声就回家去了。

吃饭的时候，小军他爸一边给他夹菜，一边说，都这么大的孩子了，暑假也不想着点学习，也不做点作业，一天到晚只顾着玩。小军他妈拍拍他的脑袋，笑着不说话。

"爸，你能教我游泳吗？咱们班的孩子好多都会。"

"不会游泳就这么淘，学会了还不该更不着家啦。"

"学什么游泳，多危险！"小军他妈很紧张的样子，"这么热的天，好好在家呆着，下班了我给你带好吃的，啊。"

小军他妈在饭店工作，他们饭店有小军很爱吃的小笼包子，小军看了他妈一眼，心想，总拿包子糊弄我，我才不稀罕呢！

"爸，行不行？你就教我游泳吧，你要是教我游泳，我保证在家好好学习。"

小军他爸很快乐地看着儿子跟他讨价还价的样子，问："真的？"

小军使劲地点着头，他妈还想说些什么，他爸说："学会游泳也没什么不好，我带他去游泳池学。"

对岸的树林 | 63

"那我们今天就去吧!"小军从凳子上站了起来,迫不及待地说。

"小家伙,还挺性急。"

2

小军没想到中午才说好的事情,到了下午就不算数了。他妈上班走了之后不久,小军正在自己的房间里给游泳圈吹气,就听见了很响的敲门声。小军那时候就预感到事情可能会不妙,他打开门一看,跟他猜想的一样,又是他爸厂里的那帮人。一个胖胖的姓张的家伙,用手轻轻地摸着小军的脑袋。"小家伙,你爸爸在吗?"他笑嘻嘻地问,"怎么,不认识我这个张叔叔啦?"小军一扭头甩开他的手,冲着屋子里大叫一声:"爸,有人找。"

小军知道他们肯定是来找他爸打牌的,他不知道什么叫做"三班倒",但他知道这些和他爸一样是"三班倒"的家伙,一不上班就到他家打牌,一打起来就没完没了。他们在桌子前坐下来的时候,他爸叫小军给叔叔们倒茶,小军站在那没动,只是大声地问,下午还去不去游泳池啦?他爸走过来,小声地说,今天叔叔们来玩,下次吧。

"就知道玩!"小军学着他爸爸的语气撂下这句话就回

到房间里。隔了一会，他背着书包一声不吭地从客厅里走过，他爸在牌桌上用眼角的余光看见了他，问他去哪，小军说，家里太吵，他去小刚家写作业。关上家门的时候，他听见有个人对他爸说了一句，你儿子行啊！接着是一阵笑声。

小刚是一个又白又胖的孩子，没事老跟他一起玩，住在离小军家就隔一条街的地方。小军当然不会真的去他家做作业，他是想问问小刚能不能带他溜进军区大院；小刚有一次在小军面前吹嘘他有个表哥住在军区大院，还带着他到大院后面的树林去玩。他说那里可好玩了。在小军的记忆里，不知从什么时候开始军区大院就成了小孩子们极为向往的一个地方，他听别人说，里面的大人都有枪，孩子们都很凶，常常会把溜进去的陌生小孩无情地撵出去，有时还会把他们抓起来打一顿；但他也听说，大院里的电影院经常放好看的电影，什么《星球大战》，什么《射雕英雄传》，都是一听名字就知道一定很好看的那种。

当小军说明来意之后，小刚说，这段时间放暑假他表哥回老家去了，他自己想进去看电影都进不去呢，怎么带你？然后他鼓起两个圆圆的腮帮子说，你要去大院里的树林玩，其实那里面也没什么好玩的，去不成算了，咱们去河边钓鱼吧。

"钓鱼有什么意思。要不我们去游泳，你不是会吗，教我怎么样?"

"我家人不让我自己去游泳。"

"咱俩一块,去游泳池游,我出钱。"

小军看小刚还是犹豫不决,就说:"那我请你吃雪糕吧。"小刚舔了舔嘴唇问,几支?小军说,游泳前一支,游完了再请一支。小刚说好吧。小军说:"那我先回家拿东西,过十分钟,我们在路口见。"

小军是一口气跑回家的,路过客厅之前,他喘了口气,故意做出一副慢腾腾的样子。他爸问他怎么这么快就回来了,他说,忘了带数学书了,他回来拿,一会再去。他爸没说别的什么,小军就听见他说:"发财,我要了。"

在房间里,小军把书包里的东西统统倒了出来,把中午刚吹足了气的游泳圈放瘪了塞进书包里,然后他又从抽屉里拿出所有的零用钱,又一次不动声色地从客厅的牌桌前走过。这次没有人搭理他,他爸爸只看着面前的牌,好像并没有看见他。跑到大街上的时候,小军的心里高兴极了,暑假才刚刚开始,只要他学会了游泳,他有的是时间游到对岸的树林里,尽情地玩耍。

小军站在路口,热天的中午路上根本就没有多少人,只有几辆运石头和沙子的拖拉机吵吵着缓慢驶过。小刚动作比拖拉机还慢,小军等了五六分钟了,从路口望过去,他还是连家门都没出呢。小军等不及了,心想还是过去叫他一下吧。小军的口不怎么渴,但还是跑到小刚家门口那个支着太阳伞的老太太那里买了一根冰棍一根雪糕,他把冰棍叼在嘴里,一只手拿着雪糕,另一只手敲开了小刚家的门。

开门的不是小刚,是他妈妈。小军赶紧把冰棒拿下来,很老实地喊了一声"阿姨",可是这位阿姨却把小军吓了一跳。她把身体往门边一靠说:"你这孩子怎么这样,教我们家小刚和你一起背着大人去游泳不说,还拿雪糕来诱惑我们家孩子,你也太可气了。"小军看见小刚躲在他们家的窗户里向他摆着手,那意思是让他赶紧走。小军扭过头去就跑,边跑他边在心里骂道:"这个笨蛋,说个谎都不会。"

小军不想回家,又一时想不出接下去该干吗,他手里的雪糕被太阳晒得都快化了。他在路边找了块阴凉地,把吃了一半的冰棒从嘴里拿出来,把化了一半的雪糕塞了进去。树上的知了叫个不停,小军觉得有点烦,"回去拿团面筋把你们给粘了,看你还叫不叫。"小军心想,"可是抓知了也没什么意思,要不我自己去游泳池,自己学去。"小军知道自己一个人是学不会的,最多是套着游泳圈玩玩罢了。吃完雪糕,再找冰棒的时候,小军发现自己手里只剩下冰棒筷子了,而在他脚边的水泥地上已经积起一摊水,还招来了一群蚂蚁。小军蹲下来,很无聊地看着这群小东西,他发现,大多数蚂蚁都是聚在水边,但有一些却落在了水当中,正挣扎着向外爬呢。小军心想,不会游泳还往中间去,谁叫你们这么贪吃。对于蚂蚁,小军向来没有什么好感,用开水烫蚂蚁,用樟脑丸画圈把蚂蚁困住,用放大镜对着阳光晒蚂蚁,这些游戏他玩起来都驾轻就熟。可是这些他都玩腻了,现在他就只想盯着它们看,连碰碰它们小军都懒得去做。一会工夫,小军发现那些原来在水里的蚂蚁竟然差不多都爬了出来,而且有的家伙身下水迹刚刚干掉就又掉回头,爬到水边重新吃了起来。

蚂蚁会游泳吗?小军问自己,应该不会吧。他在那里蹲着蹲着,突然之间一下子站了起来,好像想到了什么主意:去什么游泳池,树林不就在那条河的对面吗,游泳圈不就在书包里吗?

从长长的台阶下到河边的时候,小军很小心地四下张望着,他以前常在这个时候看见有几个老头在这一带钓鱼,有一次他往河里扔石子,气得老头们破口大骂,有一个还拿着捞网步履蹒跚地追他追出了好远。今天他们都不在。河的下游那个常在中午来洗衣服的女人也不在,她用棒槌敲击湿衣服的声音原来可以传出很远,但现在什么声音都没有了,除了水面上的阳光在闪动跳跃之外,一切都是静悄悄的。小军的心里有一种说不出是兴奋还是紧张的感觉,他像是等待着发成绩单时那样大口大口地出着气；他的嘴对着游泳圈，等他稍稍平静下来的时候游泳圈已经被吹得鼓了起来。小军使劲地拍了拍这军绿色的胖胖的家伙说，兄弟，这次就看你的了。

虽然周围没人，小军还是跑到一棵老槐树的后面才脱下了衣服、裤子和鞋，他把它们卷在一起放到书包里，把书包的带子弄到最短，又在脖子上绕了两道，然后把书包往头顶一翻，哈哈，正好，书包正好能够很稳地固定在脑袋上。小军很高兴地跳到游泳圈里，像提裤子一样把它提到腰上，虽然稍微有点大，可是也不要紧，小军想，只要在水里时抓紧一点就可以了。小军猜想自己顶着书包从树后面跑向水里的样子一定很可笑，可他自己没有笑，那时候他脑子里想得更多的是下了水该怎么游，以及游过去之后该怎么玩的事情。

3

好多事情就是想起来挺难，但真的做了却也不过如此。几个小时之前，小军还把到对岸的树林去玩当作一个梦想，并且为实现梦想费了老半天劲呢，可现在，他已经站在树林的边缘了。总的说来，小军觉得这次秘密的渡河战役他完成得还算是漂亮，水流不急，水也不冷，他在水里就这么又蹬又划的，没有一会工夫就游过来了；只是在上岸的时候发生了一点小小的事故——对面的岸是用水泥和石头砌的，要高出水面一小截，他扒在岸边往上爬的时候，游泳圈却从他的脚下滑了下去，他上了岸再想去捞游泳圈时，它已经漂到他够不着的地方了。看看面前这片笔直的水杉树林，再看看在河水里越漂越远的绿色游泳圈，小军对自己说，没什么，没什么，明天用自己的钱再去买个一样的回来，爸妈一定发现不了，不就是有段时间不喝汽水不吃冰棒吗？虽然有点舍不得，但小军知道这就叫牺牲，电影里百万雄师那么英勇，过长江的时候还有的过不去呢！他学着电影里解放军叔叔的样子向着游泳圈行了一会儿注目礼，然后完全转过身去，一路向着林子的深处跑去。

　　树林里很安静，好像连知了的叫声都不是很明显了。阳光也比外面柔和，照在绿油油的草地上，投下斑驳的影子。林子里偶尔还会有一两只小军叫不上名字的大鸟低低地从树枝间飞过，它们不叫，只有拍打着翅膀的声音。小军觉得这里简直就像语文课本上的"大自然"一样美丽；这里和他熟悉的那个小城市就隔着一条不宽的河，他家门前的马路上现在可能是阳光肆虐尘土飞扬呢，可这里竟然就像是另一个完全不同的世界一样。小军看得有点出神，直到一阵微风吹过，他觉得好像有点冷的时候，小军才反应过来——原来他身上还只是穿着一条裤衩呢。书包被水溅得有点湿了,但装在里面的衣服还好,小军把短裤脱下来,用力拧出水,然后把它当作毛巾一样来擦干身体。光光地站在没有一个人的树林里,让小军有一种很奇怪的兴奋感,他没有立刻穿上衣服,而是在不大的一块地方叉着腿走来走去,边走边撒了一泡长长的尿,小军想可能都是雪糕和冰棒闹的。

穿好衣服,又把裤衩和书包挂上照得到阳光的树杈之后,小军就开始在周围的草地上寻找野草莓了。他从来没有见过野草莓,但他吃过草莓,去年他过生日的时候,他妈妈就买给他吃过,前年好像也吃过;草莓酸酸甜甜的很好吃,就是太贵了,而且一年中只有在他过生日的那段时间里才能买到。现在离他过十岁生日还有一个多月的时间,小军不知道他能不能找到野草莓,也不知道野草莓吃起来到底会是什么味道。他低着头弯着腰仔细地寻找着,好多红色白色的小花从他的眼前掠过,还有树根边上绿色的苔藓、褐色的蘑菇,可就是看不到长得像草莓的东西。找了一会,小军的头就低得有些累了,他抬起头,突然看见左边远处的草地上好像有一片鲜艳的东西,他飞快地跑了过去:平坦的草地上,有着一株株不高的植物,每一株又有好几个分支,每个分支上长着呈圆形排列的长圆形的叶子,在每一圈叶子的中间,小军看见了,都有一颗鲜红的椭圆形的果实。小军知道,他肯定已经找到了传说中的野草莓了，他吃过草莓，他记得草莓就是这个样子的。他小心翼翼地摘下一颗，慢慢地放到嘴里，凉凉的带着青草的味道。小军把它咬开，丰富的汁液流到他的舌头上，是的，就是这样的，酸酸甜甜的味道让他一下子流出了好多口水。小军哈哈地笑着，一边采着野草莓一边笑着，他把一些直接塞进嘴里，把另一些装到裤子的口袋里。也不知道过了多长时间，小军觉得吃得有点饱了，口袋里也已经装得满满的了，红色的汁液从口袋里渗出来，把裤子都染得有点红了。小军吐了口唾沫，它竟然像血一样红红的，这开始把他自己都吓了一跳，但他很快就明白了过来。他笑着又往嘴里扔进了几颗，快速地嚼碎，然后一只手捂在胸前，一只手在空中胡乱地舞动着，大叫一声"同志们，永别了！"之后，他把嘴里的"鲜血"吐出来，故意跟跄了几下之后才倒了下去。小军躺在草地上放声大笑着，吓得几只大鸟都从他旁边的树上飞走了。

　　小军玩得有点累了，就把双手垫在头后躺在草地上，闭上了眼睛。他跟自己说，今天真的没有白来，回家的时候他一定要给他爸妈带回满满一书包的野草莓，让他们也尝尝，他们肯定会很高兴，当然也要给小刚带一点，但是如果他爸妈问起这些东西从哪来的，他怎么说呢？就说是小刚的表哥带他们来这里采的，不过要先跟小刚说好，这家伙笨得很。

后来小军就不知不觉地睡着了。再后来他是被一阵嘈杂弄醒的,他从草地上爬起来,拍了拍屁股,向着他挂书包和裤衩的地方跑去;声音好像是从那边发出来的。

肯定没有记错地方啊,先前作记号的石头还放在树下,但树枝上的短裤和书包怎么就不见了呢?嘈杂声时大时小,若远若近,小军猜想树林里除了他之外还有别的人,肯定是那些人偷走了他的东西。小军猫下腰,很警惕地环顾了一下四周,他注意到东面有一块突起来的高地,高地的后面是什么,从这里一点也看不见,但他觉得那里一定有什么事情在发生。小军匍匐着爬上那块高地,透过刚刚没过鼻子的草,他看见不远处一片开阔的草地上聚着一大群小孩,他们看上去跟他差不多大,围在一起不知道想要干什么。小军一眼就看见其中有一个小孩手里举着根竹竿,竹竿上绑着白白的一块东西很显眼,那就是他的短裤。只见那个孩子把他的短裤像旗子一样一挥,一部分小孩就跟着他跑到了草地的一边。这时小军也发现了他的书包,它就握在另一边一个好像是领头的孩子的手里,那个孩子边拽着带子让书包在头顶上甩着圈,边带着另一部分孩子向树林更深的地方跑去。

这些小孩大多穿着黄军装,小军猜想他们可能是军分区大院的。这些家伙真是可恶,竟然在他睡着的时候拿走了他的书包和短裤。已经丢了游泳圈,小军不愿意就这样再丢掉这些东西。直接去找他们要？小军琢磨着，他们没见过我肯定会找我麻烦的，怎么办呢？他一动不动地趴在那里，汗从他的额头流了下来。这时候他看见留下来的那些孩子把竹竿插在了草地上，他的短裤在竹竿上很可笑地迎风飘扬着。远远地看着那面"旗子"，小军气坏了，这些坏蛋，到底在干什么呢？又过了一会儿，除了留下了的几个孩子围在"旗子"周围之外，其他人在那个好像是头的孩子带领下也向林子里冲了过去。小军不知道剩下的几个小孩过一会是不是也要离开，是现在就出去找他们要短裤呢，还是等到没人的时候把它偷偷地拿回来？但书包又怎么办呢？他原来还想用它来装野草莓呢。

　　小军一时不知道接下去该干点什么，他趴在那里等待着可能出现的机会。突然之间，他感到后脑勺被什么东西打中了，然后就听见身后有人说话："原来这里还埋伏了一个！"

　　小军一下子从地上跳了起来，对着两个比他高一点的孩子大叫道："你们干什么？"他伸手摸了摸后脑勺，发现打中他的原来是一颗野草莓。

　　"你已经死了，还这么凶！快点说，你们司令部周围还有没有别的埋伏？不然再给你几枪。"说话的孩子从口袋里拿出一小把野草莓，做出准备射击的样子。

　　小军听他们这么说话，猜出了这群孩子原来是在玩"打仗"的游戏,他开始想说,你们搞错了,他只是一个在旁边看热闹的人,没有参加他们的战争,但他想了想并没有这么说。小军觉得,还不如像混进敌人内部的地下党那样先混进去再说,两边的孩子都会把他当作是对方的人,这样只要假装投降加入到一边去,他就可以寻找到机会拿回他的短裤和书包了。

"好好,我投降了。让我加入你们一边吧,还没打仗就死了,太没劲了!"小军装得很像的样子。

"不行,按规定,中了枪就要到一边呆着去,不许耍赖!"对方不依不饶。

"除非你给我们一些弹药,我们算你没死。"另一个孩子开了腔,很显然他们的子弹不多了,他们看见小军两个裤子口袋里弹药充足。

要把自己采的这么好吃的东西给他们不说,还要让他们扔着玩,小军真有点舍不得。可是为了达到目的,小军还是决定作出一些牺牲。他把一个口袋里的野草莓分给了他们俩,还告诉他们守卫插着白旗的司令部的敌人就只有他们看到的那几个,没有什么埋伏。为了取得他们的信任,小军还夸了他们这个迂回战术用得好。从他们嘴里,小军知道两边的主力部队正在林子深处进行着激烈的战斗,他们是偷偷越过敌人封锁线,专门来端对方老窝的。三个人在高地上一边观察着敌人动向，一边商量着战斗方案。最后他们决定由小军和其中的一个人先冲过去引开守卫旗子的敌人，然后另一个再悄悄绕到他们背后攻击。

战斗进行得很不顺利。正在他们从正面和四五个敌人交锋，另一个眼看就要从对方背后奇袭得手的时候，敌人的大部队突然回来了。在撤退的过程中，那两个孩子中的一个被击中退出了游戏。虽然小军表现得很英勇，先后打中了两三个敌人，但是无奈对方的人实在太多了，他们只好边打边撤，翻过一个小山坡，身后的敌人不再追了，他们才稍稍松了一口气。在另一个小孩的带领下，小军来到了他们那一边的大本营。在那里，小军又一次看见了那个拿着他书包的孩子；别的孩子都管他叫司令。司令问小军是谁？跟小军一起逃回来的孩子说，他是投降到我们这一边的，还说他刚才和自己并肩战斗过，表现得很勇敢。司令上下打量了小军一番，然后很郑重地伸出手来说："欢迎加入我们。"

司令告诉小军，刚才他们这里也进行了一场非常激烈的战斗，他们遭到了敌人的包围，经过顽强抵抗他们才打退了敌人的进攻。但是他们的损失也很惨重，七八个孩子都"死"了，弹药也快用完了。司令大声地对他的手下喊道："现在我们首先要派一些人去弄到充足的弹药，然后再向敌人的大本营发动猛攻。"小军看见这里的草地上还零星散落着一些野草莓，他猜想在没打仗之前，这里一定也生长着很多，但是一场战争过后就变成了现在的这个样子。司令问小军你们原先的弹药库在什么地方，小军说他也不知道。看着司令和他手下怀疑地看着他，小军想，为了早点拿回书包和短裤，还是告诉他们他开始采草莓的地方吧，小军说，不过，他知道哪里能够弄到子弹。小军正准备带他们去呢，就看见两个孩子匆匆忙忙地向他们跑过来，边跑边喊着，敌人又打过来了。司令大叫着："注意隐蔽，准备战斗。"

小军一直呆在司令的身边，所以看到了他"死去"的全过程。大多数小孩因为害怕被击中都是蹲着战斗的，司令却是站在那里使劲地打击着想要攻过来的敌人。司令枪法很准而且很灵活，他能够闪过一些急飞过来的子弹，又能很有效地打中敌人。但在一个瞬间，他看见两个敌人被他打中，竟然忍不住哈哈大笑了起来，就在那时，一颗子弹打中了他的身体。小军认得出来，是那个拿他的短裤当旗子的家伙开的火，打中司令之后，他正躲在一棵树的后面偷偷地乐呢。小军向着那个家伙猛扔了几颗野草莓，但是都没有打中。

司令从身上取下书包，把它交到了小军的手里，他对小军说，你知道哪里有子弹，赶快带着剩下的人离开，我已经死了，我们能不能取胜就全看你的了。他问了句："你叫什么名字？"小军告诉了他，然后司令就大叫着发出了最后一次命令:"大家赶快撤,跟着背书包的小军去找子弹!"

小军终于拿回了他的书包,但是看着司令低着头离开战场的样子,小军心里好像一点也高兴不起来,原来他准备拿到书包后就找机会溜走的,但现在他暗暗地对自己说,一定要打到敌人的大本营,拿回自己的短裤,为司令报仇。

当这群孩子把身上能装东西的地方都装满野草莓,并从小军知道的那片草地离开的时候,他们一个个都跃跃欲试。他们再也没有去商议什么战术问题,而是直接从山坡上向插着旗子的地方猛冲了过去。对方的人比他们要多,但是他们弹药充足——小军他们已经不是一颗颗地扔野草莓了,而是一把把地把它们砸向敌人。在他们犀利的攻势下,敌人一个个地离开了战场,很快小军他们就胜利在望了。小军越来越靠近自己的短裤了,守卫在那里的几个孩子好像已经快没有子弹了,只能靠捡地上别人打过来的子弹作最后的抵抗。小军看见了打死司令的那个家伙,他冲过去对着还想逃跑的敌人就是一把草莓,那家伙黄军装的背后立刻出现了好几片"血迹"。

消灭了最后几个敌人,小军伸手拔掉了对方的旗子,然后取下自己的短裤,虽然那上面已经弹痕累累了,但小军还是很高兴地拿着它在头顶上挥了挥,"胜利喽,胜利喽",战斗到了最后的四五个孩子和小军一起兴奋地欢呼着。

"你们耍赖！他已经死了！"那个刚刚被小军"打死"的家伙，指着小军大声地叫着。

"我没死，你们谁也没有打中我！"

"你就是死了，你的领子上有印子，是你刚才冲过来的时候我打的，离得远我看不清打中没有，现在离近一看，果然打中了。"

小军看了一眼自己的衣服，上面真的有一个弹痕。那个时候，小军的心里有一种说不出的悲伤，他以为自己战斗到了最后，原来没有。他用短裤擦了一把脸上的汗水，把它塞到了书包里，然后恨恨地说："死了我们也胜了，我们还有这么多人呢！"

那个孩子说："你们耍赖，不玩了，回家去了。有本事明天再打一仗。"说完，他带着一大群孩子快乐地跑开了。其他的孩子后来也一个个陆续离开了树林。小军看了看天空，觉得时间还早，就决定再在树林里玩一会，他还想着带回去一些野草莓呢。

经过了一场激烈的战争，小军终于找回了自己的书包和短裤，这让他的心里非常高兴，一点也感觉不到累。但是他不想在这一片玩了，战场很凌乱，野草莓几乎都要没了。小军继续向着前面的树林走去，偶尔还捡起干净完整的野草莓放到嘴里，他想：但愿前面的草地上还有野草莓，那群小孩也没去打过仗。

4

走了好长一段路，小军没有再发现像原先那块草地那样长满红色诱人果实的地方。一路上，他只能零星地找到一些不大的野草莓，他很小心地把它们采下来一个个地放到书包里，禁不住开始怀念起战争前的美好时光了。小军是一直朝着河流反方向走的，他知道这样他便可以从另一面走出树林。果然不久以后，透过树木之间的空隙，他已经能看见一排排的房屋了，小军知道那肯定是军区大院宿舍。

"是多找一点野草莓，天快黑的时候再回去，还是现在就回去呢？"小军躲在一棵树的后面，看着不远处军区大院的大门，犹豫不决。

"你是谁呀？"有个女孩的声音在身后响起，小军吓了一跳。他转过身，看见一个比他矮一个头的小女孩，穿着红衣服站在那里仰着头很好奇地盯着他。

"你又是谁？躲在我后面干什么？"小军被吓了一跳，有些生气。

"我叫小红，你叫什么？你刚才也是一个人在树林里玩吗？"小女孩冲着他笑了笑。

小军说他叫小军，他刚才是和好多小男孩一起玩的。小姑娘问："那他们呢？"

"他们都回家去了，我不想这么早回家。"

"那你跟我一起玩，好不好？爸爸妈妈还没有回来，我现在也不想回家。"她伸出手拽了拽小军的衣角说，"来，你跟我来，我带你到一个好玩的地方。就在那边。"

跟着小女孩走的时候，小军问她是不是住在军区大院里的？她说是的。小军又问她是不是常常到树林里来？小姑娘说，她爸爸妈妈不在家的时候她就来。

"你总是一个人玩吗？"

小姑娘说，院子里的小男孩不跟她玩，她也不想跟他们玩，他们总是打仗，一点也不好玩。

"哎，要是我有个哥哥就好了。"小姑娘像个大人似的叹着气，这让小军觉得她很可爱。

"小军哥哥，你有哥哥吗？"小军摇了摇头。

"那你有妹妹吗？"

小军说："也没有。"

拐过了好几个弯，又钻过了一片低矮的灌木丛，还没有到，小军有点不耐烦了，他问："到底去哪呀，我还有别的事情呢！"小姑娘回过头来很甜地冲他笑了笑。

"到了，马上就到了，你看。"小军顺着小姑娘手指的方向看过去,看见在两棵挨得很近的水杉树之间,有一个好像是帐篷一样的东西。

"这是我的俱乐部。比我爸爸他们那个有电影有乒乓球的俱乐部还好玩。"小姑娘夸耀着。

"这是你自己弄的?"小军面对着眼前这个由旧的军用帐篷、塑料布、油毛毡还有树枝树叶组成的东西,不禁有点惊讶。小姑娘撩起门帘让他进去,小军进来后发现里面的草地上铺着一大块硬纸板,硬纸板的一头放着好几个布娃娃。小姑娘也钻了进来,坐在小军的对面,她说这里原来只有她一个人知道,她谁也没告诉;现在他知道了,可要给她保密啊。小姑娘还说,她几乎跑遍了整个树林才找到这个秘密的地方,她一次次从家里还有院子里寻找可以用的东西,一次次偷偷地把它们运过来,费了好长时间才把俱乐部建起来的。

"真不错,就是呆在里面太热了。"

"要是下雨就不会这么热了。下雨的时候,我总是先跑出去,稍稍淋湿一点衣服就赶紧跑回来,那时候呆在这里面,再也淋不到雨了,看着外面下着好大的雨,心里觉得特别暖和。有好几次等到衣服干了,我打着伞回家,就像什么都没有发生一样,爸爸妈妈一点也发现不了。"

听小姑娘说着话,小军好像突然想起了什么。他从书包里抓出一把野草莓，捧到小姑娘的面前，"给你吃，可好吃啦！"

"这是什么呀？"她很惊讶的样子。

"野草莓，你老在树林里玩，知不知道什么地方野草莓长得最多？"

"这怎么能吃呢？这是有毒的！"小姑娘很惊愕地一挥手，一颗颗野草莓散落在硬纸板上，发出沉闷的声响。

"谁说有毒？我都吃了好多了，一点事都没有。"

"我爸爸说的，这叫'蛇果'，是毒蛇从上面爬过才会长大的，怎么会没毒呢？"

看着小姑娘特别认真的样子，小军的心里有点打鼓，而且他的肚子似乎也开始疼了起来。"真的有毒吗？"小军在心里一遍遍地问自己。

小姑娘把小军扶着躺在了硬纸板上，她说：

"小军哥哥，你别害怕，你先躺下休息一下，我去给你采药。"她一掀门帘，就快速地跑了出去。

现在一个人呆在帐篷里，小军真的感到了一丝害怕。林子里还是那么安静，阳光从帐篷上塑料布做的窗户那儿射进来，正好落在他的脸上。

"我会死吗？"小军问自己。他蒙蒙眬眬地记起，好久以前，有一次在放学回家的路上，当他走在高高的学校围墙下面的时候,突然第一次问了自己这样的问题。他记得那时他想到这个问题的时候,内心里难受极了,而那天的阳光就像现在一样,直直地照在他的脸上。小军不记得那时他是怎么回答自己这个问题的了,又是在什么时候把这个问题抛在脑后的。但是,现在怎么办,现在怎么回答这个躲也躲不掉的问题呢?小军的肚子越来越疼,头上的汗也越流越多,他躺在那里极力忍受着,他不知道最后等着他的结局到底会怎样。

"算了,死就死吧,没什么大不了的!"他觉得自己再也忍不住了,就一下子从纸板上坐了起来,捂着肚子迅速钻出了帐篷;他一口气跑出了几十米,跑到一棵很粗的树后面,脱下裤子不顾一切地蹲了下去。

随着一阵痛快淋漓的感觉传遍小军的全身,肚子的疼痛感好像一下子就消失了;草尖扎在他的屁股上,很痒,他向上撅了撅屁股,随手拿起周围的几片干树叶当作纸来用。

站起来慢慢往回走的时候,小军看见那个叫小红的小女孩正站在帐篷前大声地喊着:"小军哥哥,你在哪里呀?"

"我在这里呢。"小军感觉心情轻松了许多。

"快把这个吃下去!"她把一样东西递了过来,"这是解药。"

小军认出她让他吃的东西叫做"蚂蚁菜",他奶奶以前也给他吃过，酸酸的，说是能治拉肚子。小军把蚂蚁菜塞进嘴里，嚼了起来；现在他一点也不担心了。

"我爸爸说过，吃了蛇果以后再吃一点蚂蚁菜就没事了。小军哥哥，你别怕，你把这些都吃下去就会好了。"她气喘吁吁地说着话，小军看到她的额头上都湿了。

"我没事了，真的没事了。"边说，小军边用自己的袖子给她擦去那些都快要滴下来的汗水。

5

"我要回家了，你看我们家的灯已经亮了，我爸爸妈妈回来了。"

"我也要回家了。天快黑了，回家我还要走一段路呢。"

"小军哥哥，你明天还来吗？你要是来的话，就跟门口的解放军叔叔说是来找我的，别再从河里游过来了。"

那天下午，小军和小红面对面地坐在"俱乐部"里说了好长时间的话，小军给她讲了好多好玩的事情，什么钓鱼抓知了啦，什么打仗啦，她认真地听着，咯咯地笑着。小军还把当天下午他所有的经历像讲故事一样讲给她听，她听得很入迷。

是小姑娘把小军送出军分区大院的大门。她还指着小军对解放军叔叔说,他是她的表哥,以后他再来找她玩,请他们不要拦着。她远远地站在大门口向他摆着手,小军也摆着手,大声地喊着:"你快回家吧。"然后他转过身,头也不回地一路向家里跑去。

回家的路上,小军在脑海里回想了整个下午的生活,觉得心里满满的,舒服极了。心里一高兴,小军觉得自己的脚步都轻快了许多,暑假才刚刚开始,以后的日子还长着呢——以后他想什么时候去对岸树林里玩都可以了,他要去找小红,还要去和那些孩子们打仗,还要去采野草莓吃,下次还可以带着小刚一起来,说不定还可以让小红的爸爸带他们去看电影呢!

到家的时候,小军发现家里的灯亮着。小军拿出挂在脖子上的钥匙开了门,却发现他爸妈都不在家。他正在纳闷呢,就听见门外一阵嘈杂,小军猜肯定是爸妈回来了,就赶紧躲进了自己的房间,想装作早已经回来的样子。

但后来小军听见了妈妈的哭声。他不知道发生了什么,就溜到房间门口向外看:客厅里有好多人,有的他认识,有的他不认识;下午在这打牌的几个叔叔,还有小刚和他妈妈都在。小军看见他爸搂着他妈,他妈趴在桌子上大声地哭着,他爸的眼里也满是泪水。小军怔怔地从房间里走出来,小声地说:

"爸妈，我回来了，怎么了？我以后不再偷偷跑出去了。"但他妈好像没有听见他说的话，还是哭。连小刚也开始哭了起来。

"我回来了。"小军大声地又说了一遍。可是人们都不回答他，也不看他。这让他急得都快哭了。

最后，小军看见桌上放着那个绿色的游泳圈；游泳圈的旁边，是他那鼓鼓的书包，书包完全湿了，就好像是刚从水里捞出来的一样。那一刻，小军一下子感到了一种无尽的说不出来的悲伤，这种感觉很熟悉但又那么陌生：就在那天下午，这种感觉曾经好几次来到过他的身边，逗着他玩了一阵子就远远地跑开了。可现在，它又一次来到他的身边，而且是再也不愿意走了。小军没有哭，他知道自己是一个勇敢而又聪明的孩子，他只是想再一次地呼喊，他回来了，他已经回来了；他只是不想看到爸爸妈妈那样伤心，他想扑到他们的怀里告诉他们，他就在这里。

可是当他张开嘴的时候，他已经发不出任何声音；他想走上前去，也迈不开脚步了。

呼喊

1

小剑小的时候,有一段时间老是能从她爸的书架上看到一本书,书的封面上一个女人把头靠在男人肩膀上,背对着书外面的世界;她的头发被风拂起,在身后又长又黑,遮盖住了她的面孔和表情。而那个男人面对着外面的空间,身材显得很高大,面部的棱角分明,但表情空洞,嘴半张着,显得有一点痛苦。那时小剑刚能写自己的名字,还没法知道书里说的是什么,但这本书却是那样地吸引她,每次只要有一个人呆在她爸书房的机会,她就会小心翼翼地把它取下来,也不打开,只是对着封面一点点地看,翻过来倒过去地看,像是要转到纸的另一面去看清那个女人的脸那样好奇,又像是在隔着时间的河流重温着什么旧梦那样若有所思。年纪稍大一些后,小剑还给这一行为加上了神秘气息:她像是干一件坏事那样来不断重复,仪式一般地进行,每次一听到屋外有风吹草动，她就立刻把书放回去，然后假装什么也没发生似的唱着歌回到自己的房间；在这样的历险中她感到了难以言传的快乐。后来有一天，当小剑第一次意识到自己已经具备了阅读的能力，能够读懂这么多年来一直吸引她的封面下到底隐藏着怎样一个故事时，她再次站到她爸的书架前，可是，可是那本书却怎么也找不到了。

在父母的眼里，小剑是一个天资聪颖的女孩，在她还只有五岁的时候，他们就把她送进了小学，因为这，直到大学她始终都是班里年纪最小的学生。但是小剑有一种奇怪的感觉，她觉得自己年龄的增长好像比别人的要快，开始那些比她大上两三岁、高出她一头的孩子还被她视为伙伴，可后来不知为何他们在她眼里就变得越来越幼稚了。小剑她爸她妈好像从没发现这一点，在他们眼里，她只是由于爱读书爱思考而在沉静的性格中略微有一点忧郁。

在上中学一年级的时候，小剑发现同学们开始谈论自己和别人的身体，她周围的女孩中也陆续有人上课时红着脸不举手报告就急急跑出教室的。虽然小剑自己的身体还没有明显的变化，但觉得这没有什么可大惊小怪的，有一次她对着一群围在一起窃窃私语的女孩说出这一观点，但她们不屑地说，你以为她们是去上厕所呐，真是个孩子。还有一次，在一个女同学的生日晚会上，有个男孩提出要做"瞎子摸象"

的游戏，小剑觉得蒙上眼睛在别人的脸上身上乱摸一通，这中间明显带有男孩幼稚的小聪明，索性就带着玩笑的语气说，好呀，这是很好玩的游戏。女孩子们大多都没答应，其中有一个还有点气愤地说，小剑，你要愿意，你玩吧，我们和你不一样。那一段时间，小剑很纳闷，为什么她会陷入这种尴尬的处境；她觉得她就好像站在一条路前面好远的地方看着自己的身体姗姗来迟。

在十三岁那年的某一天，小剑终于等到了血从自己的身体里流出来，她看着脚下浴盆里的水变成淡淡的红色，脸上露出平静的笑容，她对自己说，她早就可以进入的少女时代现在终于真的来临了。

除了这件事值得小剑纪念之外，那一年，还是一个年代结束前的最后一年。那年春天一开学，小剑看到好多和她差不多大的孩子好像在突然之间坠入了爱河，她爸她妈学校操场边上的小树林里，一到傍晚就有人影闪烁；而更大一些的年轻人常常成群结队地在大街上走来走去，还喊叫，好像再也没有什么书要读，再也没有别的什么更重要的事要做了。那段时间，小剑她妈常用暗示的语调对她说，不要和男同学过于密切，她爸则明确嘱咐她，无论如何，不要上街加入那帮呼喊者的行列胡闹。对于前者，小剑觉得他们的担心有点多余，他们是没看到那些大脑还处于幼年期的孩子用成熟的方式表达爱情的样子，看到了，他们就不会相信自己的女儿也会那样可笑了。小剑没有和她妈谈过有关成年的话题，她对自己脑中的想法很有信心，她老是想，爱情是件需要严格要求的事，她不会让第一次来临的东西就来得随便和浅薄；她也说不清楚这些想法她是从何处得来的，好像很久以前就放在那儿了，除此之外，小剑还觉得，与这个世界相关的事她差不多都已经明白了。但是，对于后一群人，小剑的确很好奇。在一个虚假的恋爱的季节，他们到底想干些什么呢？

正是怀着这样的好奇，小剑才在一个星期天的午后来到城市广场的。在此之前，小剑曾经无数次地从城市广场穿过，其中有一次是快乐地骑在她爸脖子上放着风筝，还有一次是因为不想回家在这里闲逛到深夜。但不论哪一次，都没这一次让她惊讶：这块不大的地方竟然可以容得下这么多的人！那人山人海的景象，在她的记忆中甚至连这个城市有史以来最大规模的公审大会也难以匹敌。小剑记得，小学四年级的暑假前，他们曾被老师带着跨过三个街区，和从四面八方赶来的人们在这个广场会合，然后静静地一坐就是好几个小时，看着一个个杀人犯、强奸犯、盗窃犯乘着军用卡车来了又走的情景。那时的人们只是安静地坐着，最多只是在犯人被押上车时喊叫了几句豪言壮语后，发出了一些嘲笑而已，不像今天，人群像粘稠的液体一样流动着，齐声的喊叫如同热气一样升到半空中,震得人耳朵发痒。

其实那天刚走出家门的时候,小剑就感觉有一种奇怪的声音在自己的头顶上飘散,她看见人们三三两两边说笑着边急急地向广场的方向走去,让人误以为那儿有什么广场音乐会之类的东西。小剑在走向广场的过程中听出那声音原来是出自很多人的喊叫,而不是歌唱。但她一直听不清它的内容,当她终于来到喊叫的人群边缘,能听清他们喊出的词语时,她却又怎么也不弄明白它们指的是什么意思。人们仍然源源不断地涌来,小剑渐渐被挤得更靠近发出喊叫声的地方,但令她奇怪的是,越靠近那里她反而越听不清他们喊出的内容了。被夹在喊叫的流动人群和不喊叫的流动人群之间,小剑一度很难保持住身体的平衡,有好几次她都差点摔倒,她甚至还感觉到有人的手和身体从自己微微隆起的胸前滑过,不过,在那时这些都没有让小剑恼怒,真正让她恼怒的是,那些喊声中很简单的词语她听得见,却无法弄懂;小剑觉得,自己一直以来对于事物认识上的优越感好像在那一刻一下子消失了。

后来小剑想起了多年前的那本书,她还极富诗意地想到,这个世界的内容是否真的比她看到的封面要难懂?她也许很难再读到那本书中的故事,但她可以随时随地了解——比如喊叫——这些世界中她还不懂的内容。

小剑是这么想着的时候被挤到大强身边的。大强身材高大，正站在小剑的身边呼喊，小剑抬起头想看清对方的脸，但由于身材差距的缘故，再加上刺眼的阳光，她很难办到。小剑还注意到，这个人总是先喊一句，然后再和大家一道重复喊上几遍后，换着喊另外一句。小剑听着一句又一句的呼喊就从她身边这个人的口中发出来，差一点跟着他喊出了声。不知多久之后，人群开始骚动起来，好像还有狗的叫声响起，阳光也开始变得不那么刺眼了。小剑再次抬头看着大强，感觉他那张棱角分明的脸有点熟悉，她进入童年的记忆中，被挤得几乎摔在对方身上她也没有觉察。

那天，是大强把小剑带出游行的人群的。那天之后，他还带着她去了他的学校，这个城市中的最高学府——师范学院。当然，他们还去了城市西郊的山林和湖泊。在那段时间里，小剑总是找出一个又一个理由往外面跑，她总觉得她家、她爸她妈的学校小得、熟悉得让人有点憋闷，而外面的空间里却有那么多她从不知晓的东西吸引着她。小剑在这个城市各个风景秀丽的地方不断地问大强那些喊叫的意义，开始的时候，他总是说，你还小，不要管这些。几个月以后，他开始说，你都这么大了，就别问那些我们自己也不明白的烦心事啦。又有几个月之后，大强把小剑叫到那个城市广场的一角，告诉她，他已从学校退了学，要离开这里，去另一个地方了。他还说，学校其实是一个好地方，要她好好学习。那一天，小剑感到一种从未有过的伤感，当她看着大强说，他这么走了有点放不下她，她流出了眼泪。后来看着大强说完再见之后远去的背影时，小剑呼喊着追了上去，在某个离他们初次相遇不远的地方，小剑扑在大强的肩膀上。

过路的人们看不见她的脸庞，只感觉到她的呼喊和她的长头发一起在身后已经空荡荡的城市广场上飘散。还有一个身材高大的男子抱着她，在她头顶上方露出了空洞而又痛苦的表情。

2

小剑离开家乡已经有五年时光了。现在她又要从这个她生活了五年的城市出发，离开这个国家，飞过整整一个太平洋，去异国他乡。

飞机航班是四天以后的。离开的消息来得突然，长久不经意的等待，突然之间以一种她意料之外的方式有了结果，小剑心中的喜悦和忧愁都一下子显得不那么清晰了；她没有把这个消息告诉任何她在这个城市中认识的人。现在，小剑躺在床上，决定着上飞机的前一天再打电话给她的朋友们；能找到多少人就算多少人吧。想到离开之后的一段时间里，她的名字还会在朋友们之间传来传去，而她突然离开的原因还有可能成为一个秘密，小剑多少有一点伤感和兴奋。经过前一段时间的忙碌，现在她已经作好了一切准备，但这时候有一个问题出现了：既然这么快就要离开了，那么在这里的最后几天该如何度过呢？小剑以前在大学读中文系的时候常有这样的经历，面对宿舍满满一书架她曾经读过的书，急急出门前却不知道到底要带上哪些。现在她又有了类似的感受。

无需再回家给她爸她妈带去离别的烦恼和忧伤了吧。几天前，办完一切手续在等护照和机票的间隙，小剑曾回去与家人告别。小剑觉得他们把她送上火车时，肯定已经体验了一次这种情绪，短短的时间里再来一遍，会有点矫情。去找李夏、陈晓雨、钱子惜她们？李夏刚与男友分手，回老家之前，小剑还在酒吧里听了她一个晚上的倾诉，这会儿她肯定没心思翻过来听小剑给她讲离别前的话。陈晓雨是个精力充沛的人，采访、写稿，每天都是忙忙碌碌的样子，毕业后的这一年，每次聚会，迟到早退的人总是她。小剑想现在打电话给她，说不定听到的会是"小剑啊，有什么事吗？"这样的询问，怎么回答呢？还是算了吧。去找钱子惜也不行，她正在校园里和王兆军过着幸福的研究生生活，更为重要的是，王兆军以前曾在小剑面前信誓旦旦，非她不娶；大学几年他始终遭到小剑的拒绝,毕业后却成了钱子惜的男友。有几次小剑还收到他的信,她猜想那是背着钱子惜写的。小剑当然没搭理过他,而且,好几次在见到钱子惜时她都想说,但听见她向大家描述他们的幸福生活时,小剑怎么都没法开口。那么去找谁呢?小剑的脑子里一个个地闪过朋友的名字,开始是一些亲近的、身边的,后来范围扩大到不是很熟悉的,不知现在身处何方的,甚至好多只有一面之交的她也算了在内,但结果是一样的:它们很快又被她以各种各样的理由否定。小剑脑子里的人名像一个活物,从记忆中或深或浅的洞穴里蹦出来,它们跳出来时,她既难以控制又不带任何感情色彩,但否定它们的时候,能让她想起很多与这些人名有关的往事。

小剑记得在沉沉睡去之前,她想到的最后一个人是大强。小剑在初中最后一年与他分别,之后就再也没有见到过他。大强是小剑少女时代短暂的初恋情人,比她大七岁,那时是一个学画的师范生。如果没有那个过往年代里的热情和动荡,他就不会从师范学院退学离开她的家乡;如果那时他没有离开她的家乡,他们现在又会是怎样一番情景呢?小剑想起了好多年前她站在城市广场上的呼喊,也许长相厮守,更可能的是像现在一样不知道各自身处何方。

第二天起来,小剑就打定了主意:一个人度过在这里的最后时光。她大致安排了一下日程:第一天去这个城市中她从未去过的几处标志性景观看看,然后随便看一场电影或演出。第二天逛逛书店和商场,不买书,再买几件冬天的衣服,国外有越洋电话来说,那里比想象得还要冷。第三天白天去博物馆、美术馆、展览馆,晚上回学校,看看宿舍楼和图书馆。第四天什么也不干,睡个懒觉起来,按照通讯录挨个给人打电话,告诉他们:第二天她就要离开这个国家。

那天,在好几处城市景观间穿梭的时候,小剑觉得,对于这个喧闹的大城市,就像对许多其他事物一样,她没有什么特别的感情:不十分了解也不陌生,不特别喜欢也不厌恶。小剑不知自己从什么时候开始形成了这种待人接物的态度,在大学里,小剑被认为是一个热情开朗的姑娘,但她自己知道,那多少是一种善意的姿态,其实在内心深处,很多的人和事与她并不相关。

接近傍晚时分,小剑站在城市标志性的高塔上看着风景,这时候,她感到有人在不远处看着她。开始她以为那只是一个陌生人猎艳的目光,并没有太在意,可是好几分钟过去了,那人还没有收敛的意思。小剑心想,你也太过分了,就转过脸去,同时准备好了冷峻的目光。可令她感到惊讶的是,站在那里凝视着她的人竟是王兆军。

"小剑，怎么这么巧，在这碰见你？"钱子惜不知从哪里一下子窜了出来，微笑着跑过来和小剑拥抱。

"小剑，好久不见，你好。"王兆军的语气和目光一样，充满了小剑不很喜欢的那种深情。小剑觉得钱子惜真是一个单纯而又善良的姑娘。

他们一起在塔上又站了一会，谈了一些自己和朋友们的情况，直到脚下的灯火开始亮起来，使江对面的建筑从灰色变成彩色。钱子惜开始感叹这个城市的夜景真是美丽，还说她和王兆军在这一点上达成了共识：他们从自己的家乡来到这里，相遇之后就不再打算离开了。对这种话小剑不知该如何应对，看着钱子惜在她身边眯着眼陶醉的样子，小剑觉得也没有说什么的必要了。后来，一直和小剑隔着钱子惜的王兆军问小剑，晚上有事吗？没事的话，跟他们回学校玩吧。小剑想了想，答应了。

学校旁边这家餐厅的生意还同往日一样兴隆，小剑他们找不到靠窗的座位，就在大堂中央坐了下来。钱子惜嚷嚷着叫王兆军请客，说他刚拿到一笔数量不菲的奖学金，小剑说还是我请你们吧，毕业之后还没请你们吃过饭呢，下次我再来学校时账单归你们。小剑看到他们没有表情地互相看了一眼，然后由王兆军说了一句，那好吧。

小剑好像还从来没有见过钱子惜喝这么多的酒，连毕业时也没有。她不断地和小剑碰杯,在小剑还只喝了一口的时候,她就一饮而尽了。

"子惜,干嘛喝这么多,王兆军你也不说说她?"

"没事儿,你们好久没见面了,她高兴。"王兆军说完,举起杯子,同样一饮而尽。

小剑是这时感到气氛有点不对的;钱子惜目光开始迷离,王兆军的面颊通红,双眼中好像有炽热的火焰流出。

"子惜,怎么了?到底怎么了?"

"没怎么,我想到毕业时在寝室里你、我,还有李夏和陈晓雨四个人唱着歌、朗诵着诗喝完二十瓶啤酒的时光,有些怀念。"钱子惜站起身,"我去一下洗手间。"

小剑站起来想跟去,但被王兆军的话挡住了。他说:"小剑,为什么非要这样呢?"

"你说什么?"

"我知道,这几年在这里,你过得并不愉快,你想要的是另一种生活,但为什么非要以这种方式呢?我不清楚这件事的内部,但我觉得你这么做,得到的未必有失去的多。"王兆军见小剑一言不发,就停了一会,然后他又接着说,"以前我不懂该如何获得自己真正想要的东西,是子惜给了我答案。今天是她拉着我去找你的,我们到你家找不着你,就胡乱在城市中游荡,在熙熙攘攘的人群中,她跟我谈了很多关于你的事，还有你的理想；我也把以前没有告诉她的告诉了她，但她说虽然你我没有把事情告诉她，但她其实都知道。她真是一个好姑娘……后来，不知怎么那么巧，我们就遇见了你。"

钱子惜红着眼睛回来的时候，一个劲地说着"没事，没事"。在人声嘈杂的餐厅大堂中央，王兆军一口气喝下一杯酒，当他再抬起头时，就看见眼前的两个姑娘紧紧拥抱在了一起。

3

最后几天的计划看来注定是要被打破的，李夏打来电话时，小剑躺在床上这么想。

"小剑，陪我逛逛商店吧，天气冷下来了，我突然发现缺少很多东西。"

小剑昨天从学校回来的路上，想着王兆军回去后她与钱子惜的谈话，就对自己说，还是走之前找个时间与朋友们聚聚，不说事情的全部，也得告诉她们她就要离开的消息吧。况且叫钱子惜知道了也不说，对她来说也是一种痛苦。李夏应该还不知道这件事，因为在电话里听不出她的语气有什么异常。

穿行在商业街鳞次栉比的时装店,李夏一直在小剑身边感叹,漂亮的衣服太多,季节一换,好多东西不管是你喜欢的还是不喜欢的,都过时了。小剑知道,李夏是个多愁善感的人,在考虑与男友分手的那些天里,她拉着小剑逛街时就是这样感叹个没完,那时她说话的语气里还有着一种刻意表现出来的豁达,但这一次,李夏好像根本没有掩饰自己情绪的意思。这让小剑有点心虚,但好几次话到嘴边,她又咽了回去。

"怎么想买什么的时候,却反而找不到了?"

"当你不急着要它的时候,它就会自己跑到你面前的。"小剑想着自己的事到底该怎么办的时候,听到李夏的话,就心不在焉地顺着她的思路回了一句。李夏笑着说:"是啊!"小剑这才意识到刚才自己说的是什么。

"算了,不逛了。让我想想去哪呢?对了,听说刚开了一个艺术双年展,咱们要么去美术馆看看吧。"李夏从来没表现出来对艺术有什么特别的爱好,小剑奇怪她为何会在这个时候提出这样的建议,这原本是她两天前胡乱计划中的事。

市政大楼前的广场上人来人往,小剑与李夏从那里出了地铁车站,时间还不到中午。小剑看着这平日里熟视无睹的广场和大楼,突然之间觉出了一丝诗意,"穿过市政广场去美术馆",小剑想起这是一首诗的名字,作者是她大学时代很喜欢的一位诗人。当她联想到那个诗人就是从这个城市离开,去自己将要去的那个国家流浪时,小剑好像找出了产生诗意的原因。

"广场越来越拥挤了。"小剑对李夏这么说的时候,听见身后有人在喊她们的名字。是陈晓雨。

陈晓雨先是惊叹着说了怎么这么巧,然后问她们要去哪里。

"怎么这么巧?!我正要去美术馆采访双年展呢!"

李夏也表现得十分惊讶,这让小剑更加疑惑:她不知道李夏和陈晓雨到底在干什么,小剑猜想她们可能知道了她本不想说出的东西,所以制造了这次巧遇和同行。小剑不知道她们能否想到她已经明白了她们的用心,她们也许能想到;大学时代她们都说小剑是个情感细腻的人,而且细腻得近乎敏感,她们怎么会想不到呢?所以,当小剑准备索性找个地方坐下来,好好与她们聊聊天的时候,看见眼前的两个朋友像什么事也不会发生似的,又说又笑地走在她身边的样子,小剑没有忍心说出来。就这样吧,大家心照不宣,大家快乐生活。

美术馆里的人比小剑想得要多得多,可能是展览刚开始两三天的缘故,也可能是因为热爱艺术的人越来越多了。陈晓雨一进门就忙着拍照,小剑看得也有些三心二意,李夏却很仔细的样子,不停地发表着意见,还老是问小剑一些难以回答的问题:这幅画到底画的是什么,那堆乱七八糟的石头上浇上一层纸浆能叫艺术?小剑笑着说,算了,你管这么多干什么,它们能让你感到点什么就行了。

"我就是感觉不到什么嘛。小剑,你说说,看着我们眼前的这幅画,你能感到什么?"

小剑原本不想正正经经地回答这个问题,因为她觉得李夏这样有点幼稚,不管这是出于什么原因;是真的疑惑,还是善意的姿态。但是当小剑抬起头看了一眼那幅画后,她改变了想法。

"这幅画有着很明显的抽象抒情主义的风格,"小剑的语气十分严肃,让李夏觉得大帽子后面跟着要来的一定是长篇大论,"你看,凌乱的线条和斑斓的色彩后面,有一个,不,应该说是两个抽象的人体,他们紧紧拥抱在一起,四肢交错,躯干融合,只有头部能让人辨认:我们没法确定他们是以怎样的姿势拥抱着,也许相向,也许同向,面对我们的是一个人的面孔还是两个人的面孔。但这不重要,甚至你可以认为画中原本就有多种可能,重要的是在人体的后面,还有东西;那是一种情绪,一种把感情收缩到最小或膨胀到最大的欲望。如果举个例子来说,类似于无声的或撕心裂肺的呼喊。你看，人体的色彩是透明的灰色，而在他们的前后左右经过整块蓝色的铺展和过渡，布满了令人炫目的多色混杂的点，它那浓密的程度又让人窒息。灰色的人体在经受挤压还是引诱，我们没法说清楚，但他们的感受可能与我们有些时候的相同。不止这些，在这种情绪后面，每个人还能找到与自己相关的事物的影子……"

能在李夏和陈晓雨面前说出这一番与此时此地的气氛如此不合的话，小剑自己都有点纳闷。但语言就是这样难以控制地流淌了出来，小剑也没有办法。就在词语将要流到小剑初恋那一年的河流的时候，一声喊叫响遏流水。

"这幅画真的叫《呼喊》！"李夏在画右侧的标题牌边上惊叹，"小剑，你真行！快过来看看呀！"

听她这么说，小剑已经十分惊讶了，当她走上前去，看到《呼喊》下面作者那一栏的时候，她的头顶一下子就有了充血的感觉。那里写的竟然是大强的名字。

"原来是他。"陈晓雨缓缓地走过来，低头看完之后说了这句话，小剑才冷静了一点。

"你认识他？"小剑问。

"展览开幕的那天，我原本想采访他的，可是他好像很忙，开幕式刚结束，就要走了。我再三想留住他，还说只要十分钟，但他还是走了。"

"你能再找到他吗？"

"他走的时候倒是给了我一个他酒店房间的电话号码，但我打了好几次，都没人接，看来电话采访也没戏了。怎么，小剑，你认识他？"

"不，不认识，看了他的画，我就是想见见他而已。"

小剑抄下那个电话号码的时候，不知道自己是正在与李夏、陈晓雨继续着心照不宣的告别游戏呢，还是真的在多年之后找到了初恋情人的消息。李夏的脸上总是露出微笑，她叫陈晓雨给小剑照一张站在这幅画前的照片，说小剑既然这么喜欢《呼喊》，就留个纪念吧。小剑说，不用了，要照，我们照一张合影吧。

4

那天晚上，小剑一回家就接到了一个越洋电话。在电话里，她先解释了回来得比约定时间晚的理由；她说她和朋友逛了一天街买衣服，却丝毫没提去了美术馆的事。小剑说，这几天她很好，一切都已准备停当，一切也都很正常。拿着电话听了一段时间，小剑又说，过几天她就过去了，没必要这么想念她。又过了很长时间，小剑淡淡地说，没事，不用亲自来机场接她，有个人给她带路就行，然后，她笑着说，好了，如果没什么意外，三个昼夜以后，就又见面了。

一挂上电话，小剑就又一次将它拿起。开始，她一连拨了好几遍那个从陈晓雨那里拿来的电话号码，但始终都没有人接。每拨一次，小剑都觉得，在电话的那一头，真的可能有一个熟悉又陌生的男人从酒店房间幽暗的灯火里走出来，走向电话听筒；每一次小剑都会深深地吸一口气，像个孩子似的，惴惴不安地等在多年之后的另一座她将要离开的城市。但每一次，铃声响过十几遍后，还是没人来接。也许他已经走了，也许他根本就没有来过，或者来了又走的完全是另外一个人。

那么，李夏、陈晓雨这么做，是想干什么呢？留住她，还是想让她不留下遗憾？很难琢磨清楚。但有一点小剑可以确定，她们肯定知道了事情的大部甚至全部。如果今天的这一切不是巧合，那肯定跟钱子惜有关；朋友是善意和无可指责的，但在一整天无休止的游戏之后，小剑没有办法从游戏的结果中找到实在的快乐，那么，这一切又有什么意义？小剑的脑子里又一次出现了昨天晚上在校园中与钱子惜谈话的情景，有一种说不出的失落。

小剑又一次拿起电话，这一次，响起的是钱子惜宿舍的铃声。

小剑开始说她睡不着，想找人聊聊天。钱子惜说她也是。在谈了一大段以前和以后的事情之后，小剑说了白天的经历以及她的疑惑。

"我没有向她们说起这件事，我遵守了昨天晚上的诺言。小剑，你想想我们昨晚谈话的气氛，你应该相信我。"过了好长时间，钱子惜觉得小剑一直不说话，就问，"小剑，没事吧？要不要我现在过来陪你。"

"不用了，我想一个人静一静，明天再说吧，反正还有时间。"

小剑几乎是在挂断电话的同时，又拨了一遍从陈晓雨那里拿来的电话号码。

铃声清脆，在一个好大的空间里回响，小剑觉得，那声音有点凄美，但好听极了。它就像是一个人对一种说不清的东西的呼喊，持续不断却又不等待着具体的回答。

5

……

"小剑，在你走之前，有一件事我想问你，你觉得有真正的爱情吗？"

"应该是有的吧，你不就是证明吗？"

"我是问，你相信真正的爱情会降临在你身上吗？"

"这我说不清,我们没法预知将来,也没法再一次经历过去的事情。但有一点像你想的一样,其实我自己也知道:这件事,与爱情无关;就我现在的感受来说,大洋彼岸具体是谁,我与他之间是否有什么深厚的感情,并不是很重要,重要的是我这样做了,可以改变好长一段时间以来我已经厌倦的生活状态,可以给自己一些我真正想要的东西。"

"小剑,你知道吗,王兆军今天跟我说他和你的事的时候,我一点都不惊讶,而且我也完全能够理解你没有把这件事告诉我的原因。其实,这件事,我事先并不是真的知道,在这一点上,我向他撒了一个谎,但我觉得这应该是一个善意的谎言,因为,我始终相信在时间中,一个人总可以改变点什么。"

"你改变了他,还是你们各自重新认识了自己?我觉得,这很难说清楚。很多事情就是这样,让你一直都很难说清楚,就像生活本身,就像我刚才给你讲的我和大强之间的那段往事。"

……

"对了,子惜,你还没说,你是怎么这么清楚地知道我出国这件事的呢。"

"小剑,这段时间,有一件事我一直在犹豫要不要告诉你。有好多次,我都想说,但一想到你在这个城市中生活得很不愉快，而你又是这样一个难以禁锢的人，我就没法开口。刚才，我听了你说的关于你离开的真实想法，我觉得我还是应该说。"

"什么事？"

"几乎在你认识他的同时，我也认识了他，这你知道。但你不知道，一年多以前，也就是我们毕业的前几个月，他突然向我说想带我回他的国家，问我愿不愿意？我没有同意。后来他又在我面前提了好多次，我都拒绝了。前几个月，他用一种我很不喜欢的口气告诉我，不是我没有给他机会，而是我没有抓住机会。他还说，另外一个女孩抓住了它，她是我的朋友。更让人难以忍受的是，他说，如果现在我改变想法，还来得及。"

……

"小剑，你怎么了？"

"没事，没事。不知道为什么，我明明知道整件事，就像交易那么简单，但就是无法摆脱一种不知名的力量的诱惑；这种诱惑太复杂了。刚才你说的事，我事先一点都不知道，原本对于这种情形我也预想到了，只是没想到从一开始就已经存在。这让我有点失落，不过，除此之外，我感觉不到更多。"

"我之所以告诉你这件事，就是因为我觉得它已经无法改变你的决定了。可是,小剑,我真不明白,为什么连这样的事都不能改变你的决定?你还说你相信有真正的爱情?"

"你不明白,对于我,那种复杂的诱惑有多么大的力量。真正的爱情降不降临,与离不离开这个国家,对于现在的我来说,没有因果关系。"

……

"子惜,除了王兆军,你把这件事告诉了别人吗?"

"没有。连李夏、陈晓雨她们也没有。"

"那在我走之前就不要说了,好吗?我想在离开的时候,心情轻松一点。"

"小剑,我答应你。我一定不会说的。"

……

"小剑,真的再没有什么可以留住你了吗?"

"有。一个人带着一份真正的爱情突然降临。但是,这个时代,这个城市已经没有童话了。"

"小剑……"

"不说这些了,不说这些了,现在我只想像小时候那样无所顾及地大声呼喊。"

马拉美的婚礼

1

"……就像前面的那座木桥……那座桥怎么了？造到一半怎么停了下来，造桥的人他想干什么？我读到马拉美先生的诗，就像站在悬在半空中的桥梁，有被送到不知名的时间、地点的愿望和惶恐。"当对方问及关于马拉美的印象时，周无对第一次见面的李金发这么说。

"这是你的幻想，就像我在巴黎某个浓雾的清晨梦见金发女郎，还用金币和她交换了钟表一样，都是幻想。"李金发掏出一只怀表，看了一眼，然后对周无说，"走吧，时间差不多了，我带你去见一位先生，如果你愿意，可以和他细致地讨论一些关于马拉美的事情。我们这算作在确定的时间到确定的地点去了吧。"听对方用这种轻松但很正式的口气和自己谈话，周无觉得面前这个比自己大七八岁的诗人很善解人意。其实，周无真没想到，非但李先生自己同意和他这个素昧平生的年轻人见面,而且还会引见别的先生给他认识。从学校来这里以前,周无曾听说,那个象征主义诗人李金发从法国归来之后,就一直过着平淡的生活,不爱见客,也很少过问文坛的是是非非。由于这一点周无心存疑虑,担心如果这一次访问遭到拒绝,那以马拉美为毕业论文研究对象的计划就只有泡汤了。可谁知道,在他寄出信不久,就收到了李先生的邀请信。信写得很热情,让周无有点受宠若惊,信上说,在中国还没有关于马拉美的研究,能做这样的事情,很有意义。他还说,来吧,他正好有一些事情要找人谈谈。

离开刚才小坐的茶馆,又穿过江南小城几条青石板铺就的街道,他们走到一栋木制的阁楼前。敲门之前,周无问李金发这里的主人该如何称呼,李金发说,就叫他乌先生吧。

开门的是个五十多岁的男子,一身干净的灰色长衫,可能是戴了黑眼镜的缘故,表情显得有一些严肃。他和李金发握了握手,还没等周无伸出手来,说了句"请进"就转身走回屋内,似乎并没有看见他。

坐下来之后,乌先生说:"我听李先生说了你的情况,觉得很有意思,我不懂诗歌,但知道马拉美,可以和你谈谈他这个人。"乌先生的话说得如此直接,以至当周无意识到对方在和自己说话的时候,已经来不及问候了。

"是的。我是在学校图书馆里读到李先生译介马拉美的文字后，萌生了研究意图的。后来每读到一首马拉美的诗，这个意图就增强一分，但那种被送到不知名的地方的感觉也越发强烈。好多事情我正想向两位先生请教呢。"周无看了一眼李金发，看见他起身走向房间一角，为乌先生和他端来两杯茶，又折回去，为自己也端了一杯。

"我第一次知道马拉美这个人是在这个世纪初，当时我刚踏上他的国家的土地，还不到二十岁。"乌先生点燃一支烟，开始叙述，"你一定知道，马拉美一生中只出过一次远门，这方面我与他相同。那是一八六二年，马拉美离开法国，来到伦敦，当时他刚满二十岁。据说他在一所学院学习英语，然后把其他的时间都用于在市立图书馆里阅读。后来人们说马拉美去英国的原因是为了学习语言，他自己也说是为了更好地阅读爱伦·坡。我在法国的时候，查阅了相关资料，发现在这个问题上，马拉美其实和大家开了一个玩笑。"

"我看过他的一篇自传，好像是给魏尔伦的一封信，上面说到此事时，语气清淡，这其中难道还有什么隐情不成？即使有，又对研究他的诗歌有什么影响呢？"周无回想了一下自己掌握的资料，好像没找到可以怀疑这件无关紧要之事的理由。

"我第一次听乌先生讲这件事时，也不大相信。你别着急，听他讲完。"李金发向周无微微侧过身，轻声提醒了他一句。

"你说的那篇自传我多年前看过，现在我记得不太清楚了。上面有没有提到他在英国结婚的事？"

周无是这篇自传的中文翻译者，却也记不清了，给乌先生这么一问，他颇有一些惭愧。李金发走到乌先生身后的书架旁，抽出一本书，边快速地翻看边说道："这本伽里马版的马拉美诗集的附录上有这篇文章，上面说他在那里（伦敦）结了婚，生活因此拮据起来……"

"就是这本书，我就是从这本书开始注意马拉美的婚礼的。"乌先生似乎有点兴奋，"从某种程度上说，马拉美来到伦敦，是为了和一个女人结婚。也可以这么说，在他成为一个法国外省的英语教师之前，诗歌对他来说始终是诉说的工具，要说而未说出来的与女人有关。"

"您说的是他的妻子玛利亚吗？马拉美好像很少提起她，和很多诗人一样，那些爱好文学而又办得起文学沙龙的贵妇人常是他献诗的对象。我记得，他常给一个叫梅丽的女歌手写诗，称她为'白色的睡莲'，那首以此为题的名诗中有一种超出友谊之外但又很难用爱情定义的东西。另外胡塞叶公爵夫人也和他过从甚密，她是法国诗人和作家阿瑟纳·胡塞叶的妻子。"

乌先生没有接过周无这些有点掉书袋的话，而是沿着自己的思路说了下去。在周无的记忆中,那天下午后来的事情,对他来说,像是一个爱听故事的孩子听老人讲了一个引人入胜的故事那样令他兴奋。那天,直到窗外小街上的嘈杂声渐渐散去,周无和李金发才离开。他们在夜宵摊上吃馄饨的时候,周无问李金发,乌先生说的是真的吗?李金发说,这和他上两次听到的不完全一样,每次他都以为听到了一段有关马拉美的轶事,但听完之后一琢磨,又觉得不是。但是,在乌先生的讲述和马拉美生活的真相之间,到底隔了什么,李金发说他也说不出来。

  他们就这样说着话,不知不觉穿过了两条街。李金发邀请周无到他的住处暂住,说,天已经很晚了,怕是难以找到客店。周无心里觉得那样很不合适,就说,不敢打搅先生。这时,他看见路边有一家小客店还亮着灯火,伙计正在往门框上一块块安门板,就说,反正在这里他还要呆上几天,索性在这家先住了下来,第二天再去拜访先生。李金发说了句"也好",又谢绝了周无相送,一只手插在裤子口袋里走远了,留下一串渐弱的轻快的脚步声。

2

  我是在到了这个城市之后才知道世界上有马拉美这个

人——还是诗人的。那天小剑拿来一本法国象征主义诗集的时候,我肯定是一脸茫然。我还尽力掩饰我的无知来着,可还是被她看出了破绽。

"你们这帮人也好意思说自己是文化人?"小剑的语气就是这样,我不会脸红,但也不好说什么,对着一个认识不久的女孩,直率一点是不容易的。

"盲点,盲点,你总允许一个人知识上有盲点吧。"我有点嬉皮笑脸。

小剑走的时候说,那本诗集先放在我这儿,等我看完了她再和我聊聊。我嘴里说着"好的",但心里犯着嘀咕:你想干嘛直说,还用得着拿外国大诗人打掩护,别以为我不知道马拉美就不明白你想干什么。

小剑是那种相貌平平、但有点自以为是的女孩;这跟她的职业有关,她是本地一所大学的青年教师,搞法国文学。对于她这样的人,我以前从来没有接触过,甚至连想都没有想过还能成为朋友;我小的时候一直是个成绩不好的学生,对老师,长了这么大好像还心有余悸。我们认识得很偶然,在一次地下诗歌朗诵会结束后,一个朋友介绍说,有个大学女教师坐在那边的拐角处。我一听就用戏谑的口气说:"这种人也会来?我以为就是我们这些无所事事的人才会来呢。"我的话还没说完,小剑不知什么时候已经走到我们身边,她说,平时她是不来,那天没什么事可做,就来了。她还说,她觉得我们这些人不像她原本想象的那样。我问,哪样?她说,至少没那么咄咄逼人,没那么不友好。后来我们互通了姓名,小剑说自己叫"程剑",当我告诉她我叫什么的时候,小剑看着我的表情有点奇怪,但很快她就说了一句"很久以前,也许我们还是一家人呢!"想掩饰那一瞬间的尴尬。我善意地笑了笑,表示领会了她这句好像有什么深意的玩笑。

那本象征主义诗集放在我书架上得有了一个月,我才翻了翻。也许是翻译的原因,我耐着性子看了几首,不觉得有什么特别之处。有一次我忍不住想,既然马拉美的诗读下来也不过如此,我也不能太把自己的写作当一回事了。

但是,对于马拉美的忽视到小剑有一天跟我说起马拉美的婚礼之后结束了。因为那天,跳开诗歌,小剑给我说了马拉美婚姻的很多种说法,还说,她也不知道哪一个是历史的真相,她说,马拉美的婚礼在学术界已经成了一个不大不小的谜了。开始我不以为然,说,偷窥癖,你们学术界就爱干这些没谱的事儿。可是当她把事情的细节说给我听的时候,它就像是一个有着神奇力量的咒语,一下子就抓住了我。应该说,就是因为对马拉美的婚礼的好奇让我对马拉美这个人也产生了兴趣,在好长一段时间里,我尽一切可能地寻找马拉美的作品和传记资料;这其中好多资料还是小剑帮我找来的。她每次来我这里的时候都会拿一点,如同带来一瓶酒、一袋水果那么自然。那段时间她常说起的话题就是,她又发现了什么线索,等她确证了,下一次来的时候拿给我看。我有时候会说,不要这么麻烦一次次地跑,不如带我去你们学校的图书馆吧。

"你懂法文吗?中文资料我几乎都翻遍了,就只有这些。"每次她这么一本正经地一说,我就会露出看不出内容的笑容。

"笑什么笑,有什么好笑的,讨厌!"她就用这句等着我。

不过,我在她先前拿来的一大堆东西里还真发现了几则很有价值的文字。比如,我知道了马拉美的妻子是一个有着斯拉夫血统的德国姑娘,名字叫玛利亚,她在英国与马拉美相遇之后很快就和他结婚了;玛利亚是一个相貌普通又没有什么特别艺术天赋的人,马拉美在婚礼之后尽管给一些女人写过感情真挚的情书,但再也没有结婚,甚至在妻子中年去世之后。这些或许就是小剑所说的令人疑惑的地方。还有一点,马拉美在自传中说,他去英国是为了学习英语,但据马拉美的好友——美国画家惠斯勒说,马拉美的英语相当一般。而且更有意思的是,在英国整整一年的时光,马拉美只写出了寥寥四五首诗,这对正值二十岁又处在诗歌写作高峰期的马拉美来说，有点让人不可理解。

后来有一天，小剑跑到我这说："可以和我谈马拉美了吗？我已准备好了，你准备好了没有？"在我的记忆中，那天她所说的完全像一个故事，但她又讲得那么确定，听完之后我无法判断这是故意的虚构还是事实的真相。

"一八四七年．马拉美的母亲逝世，当时他只有五岁。在后来很长的一段时间里，他和年幼自己四岁的妹妹玛利亚在感情上相依为命。虽然他们出生在一个较为富裕的家庭，但童年乡间的生活却是封闭和孤单的，没有其他的孩子，父亲只是严厉地教他们语言和历史，仆人们与他们也不很亲切。在马拉美的记忆里，母亲是一个身材矮小、和蔼可亲、常给他讲述家族历史的女人。玛利亚出生的那天，马拉美就站在母亲房间的窗外，看着她的痛苦和微笑。当人们张罗着给刚刚降生的孩子取名'玛利亚'的时候，马拉美才意识到自己多了一个妹妹。

"母亲的去世在马拉美的回忆里好像并不是一件十分重要的事，当然，也完全有可能因为那种痛苦太大，使他长大后不愿再回头去想。马拉美在自传里，唯一关于童年美好生活的记述只和玛利亚有关，他甚至提到了冬天他们在莱茵河的一条支流冻结的河面上滑冰、捕鱼的那种快乐。有的传记说：早上起来，马拉美有一个看女仆人给玛利亚梳头的习和家乡朦胧的葡萄园多么相似!

许多声音搅乱了我的听觉,

齐声祈祷比誓言更让人牢记。

多年以前我在绿色的藤蔓下

曾与她在静寂中相依,

还听过纯洁的呼吸时起时伏。

异国的美丽新娘

你不会知道

我度过了多少个与你有关的童年时光。

我来此寻求带有魔力的文字

你的名字恰巧冻结在忧郁的方窗之上。

它带来了你深蓝的眼睛

淹没了另一个女人

永远不会再成熟的躯体,

它的力量让我每次轻吟时

都仿佛经历了一次恍如隔世的诀别。

美丽的异国新娘

我不知道

这个简朴的婚礼是为了你

还是为了你的名字隐喻着的东西。

3

周无和衣躺在小客栈的木床上，想着乌先生关于马拉美的叙述，难以入睡。"明天一定要去李金发那里，听他转述一遍前几次乌先生的叙述。"他睡着前一直这样想着。

那天夜里，周无好像梦见自己回到了北京校园里那熟悉的家，但给他打开院门的却是一个不知名的女人。周无问她，你是谁？她竟然说她是他的妻子。周无记得在梦里他露出了惊愕的表情，那个女人说，你不要奇怪，你不认识我，但你一定知道我的名字。周无又问，你叫什么？对方却说，你怎么问我，你应该问自己才对。后来梦里的场景又变得十分陌生，那个看不清面容的女子给他打开了门，领他走到一面镜子前；他发现镜中的人已不是他。他记得自己在梦里还想了一会儿，终于明白那可能不是别人，正是诗人马拉美年轻时的面孔。

敲门声吵醒了周无，也打断了他奇怪的梦。他打开门，是一个陌生的姑娘。

"你是周无先生吗？"

"小姐是？"

"你不认识我，我是李先生的学生，叫李眉。李先生让我来找你，请你去他家里。他等了你一个上午了。"

"现在是什么时候了？"

"中午了。"姑娘低头笑了笑。

周无没想到自己一觉就睡到了中午，但在梦醒之后，却用与梦中颇为相似的方式，在这样一个陌生的南方小镇遇上一个陌生的姑娘，周无真是觉得又惊奇又兴奋。

他们到李金发家的时候，周无注意到客厅里已经摆上了一小桌酒菜，李金发做了一个请坐的手势，先坐了下来。

"李眉提醒我要请你来，还做了这桌酒菜。我想这样我们也可以好好谈一谈马拉美。"

"先不要谈你们的马拉美了，菜都要凉了。"李眉在一边催促道。从她说话的口气中，周无觉得这个李眉与李先生的关系肯定不一般。

那天，当周无喝到脸微微发红的时候，李金发忍不住开始谈论起马拉美来。

"有人老是批评我《怨妇》一类的诗写得晦涩难懂，说我既是食古不化又是食洋不化。对此我没法说什么，只能怪他们对于象征主义根本就不懂，不是我笑话，他们可能连马拉美是谁都不知道，更不可能读过他那些诸如《骰子一掷改变不了偶然》这些伟大的诗篇。那里面的晦涩有着多么巨大的诗意啊！与马拉美相比，我的诗歌是多么苍白直露！"

周无读过《怨妇》，对"生命就如死神唇边的笑"这样的诗句印象深刻。在他看来，李金发的诗歌实践代表了诗歌发展的先进方向，况且也并不十分晦涩。《骰子一掷改变不了偶然》周无也读过，谜一般难以琢磨。可是现在谈起马拉美，这些似乎都不是最重要的。

"马拉美的婚礼如同他的文字一样，简单却让人难以理解。昨天乌先生说的和前几次对您说的有什么不同呢？"周无现在更为关心的是马拉美的婚礼而非诗歌，他不知道为什么在短短的一两天之内，自己就偏离了来到这里的初衷。

"事情的大致情况，还是像他上次说的那样，不一样的地方主要在于，那个和马拉美结婚的女人到底是什么地方吸引了他，或者说，她为什么会让马拉美在英国的那一年没有写出什么作品来呢？要知道据前几年法文版《马拉美全集》的记载，一八六二年，几乎是马拉美漫长的半个多世纪的写作生涯中，写出作品最少的一年；但当时他正当二十岁，而此前此后的几年又是他写作的第一次高峰。

"乌先生第一次说：那是一个来自德国的金发美女。五四之前，他在巴黎的时候拜访过马拉美的得意门生——诗人瓦雷里。一天傍晚，在拉丁区瓦雷里住所附近散步的时候,他对乌先生说,看见巴黎天空边缘金黄色的晚霞,你想到了什么?家乡——中国南方秋天的稻穗。你猜我想到的是什么?瓦雷里喃喃地说,你是在隔着空间想象,我隔开的是时间——那晚霞是马拉美夫人浓密金黄的秀发!当年,在我还是个初出茅庐的外省青年时,我在马拉美的家乡见过夫人,她的美丽不像她的金发那么眩目,而是像母亲在你眼前闪耀的光辉那样,温和而又平静……可惜,可惜人到中年就离开了爱着她的人们。

"乌先生那时还看得见,他说他当时看着瓦雷里说话的表情,想到的是勃拉姆斯与老师舒曼及师母克拉拉·舒曼之间那段缠绵悱恻的感情纠葛。乌先生还说他后来在瓦雷里的家里看到了一幅马拉美夫人的画像,是瓦雷里凭着记忆在夫人去世之后画的。现在他的眼睛看不见了,却能清楚地回忆起那幅画来,有时甚至还会梦见金发美女的身影。那种奇妙的感受很难向外人道。"说到这里,李金发停顿了一下,然后慢慢地吐出了几个字,"我完全能理解他的感受。"

"好了,说着说着又说到你自己身上了。"李眉笑着插嘴。

作为象征主义诗歌的第一批翻译者和研究者,周无当然知道这句话的言下之意;他读过李先生第一本诗集——《微雨》的序言,知道"李金发"这个笔名就来自先生在法国学习雕塑时反复对一个金发女人的梦境。但是他觉得李眉就这么当着他这个外人的面把这件往事说出来,不论她和先生的关系多么密切,总是不妥。他赶紧问了一句,"那后来呢?"想缓解一下局面。

"后来我就回来了……"李金发好像陷入了回忆之中难以自拔似的,李眉用手捅了捅他,他才回到现实之中,"哦,后来,后来有一次乌先生又说出了马拉美夫人的另一个细节:马拉美夫人和马拉美幼年早夭的妹妹同名,都叫玛利亚。他还告诉我说,童年少年时代,可能是因为母亲去世的缘故,马拉美与他妹妹的关系十分融洽,甚至超出了一般人的想象。我当时问过乌先生,他是否在暗示什么,因为我知道在法国的时候,乌先生见过弗罗依德。他说,他还没想清楚,想清楚之后再告诉我。

"第三次,乌先生说,根据瓦雷里所说,马拉美与妻子玛利亚第一次见面的地方是英国北部小城桑斯的一所语言学校;当时他们都在那里留学。但据乌先生自己的研究,他们应该先在法国坠入情网之后才相约去英国留学的,因为两个人入学的档案记录比邻,入学手续是在同一天。所以他怀疑,去英国其实是马拉美想离开法国度蜜月的借口。所以他才说,马拉美在这件事情上给人们开了一个玩笑。他们第二年夏天在伦敦的婚礼实际上是蜜月的总结,而不是蜜月的开始。至于马拉美为什么这么做,上一次乌先生当着你我的面说的那些半是故事半是猜测的东西，或许可以作为解释。"

"乌先生说过什么？"一直在旁边听着的李眉这时坐不住了，但是这一次她发问时面对的是周无，甚至都没有看李金发一眼。

"周无你告诉她吧，我的头有些痛，要先进去休息一会儿。"李金发站起来的时候，周无赶紧上去扶住他的胳臂，李眉也上来扶，在李金发身后，他们两人的肩膀轻轻地碰在了一块，但很快又分开了。

"周先生，你就告诉我吧。"李眉在李金发进屋之后用的是一种轻松的、略带乞求的口气。

周无有些犹豫，因为他觉得在没有第三者在场的情况下，向一个年轻的、几乎是陌生的姑娘复述乌先生昨天的话，他有点难以开口。

"要么我也可以给你讲一个故事，作为交换，这样总可以了吧！"

"你能有什么故事。"周无笑着说，同时觉得眼前的姑娘很有意思。

"有，当然有，比如关于李先生和金发姑娘的。"

周无没想到对方会这么说，收敛起笑容说："如果知道我用马拉美的婚礼来和你交换他的隐私，李先生会不高兴的。"

"不会的,何况现在他又不在。"她做了一个调皮的表情说,"不用担心,有我呢。"

后来周无跟在李眉身后,穿过了屋后的一小片竹林,有点不情愿地在一张石桌前坐了下来。然后李眉看着有点手足无措的周无说:

"好了,这里很安静,让我们立刻开始吧。"

4

在小剑给我看了那首诗之后的第二个周末,她住在了我这儿。说实在的,我压根就没想到事情会发展到这一步,更没想到还发展得这么快。后来当我们的关系更进一步的时候,我问过她我们之所以会这样的原因,她半真半假地生着气说,你这人怎么这样,得了便宜还卖乖!我当然觉得冤枉,我心想:首先是你主动的,再说我得了什么便宜——我整个人蒙在鼓里,现在想弄明白点也不成?

虽然我和小剑的关系发生了质的变化,但有一件事是没有变的,那就是我一如以往的对马拉美婚礼的热情。我有时甚至会有这样的想法:如果我不知道马拉美这个人,或者他这个诗人的婚礼根本就没有什么特别之处,我和小剑会怎样?可能早就成了偶然见过一面就再也没有什么联系的陌生人了。

但是小剑对这件事的兴趣似乎是下降了。她还是把能找到的法文原版资料先翻译成中文，抄好了拿来给我看，但是越到后来，她拿来的东西越少，有时只有只言片语，或者是找不到内容的索引。我发现还有一点很有意思：开始小剑找到的资料之间好像有着非常微妙的逻辑关系，或明或暗地要把马拉美的婚礼引向小剑那首诗所讲述的情景，但后来资料之间的关系就零散多了。我曾在和小剑一起分析这些资料时，提出过这个疑问。小剑说："这也不奇怪，几乎每个人都有解释事物的愿望，关于马拉美婚礼的资料就只有那么多，当我们看到其中一部分，而这一部分又有着明显的因果关系的时候，我们就会很自然地形成对于事情的解释，并认为自己的解释是事情的真相。当这种观念形成之后，与此不一致的东西就会被认为是无关紧要的，除非再发现什么重大的线索，否则我们的观念就不会改变。"

坦率地说，从读到小剑那首叫《马拉美的婚礼》的诗开始，我就对她的看法保持着谨慎的怀疑态度：对文字再痴迷的诗人，也不可能仅仅因为名字而去爱一个女人，即便这个名字隐含了他再多的思念与记忆。但是，小剑给我看完诗歌那晚所解释的也有道理：名字不是一个活生生的人，但是是接近一个人的契机，如果马拉美的妻子不与他的妹妹同名，马拉美可能根本就不会认识她，或者匆匆见上一面，留不下什么特别的印象；这可以解释为什么除了名字之外，马拉美夫人在其他方面都更像一个普通的女人。

"当然这一切都是以'玛利亚'这个名字对马拉美的特殊含义为基础的。"小剑说这句话的时候，很专注地看着我，是我们第一次见面时的那种表情，而她眼睛里流露出的，是那天给我讲述马拉美和他妹妹故事时流露出的光亮。

那段时间，小剑谈论马拉美婚礼的频率越来越低，到后来几乎不再提起了，但来我这里的次数却日益频繁。有时，天已大亮，我要从床上起来，小剑都不愿意。甚至当我提醒她，她那天学校有课时，她却说，请个病假，今天不去了，她就想和我这样什么也不干地在床上躺着。

我很奇怪事情为何会发展到这个地步，我到这个城市来想寻找的原本不是这样一种生活，在内心深处我对这个女孩的感情是怎样的，我自己都说不清楚。况且她越是对我依恋，我好像就越是找不到这种依恋的感情基础；我很难在日常的生活中找到什么，作为小剑与我之间有什么深厚感情的佐证，我觉得，不论对她来说还是对我来说，她来我这里又从我这里离开，一切都像是习惯一般自然。

事情有所改变是从我发现小剑给我拿来的资料之间有明显漏洞开始的。

那天，我原本是想把有关马拉美婚礼的文字拿出来，好好整理一下，作为以后写作的资料。但当我把小剑几个月前给我的东西和新近拿来的一比较，我发现了其中自相矛盾的地方。一个最为明显之处：小剑以前说，马拉美是在去了英国之后遇到妻子玛利亚的，但在她最近拿来的一份录自《马拉美传》的年谱里，从时间上推算，马拉美应是与玛利亚坠入情网后才去英国的。

为什么会这样呢？的确，几个月以来，有关马拉美婚礼的法文资料都是小剑翻译整理后给我的，我并没有看到我看不懂的原文。难道这么长时间以来，我是在小剑关于马拉美婚礼的虚构中，用一种远离真相的方式接近马拉美的？如果是那样，小剑想干什么，马拉美的婚礼到底又是什么样的呢？我满脑子都是这些疑问。"如果不直接去问小剑，那要解开这些问题，只有一个办法——自己去寻找。"

我是在这样一种情况下，找到中国第一个象征主义诗人李金发关于马拉美的婚礼的记述的。事情其实很简单也很偶然，我想，看不懂法文就只有从中文资料里寻找线索，直接有关马拉美的中文资料我基本上已经看过，那只有寻找一些间接资料了，但从何下手呢？马拉美是法国的象征主义诗人，而中国新诗发展到象征主义阶段，受法国诗人影响而又去过法国的就只有李金发和梁宗岱两个人，其中李金发在时间上更早一些,也更少一些学究气,那就从李金发开始吧。没想到,从李金发那里,还真找到了一些很有用的东西。有时候世事还真符合一些人们常挂在嘴边的俗理:很多东西原本就放在那儿,缺少的只是发现。

李金发在一篇名为《法国象征主义诗歌的发展》的学术散文里特别提到,在法国象征主义三诗人中,他偏爱马拉美,这不仅因为马拉美的诗歌的可能性更为丰富,而且因为马拉美看似平淡的生活中隐藏了很多秘密,李金发说,他觉得这种秘密要比为人津津乐道的兰波和魏尔伦的同性恋更有传奇性,也更有诗意。

在另外一篇讲述在法国留学故事的文章里,李金发说,他在法国的时候曾经去过马拉美的故居,那里很安静也很简朴。他还说,他当时没有注意到故居里是否挂有马拉美夫人的画像,但当他回国之后,听另一个早于他去法国的朋友说起马拉美夫人,就后悔当时没有留意了。在同一篇文章里,他还提到了马拉美早夭的妹妹,还说她与马拉美夫人同名。在文章的另一处提到那个早于他去过法国的朋友时,李金发写到:"根据多年对于马拉美的研究,他认为在马拉美与他的妹妹之间有着一种超出兄妹感情的东西,正是这种感情促成了多年之后马拉美的婚礼。有这种想法,不足为奇,因为从某种程度上说,他是刚刚流行起来的弗罗依德的信奉者。"

接着李金发又说:"不过,这种说法还是值得怀疑的,如果你有个感情十分融洽的妹妹,就应该知道兄妹之情是很难与男女之情混为一谈的。"

找到这些,我知道不管怎么样,小剑关于马拉美婚礼的故事并不是空穴来风,但是正如李金发所怀疑的,我始终很难想象所谓"恋妹情结"或"恋兄情结"会真实地发生在弗罗依德还没出生的时代——我一直认为弗罗依德的理论在发现这些情结的同时,也通过心理暗示大量催生了现实对理论的模仿。我真不知道,小剑为什么从一开始就在向我暗示马拉美的婚礼就是马拉美"恋妹情结"合乎伦理的表现呢?她的这种确信又是从何而来的呢?

无论如何,我想,在小剑下一次来我这里的时候,我要把这些都问清楚,因为起码我得了解常常睡在我身边的姑娘到底是怎样的一个人。

5

李眉说:"你说的我都猜到了,我问过乌先生,他说当着我哥哥的面,他不愿说关于马拉美婚礼的事情。我知道一些乌先生的事,其实,我还知道乌先生是因为眼疾才离开法国,离开他心爱的女人的。我猜想他是不希望让那个女人生活中多一个负担才这么做的，但我哥哥却说，不是这样，而是因为乌先生无法忍受每天面对心爱的人，却看不见她金黄色的头发，看不见熟悉的面庞才毅然离去的。"

"你哥哥？你哥哥是谁？"周无十分疑惑地问。

一听到周无这么问，李眉就笑了，"我知道你是怎么想的，你肯定认为李先生和我的关系不一般吧，但我觉得就像乌先生对马拉美的婚礼的臆测一样，你的想法从一开始就有可能是错误的，实际上，李先生就是我哥哥；由于他比我要大十几岁，我常常开玩笑地说我是他的学生。"李眉边说边显出得意的神情。

"原来是这样。"周无说，"既然如此，你为什么不直接问你哥哥，却一定要问我呢？"

"我问过，我哥哥要么不愿说，要么说得含含糊糊。我总弄不清楚，有关马拉美婚礼他们是怎么想的。前段时间，我一听说你这个马拉美爱好者想来，我就极力让哥哥邀请你。当然我哥哥也是想请你来的。第一天，我就想见你的，但哥哥说他有事想跟你单独谈，我就没去。今天，哥哥喝醉了，我们才能这样面对面地交谈。"说这句话的时候，周无觉得李眉显出了几分羞涩。

"对了，你不是要告诉我有关李先生和金发姑娘的事吗？"周无这么问，倒不是因为他多想知道这件事，而是想赶紧找一个话题，缓解因李眉刚才的话所导致的尴尬局面。

"其实，也没有什么。就是一个一见钟情的故事，不过是为了让这个一见钟情显得有些理由，才有了梦见'金发'的说法。从某种程度上说，乌先生对马拉美的婚礼的猜测与我哥哥这个'金发的故事'都出于这么一个想法。"李眉目光专注地看着周无说，"与其相信有着这么多理由的婚礼，我更愿意相信没有任何理由的一见钟情。"

听到这句话，周无其实已经预感到了自己这次南方小镇之行难以达到原来的预期了；有关马拉美的论文难以完成了。在那一刻，周无想起了昨天夜里客栈里奇怪的梦。现在，他觉得自己很清醒，他清楚地感觉到此时此刻的自己和在异国留学时的马拉美十分相像——来到一个陌生的地方，为了寻找传说中带有魔力的事物和文字，却找到了一个现实的爱人。

看着眼前这个叫李眉的姑娘，周无对自己说："马拉美的婚礼已经结束了，对于我，另一种生活却刚刚要开始。"

6

那天，小剑在我的床上特别兴奋，连我有点心不在焉她都没有什么觉察。但是令我没有想到的是，当我们结束之后，她却异常冷静地开始了和我的至关重要的谈话。

"我知道你这段时间以来,又找到了一些关于马拉美婚礼的资料,我也知道,对我为什么突然和你在一起,以及不再关心马拉美婚礼的事,你心存疑惑。好,今天我告诉你,我觉得,是到了该告诉你的时候了。"小剑语气凝重,停顿了一会之后,她问,"你说你相信一见钟情吗?"

"不太相信,所以我才想对马拉美的婚礼作出解释。"我当时还想说"所以我才想让你对我们之间的事作出解释",但我没说出口。

"我不知道自己是信还是不信。就像关于马拉美的婚礼,以前我觉得肯定与马拉美妹妹有关,但这段时间以来,特别是我们在一起之后,我的这个看法发生了动摇,我开始觉得那次婚礼完全有可能就是两个人之间的事情,与'玛利亚'这个名字没什么关系。如果真是这样,那马拉美的婚礼就只能解释为一见钟情的结果了。"

"但是,小剑,你对于马拉美的婚礼的看法为什么在这么短时间内发生这么大的变化呢?再说,这与我们俩在一起又有什么关系呢?"

"你愿不愿意再听我讲一个故事?我承认,在讲述马拉美婚礼的过程中,我把很多自己的猜测讲成了事实,我也在翻译的过程中杜撰了一些符合我猜想的细节,但这一次,我要讲的这个故事完全是真实的。请相信我。正是这件事使我们走到了一起；走到一起之后这件事也就变得不重要了。"

"那你为什么还要告诉我呢？"

"为了我们更加心安理得地走下去，或者彻彻底底地分离。"小剑不再低着头，重新注视着我。

小剑告诉我的事情完全出乎了我的意料，但这一次，我相信了。

小剑告诉我：小时候，她有一个哥哥，他们兄妹的感情很好，好到别人家的孩子都会羡慕的地步，但是在小剑还只有十岁的时候，她哥哥就因为疾病，在医院里住了两个月之后就死去了。小剑说，在他哥哥离开他们的前几天，他躺在病床上还给前来看他的妹妹讲故事，还叫她不要为他担心呢。但几天之后，小剑就看见医院雪白的床单盖过了她哥哥的头顶。小剑说，整个少女时代，她都会拿每一个她认识的男孩跟她哥哥相比，她不知道是出于纪念还是别的什么。在她读大学的时候，一次很偶然的机会，她知道了马拉美婚礼的一些线索。小剑说，她没想到一个多世纪以前，一个这么伟大的诗人用一种相反的方式经历过与她相同的感情，这让她兴奋。但让她更没想到的是：她竟然遇见了我，一个叫"程波"的、爱摆弄文字的人。小剑说看上去好像是她借着马拉美的婚礼与我接近，但实际上真正起作用的是我的名字；因为，小剑说，她那个早夭的哥哥与我同名。

后来我问过小剑,一个人的名字真的就那么重要?她说,事实的真相可能是这样的:马拉美的婚礼中一个人的名字被人们当作一个复杂的秘密,而我们又把它拿来当作了难以说清楚的感情最简单的借口。不过,事实也可能正好相反。

"在这个世界上,在时间中,发生过太多的事情都是难以解释的。"小剑在那里感叹。

"但我们做的却可以很简单:认真或随意地听一个故事,然后相信或者不相信它。"我接过小剑的话,语气中暗含着隐秘的激情。

面试

1

多年以前,具体地说当我还是一个校园诗人的时候,我曾虚构过一个有关面试的故事。那是我第一次尝试写小说,当时还用不上电脑,也不懂什么解构技巧,我只是老老实实地把歪歪扭扭的汉字堆满了一张十六开白纸的正反两面。我写得很随意,并没有像写一首诗那样大张旗鼓又抽烟又喝茶地酝酿情绪冥思苦想。故事很短,短到复述一遍可能比看原文更花时间。可惜的是,事隔多年,手稿早已遗失,我只有复述一遍给你听了。故事是说有个青年,大概有些先锋气质,另类色彩,大学毕业时不愿出去工作,对官场呀商场呀什么的充满了敌意,觉得自由自在的人一陷入其中就制度化了。五四时怎么说来着,"不自由毋宁死",大处如此小处也该如此,所以那时但凡有同学在我面前说,要是自由了多好,可以如何如何之类的话,我就会淡淡地说,自由是人的最低标准,然后讳莫如深地抬眼向远处的什么景物望去,目光又空虚又充盈。我当时肯定认为自己挺有水平……怎么说起我自己了,还说面试吧。有一天,这个青年不知在怎样的情绪下产生了一股恶作剧的冲动,西装革履地要去面试了。我在后来的叙述中较为成功地营造出了黑色幽默的气氛。那是一家外企,考官是个风韵犹存的少妇。没几句话的工夫,青年人就觉察到自己英俊的扮相和优雅的举止引起了对方的好感,于是便开始了预谋已久的行动。他开始夸赞小姐的美貌,说她长得像他高中时代的一位女同学,那个女同学后来上了"上戏",现在还未毕业,已十分走红了。小姐果然很快进入了状态,发问道,这么说你是在向我暗示我是你少年时代的梦中情人喽?"真他妈的是外资企业的中国女人!"我在小说里骂了这么一句,后来由于众所周知的原因,这句话在印成铅字前删去了,我现在再骂一遍,补上。青年回答说,我的意思是说你长得像她,我原来的梦中情人是张曼玉,不过那时我不认识你,不然谁去搭理张曼玉啊,她又没法这么近地和我交谈,更不能给我一个天天见到梦中情人的机会。小姐夸张地笑了起来,弯着腰,胸部在衬衫下有节律地晃动着。我在小说里用了一个从不健康书籍里学来的词:"花枝乱颤"。小姐花枝乱颤够了,调整了一下坐姿,可是眼神还没能调整过来,她媚着眼用半公半私的语气说道,你有很好的想象力和语言表达能力，形象也不错，我想，不久以后你就可以在这里天天见到我了。离开的时候，青年的脑子里浮现出小姐道别时微笑的红唇，愣了半天，他才在这个城市的滚滚红尘中没头没脑地骂了一句："去你妈的！"这句话在小说里没被删去，因为他们都觉得这既痛快地发泄了情绪，又没有实指什么，显得意味深长。老实说，我现在已想不起写下这句四字习语作为小说结尾时我脑子里想的是什么了，不过，我觉得肯定没他们想的那么复杂，也没那么简单。

这场面试，当然只是一次虚构，为了使我以下的讲述不让你以为也是虚构，有些事情我得先声明一下。

首先，我得承认，或许在潜意识里那时我写下《面试》这个故事，是一种代偿心理在作怪。大学时代，我性格内向，不善言辞，公共场合大声说话都会脸红，与异性相处迟钝木讷，更别说与陌生女人调情了。虽然爱好文学，但身为理科学生，我读的东西并不多，而且也好像缺少了与传统观念和世俗生活方式决裂的先锋气质，所以，我可能是按照自己的反面或者说是愿望塑造了故事中的主人公。不过，与上帝按照自己的样子造了人却无意中泄露了自己的模样类似，那个青年身上的确也有我真实的东西。比如说我这个人身材高大，长相算得上英俊，这早已不是什么秘密，况且这有利于面试，我没必要篡改，不过，精神内涵不同，皮囊的相似是次要而又次要的了。在这一点上，我啰唆了半天，但愿没有越抹越黑，我想再次提醒大家，故事中的青年不是大学时代我的影子，千万别把我的话当真了。

其次，《面试》并未正式发表，只是在我一个朋友主编的民间刊物上印成了铅字。那时，大家很穷，热情很高，凑钱办的同仁刊物，只印了几十本，在校园内外很小的圈子里无声无息地流传，却有着一个掷地有声的名字：《响声》。《响声》出了三期就停刊了，据说第四期的稿子都酬好了，却胎死腹中，靠集资或赞助不是长久之计。可是世事无常，现在我那个朋友总算风光了，他一年前办的一家网站最近让国外的风险投资基金咬了钩认了股，几天前他还在电话里感叹："苦孩子一下子找到了失散多年富有的亲娘，不易呀，不易……不过可不敢忘了过去的苦日子。"他还跟我商量把《响声》搬上网站的事儿，他说复刊词都想好了："沉寂了很久之后，在读者诸君的期待中，在新千年来临之际，一个文学精灵《响声》来了，不，应该说，我——《响声》——又回来了。"跟我缅怀了一阵过往年代的热情后，他换了另一种口气说，钱没问题。我在电话这一头淡淡地说："让我考虑考虑。"

一扯又远了，还是言归正传吧。我虽然写了一篇有关面试的故事，可在那之前还有那之后的很长时间里，我并没有这种生活。可见，《面试》无疑是一篇主题先行闭门造车之作。两年以前，当我几乎已把它淡忘的时候，我补上了"生活"这一课。

2

两年以前，真是一个多事之秋啊！我的三年研究生时光正接近尾声。秋天刚刚来临，周围的空气就动荡了起来，找工作像流行在校园里的瘟疫，让人狂乱躁动，喜怒无常。你尽可以极力躲闪，但它照样会把人悉数卷入，一个都不会少。

为了清楚地讲述两年前的那些事，我有必要介绍一下事件的背景和人物。先说我吧。我是在大三暑假决定考中文系研究生的，这对熟悉我的人来说，并不意外；他们坚信我是为了自己的文学理想才放弃了找到一个好工作的机会的。其实不完全是那么回事。那段日子，我的好几篇文字接连遭到杂志社的退稿，有时还会夹有编辑老师的信，虽然只言片语，却语重心长。他们对我的文字诸如"缺乏专业训练"之类的批评和"是不错的业余创作"之类的夸奖，让我开始单纯地认为：要成为专业的必须得进中文系，不然你始终是个业余的;"业余的"在这个年代可没有当年"爱美的"那么大义凛然,被认定处在低水平的操作和模仿的范围内,出息不会很大。可是一进中文系我就知道自己错了。我这么说,毫无贬低中文系的意思,也不是指我学业上一事无成。事实上,在中文系我干得不错。我有近十篇论文发表于国内有影响的刊物上,尤以《"个人写作"与"个人话语场":九十年代先锋文学的一种阐释》《论现代汉诗"民间立场"与"知识分子写作"的异质同构》《论文学的人类学研究何以可能的发生认识论基础及其在哲学和心理学层面上的若干问题》三篇赢得很大的反响,我甚至还有幸被邀请参加了几次有一定规模的学术会议,成了中文系想重点培养的后备人才。在这样一个文科研究生在核心期刊发表一篇论文都要到处找门路的环境里,我的存在简直就是一个不大不小的奇迹了。然而,让人失意的地方正在于此,在那段悠长的埋头写论文的日子里,我几乎没写出过一篇像样的小说,诗也越写越少,我常把这些归咎于理论书读的太多了,干不了作家才去搞评论,我真不知道这是一个真理,还是一个悖论。一想到自己已在无意中背叛了初衷,还傻呵呵地在那儿乐呢,我的心情就会一下子坏下来。好多次了,我使劲憋着不发作,憋着憋着就憋不住了,在非要找到什么作为发泄口或疏导管的时候,我认识了梅莹。

梅莹是我同一届热门专业的研究生，一个挺有魅力的女孩，按达利的说法，有魅力的女人只可归为漂亮和优雅两类的话，她属于优雅的那一种。我们的相识十分偶然，偶然得有点像时下新新人类老掉牙的爱情故事，但我必须说，我们的偶然是真实的，这一点你得信。

研究生第二年一个普通的初夏之夜，校研究生学生会在夜幕的笼罩下进行改选，我作为中文系的代表掌握着候选人十几分之一的生杀大权。尽管来之前，我们得到过"上面"的特别关照，谁是内定的主席，谁谁又是内定的副主席，但是一到那儿，大家还是煞有介事地正襟危坐着一字排开，看候选人走马灯似的登台亮相，听他们慷慨激昂的竞选演说。选举结果没有什么悬念，品评女候选人的相貌一度成为我的主要工作，我在心里给她们打分，在脑海里用一个得了更高分数的面孔覆盖另一个。开始我觉得这挺有意思，可是在一个瞬间，我突然感到自己所处的场景为何如此熟悉，我努力向我的记忆深处开掘，在拨开一层层理论和实践的迷雾之后，我记起当年我还写过一篇叫《面试》的小说。我这才发觉自己刚才的行为十分无聊，进而开始昏昏欲睡，如果那时我真的睡着了，也就没有后面的事了，可是就在我的眼睛几乎要合上的时候，我感到一股清风从我的身边掠过，我心头一怔，就醒了。这个叫梅莹的女孩在我清醒的时候出现在了我的视野：一袭浅绿色的长裙，一头乌黑长发。我几乎一字不漏地听完了她的演讲，我在她向众人的诉说中开始了我个人对她的了解。她说她以前是一个内向的人，不喜欢在与别人的交往中体验生活，现在她发现，一个人待在自己虚构的宁静港湾里，并不能求得内心的平静，她在最后说："表面的宁静不一定是真实的，听到大海深处的波涛，我才明白了这一点。"很遗憾，我辜负了组织对我的信任，没能完成这么简单的任务——我投了她的票；我不仅自己投了她的票，还撺掇着我认识的几个文科系的朋友也投了她的票。结果她以一票的优势险胜，成了研究生学生会新一届的副主席。在唱完最后一张票时，我注意到坐在我右前方的梅莹微微低下了头，长发像溪水一般分成两股，无声无息地流淌下去，我看得见她白皙的颈项微微在颤动，但我猜不出当时她的眼中是否含有泪光，嘴角是否挂有笑容。

后来的事情严格地遵循了校园恋爱三步曲。我先是主动给她投过纸条，当然我没有邀功请赏，事实上直到今天，我也没有向她透露过那只和我们两人有关的秘密。我常想，世事或许大多如此，多种偶然因素纠合在一起，形成一种合力，就是命运，意料之中也好，意料之外也罢，既然时间不可逆转，也就没有什么必要割开命运的绳索，分遗产似的说哪一根是你的，哪一根是我的。我接着给她打过电话，令我吃惊的是，她说她以前就知道我，本科时在纪念海子的诗歌朗诵会上听我念过诗，还在《响声》里读过我写的小说。

"是吗？！这么说，我们彼此一直生活在同一个校园里，约有五六年的时光，到今天才以这样的方式第一次交谈？"

"世事往往就是这样。"

接下去的事情就很简单了：在一次共进晚餐后的校园漫步中，我和梅莹成了恋爱中的男女。后来我写出过一篇名为《夜画玫瑰》的小说，用充满温情的笔调回忆了那段时间的快乐。在靠近小说结尾的地方我第一次吻了她。我说，我可以吻你吗？她说，我不会，你会吗？我说我也不会，让我们一起学吧。最后我煽情地写到："我感到一丝淡淡的忧伤和一种地老天荒的爱情在幽暗中荡漾，那之后的事情，我至今也无法找到比事件更迷人的语言来表达。"

《夜画玫瑰》那篇小说只是我和梅莹爱情故事的一个版本，是特定情境下的产物。在另一个更为物质化的版本里，我们凭借一只传呼机和一套朋友在双休日空下来的房子与同样生活在这个城市中梅莹的父母周旋，还要跳过我们寝室那帮光棍一层层狐疑艳羡的目光，在隔周周末同床共枕，不知疲倦地做爱，直至深夜才沉沉睡去。那时，我们常常这样度过：周末下午早早地乘上还空荡荡的大桥线公交车，从这个城市的东北横跨过黄浦江，在过江后的第一个车站换乘另一辆公交车，乘三站后下车，再步行五分钟，到达目的地。这需要一小时零十分钟。我们一起度过一夜一天或两夜一天后，在星期天的早晨或是傍晚选择另一条路线，坐上拥挤的隧道线公交车，经人民广场换乘一辆公交车，从起点坐到终点，返回学校。这要一个半小时。梅莹总是把那些日子当作节日一样来过，在不大的屋子里小鸟般飞来飞去，不过我看得出她并不喜欢坐在公交车上，夹在人群中艰苦跋涉的时光。她曾经跟我形容过打开那套房子的大门时是如何地兴奋，而锁上它的时候又是怎样地失落。她说，我们就像是两个贪玩的小学生，希望时间慢慢地爬过周六的夜晚，星期天的太阳永远不要西沉。我也有同感，不同的是，我习惯将整个事件看作一个整体，来来去去的穿梭是高潮到来之前的铺垫和之后的缓冲，而且我时常会想象着跳出我自己，用一种旁观者的眼光来看我和梅莹：他和她夹杂在一群陌生而又和他们相似的肉体中，被一个个铁皮罐从这里运到那里；从左岸到右岸，在滔滔江水的上方和下方穿行。我们是在这个城市中狩猎、逃避还是历险，我说不清楚，但我觉得这种感受让我兴奋，做爱的感觉与此相似。

因为这种生活所带来的新的刺激，我写出了于我自己几乎是最好的诗行。梅莹偶尔会调皮地说，除去爱情，她的身体为我提供了灵感，让我有事可做，而我的身体给她带来轻松与快乐，让她做完事之后可以休息；市场经济已经来临了，分工协作加上等价交换，一切都显出公平和效率。我惊异于她有如此想法，也很高兴听到她说除去了爱情。

3

说完了我和梅莹，可以说说两年前那些有关面试的事情了。毕业是人生的一个关口。在那个关口前，梅莹表现出了她性格中坚韧和决断的一面：她先后拒绝了好几家在别人看来已相当不错的公司的录用通知，一心等待着参加世界著名的安瑞公司的面试；与她相比，我显得优柔寡断，是直升读博士，还是挤进一家颇具知名度的文学杂志，我还没作出选择。梅莹曾半开玩笑地告诫我，脚踏两只船，当心掉进水里再也爬不上岸。当时我以为她说这话的原因，是希望我选择后者，好和她一起承担缓步向我们走来的家庭压力，可又怕干扰了我自己的选择故而不便直说。

在一个平常的隔周周末，在浦东那张熟悉的床上，梅莹裸着身体躺在我的臂弯里说："我已经厌倦了睡在别人的床上，我想有自己的床和房子，我要赚很多很多钱。"我当时昏昏欲睡，对她的话没太在意，以为这是做爱后女人正常的轻度偏执狂的迹象。"不止你一个人，还有我呢，我也厌倦了,我也会去工作。""不,你要留在学校里,专心做学问,你能成功的。"实际上我很能理解梅莹想尽快拥有属于我们自己房间的愿望;刚想出小说的巧妙开头,我就想尽快把它完成。我也大概知道自己想干什么,也希望有自己的房子,但有没有是一回事,写不写小说、做不做学问是另一回事,它们不应该这么直接联系在一起。我本来想把这些话说出来的,但当梅莹问我"你忘了分工协作,忘了公平与效率了吗?"时,我没说。看着她眼中的泪光,我意识到问题的严重性。

还是在那个多事之秋的一个夜晚,我告诉梅莹,我不想困在校园,去杂志社既不会远离文学,又可以多些经历,对写作有好处。为了让她不至于太失望,我还用了"生活表面的平静并不一定是真实的"这些她熟悉的理由。她说,你决定了?我说,是的。她又说,那好,我不勉强你。应该承认,梅莹自始至终都是一个善解人意的女孩,她的回答让我松了一口气,可是气氛很快又紧张了起来。梅莹告诉我那个月她没来例假,我在几秒钟内反应了过来,明白了她想说的是什么。我问她要不要去医院检查一下?她笑着说,别那么紧张,也许只是虚惊一场,等等再说吧。现在想起来,她或许是对我听到那事时的反应还比较满意才那么说的,我猜想她在说出那件事前后想了许多,也做了许多,而问我的时候，她心中已有了答案。在那天晚上，我们都作出了各自的决定，我说出来了，她只是没说出而已。

一个月后，我陪着梅莹到一个朋友所在的医院做了手术。几个星期内，我偶尔会想到一个生命的消失，但从那张熟悉的脸庞从红润变得苍白再变得红润的过程中，我看到了一个成熟女人所需要的元素在梅莹身上渐渐凝聚成血肉之躯。那之后好长一段时间，我们没有去浦东。

当我进那家杂志社的事还处于临界状态的时候，梅莹终于等来了安瑞公司的面试通知书。面试被安排在一个星期五的午后。深秋的阵阵寒意中，我们像是将要奔赴战场的士兵那样全副武装，出租车上，不知为什么，我有些激动，梅莹反而十分平静。进安瑞大门前，我提醒了梅莹一句：别紧张。她笑着说，想当年学生会竞选时，连你这样的面试官我都通过了，有这一碗酒垫底，什么样的情形我应付不了呀！说着她以一个优雅的动作脱去莱斯吉拉风衣，担在左臂上，露出一身考究的百图职业女装套裙，这让她在阳光下熠熠生辉。看着她在逆光中走进大厦时的美丽背影，我心中不知道是怎样一种感情。

我们约定，在她面试的时候，我在周围的书店或商场随便逛逛，她面试完了给我打一个传呼，我便会回到安瑞大厦前与她重逢。这个办法，我们在隔周周末的行动中屡试不爽,可现在用于面试,我总感到有些不是滋味。想想一段时间之后,生活就可能因面试而向我们呈现完全不同的道路,想想在这段时间内,我和梅莹在这个城市中只能通过传呼机这个单向的不实在的纽带相连,我甚至酝酿出了一种生离死别的悲壮来了。

太平洋百货里人来人往,我一身笔挺的西装,就不好意思再往打折柜台上跑了,可又没有什么东西真的要买,我一度在人群中漂来荡去,无聊淹没了一切。后来我试了许多件价格不菲的衣服,又一次次以不同的理由不愿掏出钱来。我对自己说,别怕丢面子,试试又不要钱。然而,即便如此,我腰间的呼机也还没有响;四十分钟过去了,整个太平洋就剩下女装部我没有去。我开始为女友担心,不知她能否从容应对,有一刻,我大概还想到了她会碰上怎样一个面试官,他们会以哪种口气交谈,可不是每一个被梅莹照亮的眼睛都像我的一样充满善意。我甚至还想到了一些令人难以忍受的细节,这使我变得焦躁不安,像太平洋中的一座活火山。"这可是真实的面试,不是我的小说。"我在心里告诫了自己一句,又打了自己一巴掌,才堵住快要爆发的火山口。去女装部的路上,我突然想起认识梅莹前我爱玩的游戏,我开始给每一个和我迎面错过的年轻女子评分,面试官一般地用一个得了更高分数的面孔覆盖另一个。

这个游戏在我到达女装部时停止了。在那儿，我看见了李怡宁。当时，我并不认识她，当然也不知道她的名字，但我一下子就发现了她的独特之处——她和梅莹颇有几分相像，同样很有魅力，只是更为年轻。

"先生为女朋友挑衣服吗？请这边来。天气渐渐凉了，您看看这些秋冬装有您满意的吗？"声音也很相似，但看来她对生人要比梅莹热情。

"不错，可我不知道它们合不合我女朋友的身，我见小姐与她身材相仿，不知可否为我试穿一下？"

她犹豫了一下，答应了。我猜想她之所以犹豫，是因为她在琢磨我是否在使用追女孩子的那套俗科。其实，我说的是真话，她当时不知道这一点，后来也不知道。

"先生还是学生吧？"试第二件的时候，她问了这句有点怪的话。

"你为什么这么认为呢？"

"我也不知道，你就说我说的对不对吧？"

"没错，同学。"我本想幽默一下，没想到这句话却让她兴奋地叫了出来。

"你怎么猜出来的？！"

"我也不知道。"当明白是怎么回事之后，我看着她微笑的脸庞，如遇故人。

就在谈话要继续进行时,我的传呼响了。在传呼机的催促声中,我们彼此说了再见,离开时,我有意识地记下了她所在柜台的位置。

梅莹先于我出现在安瑞门口。我看见她时,她正在整理被风吹得有些零乱的头发。我问她面试的情况如何,她说没什么特别的,只是用英语谈了些 WTO、Y2K 之类的时髦话题。回去的路上,在我的一再要求下,梅莹给我讲了一些面试的细节,比如秘书小姐搞错了顺序,让她开始足足空等了二十分钟,比如老外说他中饭没吃,给她面试前花了十几分钟吃苹果,反正都是些和我的想象不沾边的事。梅莹问我,商场逛得怎么样?我说没什么意思,挺无聊的;不知为何,我没有向她提及那个与她十分相像的女孩。

梅莹顺利地通过了第一轮面试,复试的时间定在第二个星期的星期三。我照例还是陪她前往,同样的告别和约定之后,我径直按照记忆在太平洋里穿行。李怡宁还在那儿。我走了过去,她好像认出了我,冲我笑了笑。

"我以为你今天不上班呢。"我跟她说话的口气就像是在对一个熟人说话。

"我每周只在周三、周五下午来兼职。"

"没想到这么巧。"我说。

"世事往往就是这样。"她淡淡地说了一句。

"怎么这么巧。"我心里想。她后来问我是不是毕业生，是不是来安瑞面试的，她说她看到这些大学生模样的男男女女频繁出入安瑞大厦。我说我是毕业生但不是来面试的，只是路过这里上来随便看看而已，不知为什么，我没有说我是陪着那个与她有些相像的女孩来面试的。在离开之前，我们互通了姓名、电话，我那时才知道这个大学三年级的女孩叫李怡宁。

梅莹顺利通过复试，星期五的最后一轮面试也没有能挡住她，在那个周末她走出安瑞大门的时候，她有些激动地告诉我，她被录用了。这其实在我的意料之中，可是有些事，完全出乎了我的意料。

李怡宁开始给我打电话，次数越来越频繁，我们聊了很多话题，语气也非常轻松。我感到很奇怪，隔着电话，我好像对她的性格、心理、习惯都了如指掌似的，但电话又将这种熟悉的感觉虚拟化了；隔开了一段空间和相当遥远的时间，我不知要用"恍如隔世"还是"恍如昨日"来形容这种感觉。有一天，我终于约了李怡宁。

"你来我们学校这边的 Hardrock 酒吧吧，那里是我大学时代常去的地方，我可以给你讲一些过去的事情，你喜欢怀旧的情调吧！"

"你的邀请太中文系啦，"她揶揄地笑了起来，"不过，我一定去看看。"

后来在 Hardrock 靠着木窗的一个座位上，我给坐在我对面的李怡宁讲了一个多小时的故事，有的是生活中的素材，有的是我的作品，都与文学有关。她对这些事情表现出了极大的兴趣，由此我进一步感到我对她的判断是正确的。快要离开的时候，也许是为了给这样一种聚集在内心的怀旧情调找一个现实的倾泄口，我说："现在别人都爱怀旧，可是为什么今晚，在这样一个我过去常来的怀旧的酒吧里，我连一个熟人都没遇见呢？"她淡淡地一笑，"看来我比你幸运，我遇见了你。"

我的确是不幸的，我的不幸与面试有关。事情是这样的，我想进的那家杂志社有一天突然把我叫了去，说本来想进这家杂志社的人中间，我的条件是最好的，可是现在有一个其他杂志的编辑想调过来，要录取谁，他们还想重新考虑考虑。为了公平起见，杂志社决定搞一次面试。我一听他们这么说就觉得不对劲，回去之后，我通过师友们一打听，才知道杂志社接到"上面"的任务，基本已内定那个编辑了。我当时气愤之极，可冷静下来一想，觉得现实就是如此，你作为个人无力去改变什么。面试那一天，我被告知要回答一些专业问题。一位编辑老师问我："你知道三驾马车吗？你对他们有何评价？"我心想，你是想让我说军旅三驾马车呢，现实主义三驾马车呢，还是网络文学三驾马车呢？可是我一张嘴回答，把自己都震住了："知道，不就是马特乌斯、克林思曼、布雷莫吗？他们球踢得不错，可是我更喜欢荷兰三剑客。"他们哈哈大笑，我也笑，我不知道笑什么。接着另一位老师又问我："那么谈谈你对七十年代以后出生的作家是怎么看的吧。"我收敛起笑容，一本正经地回答道："七十年以后出生的作家，有两个显著的特点：第一，学历不断提高，但又不是太高，一般来说，到硕士为止，从老一辈的李冯李洱到新锐张生张者，可以看出这一趋势。可见想搞创作就不能读博士。因为这一重大发现，我才来贵刊面试的。第二，七十年代以后的作家，以女作家居多，最近有一个叫卫什么棉的，我记不清了，反正不是卫生棉，虽然还不太有名气，但很有潜力，我预测她将会成为当代文学继余华之后的又一个大家。"看着编辑老师们面面相觑，我在心中暗暗地骂了一句四字习语。

4

在女友梅莹如愿以偿地成为一个真正白领的那个夏天，我开始怀揣着一家小报社的记者证，在这个城市的大街小巷里穿梭，与此同时，女友李怡宁正在度过她大学时代最后一个暑假。那是一年半以前,而在此之前的半年时光,我的生活状态十分复杂,奔波的劳累和爱情的抚慰同时存在,我能体验到新鲜与厌倦,能在犹豫不决中毅然作出选择。我觉得梅莹真像一个有预言能力的女巫,几个月前开的一个玩笑,几个月后就能变成现实:"脚踏两只船,当心掉到水里再也爬不上岸。"现在,没读博士又没找到心仪的工作,我浑身湿了个透。不过,令我感到安慰的是,梅莹比以前更加体贴,起初她总是想出一个又一个的节目来让我快乐,过了一阵见我的情绪恢复了之后,又鼓励我参加博士生入学考试。可是,这一次我又让她失望了。在阳春三月的某一个周末,我没去报名考博,而且不知在怎样一种力量的驱使下,带着李怡宁去了浦东;那一天梅莹在上一次和我度周末与下一次和我度周末之间怎么那么不巧地回了家。

接下去的几个月,从外观上看,我过着典型的登徒子生活。我周旋在梅莹和李怡宁两个女孩之间,成功地让她们并不知道对方的存在,更让人难以忍受的是,我仍然很规律地在隔周周末携着梅莹到浦东,在朋友的房子里云雨一番,而在接下来的那个周末,和李怡宁做同样的事情。

在你对我表示不屑之前,请允许我作最后一次声明。请相信,我的内心并无半点玩世不恭,没想去欺骗她们中的任何一个,当然也不是仅仅迷恋她们的肉体。我一直保持着一种谨慎和真诚，在我看来，和这样两个十分相像的女人同时生活在一起，我就像是同时生活在那个我深爱的女人生命中的两个不同阶段，她们是一个整体，那样难以分割。那真是一段美妙的时光，即使是在今天，我也同样难以否认它的和谐与美好，我真希望这个和谐整体中的任何元素都不要有什么改变。当然，我也知道，这种想法是自私的，我的内疚和痛苦正因此而起。我后来反思那段生活，觉得自己与处在两家公司夹缝中的应聘者十分相似，好像生活的选择掌握在自己的手中，实际上你却被命运掌握着。在这两个女孩面前，我到底是面试官，还是面试者呢？真希望可能的尽可能可能下去，痛苦的选择永远不要来临。

至于说我为什么去了那家报社，我的解释是，这样可以体验生活，积累经历，与继续啃理论书相比，对写作可能会更有好处。梅莹知道了我的想法之后，曾极力反对，但当她感到这样的反对不仅无济于事，而且有可能破坏我们之间的关系时，对我就听之任之了。不过有一次，她气急败坏地说："不出两年，你就会对你所想象的生活厌倦的，没时间读书，没精力写作，琐碎的事情会磨平你的棱角。"我也跟李怡宁谈到我的工作，她轻松地说，很好啊，又可以讲很多故事啦。

一毕业，梅莹就住回了家里。我在这个城市的拐角租了一间房，开始了记者生涯。我想，可能是刚开始工作，她公司事情挺多的缘故，加之梅莹家教甚严，我们很少有重温浦东旧梦的机会了。那个暑假，李怡宁有时在休息日的白天来我这儿，平时我们常约在外面相见。那时候我们常去衡山路上一家叫"后窗"的酒吧，在那儿，李怡宁养成了一句口头禅——"有什么新闻？"一见面就问。我把一些原本平淡无奇的事情夸张变形后讲给她听，她一边快乐地听着，一边说我肯定是在骗她；咳，酒吧真是小说家的摇篮。

5

转眼又是秋天了，时间过得真快，连李怡宁都快毕业了。我们见面的次数明显减少，我知道这肯定与找工作有关。

有一天，梅莹打电话给我，说她要出国了。她说公司派她出国接受培训，得去三个月的时间。送梅莹去浦东国际机场的那天，是周末，这个城市的上空阴云密布，闪电在人头顶上几米高的地方裂开。我们并排坐在出租车里，这让我想起了当年陪她去安瑞面试的情景，我有些激动，她还是那样看不出有什么兴奋。车开过隧道时，梅莹说："好长时间没和你一起来浦东了，以前我们总是从隧道那头到这头，今天却恰恰相反。"突然之间，我激动极了，我知道，这段时间以来，我和梅莹之间确实疏远了许多。对我来说，这种疏远由于李怡宁的存在，我可能一直没有真正体会到。可是对于她呢？如果说紧张的工作冲淡了她这种情绪的话，那还好，但如果她是反过来用工作来麻痹自己伤感的那根神经，那么一个人静下来的时候，她又会有怎样的感受呢？我意识到，面试之后的这半年多里，梅莹平淡的生活背后可能隐藏着不为我所知的无奈、委屈，甚至是痛苦。"下雨了，"梅莹轻声提醒我，"早知道就不叫你来送我了。""没事，回去我坐空港巴士，淋不着，况且，这雨也许一会儿就停了。"看着雨水沿着出租车窗滑落，我想象着梅莹会在什么样的情况下泪如雨下。太久了，是不是自从她说厌倦了在别人床上和我度过良宵的那一晚起，她就没有流过眼泪呢？

那天夜里，当梅莹在波音客机上为了倒时差而强忍着不睡的时候，我一个人在地面上彻夜未眠。也就是那天夜里，我写了《夜画玫瑰》。

李怡宁继续在为找工作而奔忙，见到我时，她谈论最多的就是面试，她常把面试中诸如考官英语发音如何不准，有些女学生把自己打扮得如何花枝招展，想营造出一种特殊的办公室效应之类的事夸张到一种令人啼笑皆非的地步，她说这种叙述方式是受了我的影响。在那段时间里，我听着李怡宁的故事,却只能用互联网与梅莹交谈。有一天,我打开电子信箱,发现了梅莹这样一封信:"昨夜,我泪如雨下。"一看到开头我就怔住了,"因为我无意中在网上看到了这样一首诗:

仲夏夜之梦

天刚热起来的时候,我对自己说
这个夏天　无论如何
要干成两件事情。
写一篇关于莹的小说,
寄给《收获》。
另一件是送莹乘飞机去美国。

莹是一个好名字,
一个漂亮的好姑娘,
我喜欢她。
喜欢一个人没有原因,就像
我没有去过美国,但喜欢那里一样。
这个夏天
我要送我喜欢的姑娘去我喜欢的地方。

莹会说英文、法文、德文还有西班牙文
但从没想过离开这个城市,
我不知道为什么,也许都是因为有了我——
我只会说带口音的汉语,
写别人不爱看的汉字。

天气越来越热,雨水也多
事情进行得很不顺利。
看来我得先离开我喜欢的姑娘,
然后才好送她离开,去我喜欢的地方。
没什么痛苦,事情
很简单,不比学会五笔拆字法
或发电子邮件更难;
用不了纸和笔我有些不习惯,可是习惯了
就好了。

"送莹乘飞机去美国"如果在英语里
会像一首乡村歌曲那么浪漫
但在汉语里,它是一个文字游戏
可以指一次一个小时的出租车程
加上一小时的等候

没有任何感情色彩;
也可以是整个夏天的奔波
加上任何一个夜晚　留在地面的人看着天空
很孤单。

自然很复杂,季节的更迭
像编辑老师的脾气一样古怪,
干完第二件事,我回过头来对付文字
他就变了脸孔。
白纸成了救世主的一袭白袍
黑字是我温柔的午夜杀手
"没有生活"
秋天来到的时候,《收获》告诉我:
整个夏天
其实我什么也没有做。

"作者的署名是'禾水',我猜想是你,读了这首诗,想想我们这段时间的生活,我似乎才真正理解了你。"

你可以想象我读到这封信时的感受吗?世事为何常常如此……我真是嫉妒那个幸运的"禾水",真希望写这首诗的真的是我而不是他。

第二天由于多日的禁欲，我在李怡宁身体上显得特别地兴奋。当后来我盯着天花板，脑子里一片空白的时候，躺在我身旁的李怡宁又开始说那些关于面试的事情。"去他妈的面试！"我几乎是吼出了这句话。李怡宁一下子被我吓住了，在她的记忆中我从来没有发过这么大的火。我从床上爬起来，光着身子点燃了一支烟，过了一会儿，她从后面抱住了我，当我回过头来看见她眼中隐隐的泪光和强忍着不哭的表情时，我的心一下子软了下来。我重又把她搂在怀中，反复地说着对不起，她立刻就"哇"地一声哭了出来，像个受了委屈的孩子。后来我不知在怎样一股力量的作用下拼命地吻她，一次又一次进入她的身体，直至泪水在我们彼此的身体上干涸。

6

梅莹还没回来，我就又一次中了她的咒语。记者生涯真的开始让我觉得厌倦了，故事已经说完，只剩下琐细、乏味，甚至有些无聊的文字工作。所以当李怡宁有一天听了我的抱怨，随便说了一句"要不你还是回到校园里去吧"时，我几乎立刻就采纳了她的建议。

在一个平常的星期天下午，梅莹回到了这个城市。她一下飞机就打电话约我见面，说有些重要的事想跟我说。我当时有些忐忑不安，猜想着她要说的会是什么。"我们结婚吧。"在一个普通的咖啡馆里，她深情地注视着我，说了这句话。老实说，听到这句话时，我比听到"我们分手吧"更感到意外，我不置可否地说："何必这么着急呢，又没房子，等一等再说吧。"她笑了笑，那种笑容很独特，现在想起来，可能在她告诉我她怀孕的那一次，她也是这么笑的。看着她的笑容我很难过，甚至当她告诉我她已经升任公司人力资源部经理时，我也高兴不起来。

几个月后，具体地说，是一周以前，在李怡宁去参加一个重要面试那天，我参加了博士生入学考试。笔试我发挥得不错，看来只要不久之后的面试不出什么大的意外，我便可以重回校园了。关于李怡宁面试的情况，我是从她自己的描述中得知的。她说给她面试的是一个很年轻的小姐，英语流利，待人也和善，这使得她们之间的谈话丝毫不像是一次面试，而像是熟识的朋友之间的闲谈。李怡宁还说，她觉得那位小姐挺面熟的，好像在哪里见过。听到这句话，我立刻感到了一丝不祥的征兆。

关于那次面试，几天之后我从梅莹口中又一次听到。梅莹是把那次面试当作今年毕业生素质普遍不高的反例提出的，她说有一个女孩，名字叫李怡宁，英语流利，既亲善又很健谈，给她的印象不错。"同事们还觉得她跟我长得很像，我大概会录用她了。"我能说什么呢？我只能在心里无力地骂一句"去他妈的"。

7

明天我就要参加面试了，我感到了一种前所未有的紧张和恐惧，它就像是充满了偶然性与神秘力量的人生关口，我不知道它从何而来，由什么东西组成，也不知道面试后我的生活会走上什么样的道路，也许我的一生就这么重新开始了，也许我的一生就这么完了。

痊愈

1

去年夏天在医院,我见到过一个叫林畅的女孩。她很漂亮,所以引起了我的注意;在夏天,在任何地方我都会注意周围的美丽女子;冬天我不这么干,这倒不是因为冬天女孩们裹得太严实,而是因为冬天我的欲望十分微弱。我是从她的病历卡上知道她的名字的;我不是医生,我是病人,一个和林畅一样患上季节性便秘症的病人。

得上这种病是很痛苦的事情,一种难以言传的痛苦。我记得看过的一篇小说上说,如果一个人不会忘却,那任何他经历的事情就会无限地在他的记忆里堆积,那是一件十分可怕的事。我以前对此不以为然,还觉得记忆力好那该多好,但自从我患上了这种病后我就不这么想了。

那天,我在林畅之后走进中医门诊,医生对我望闻问切一番,然后自言自语地说了句"又是一个",与此同时,我看见了压在我病历卡下面的病历卡上写着"林畅"这个名字。后来在药房我又看到了她,我发现她拿了和我几乎是一样的药。如果在平时,我肯定会走上去和她攀谈,以相互交流病情为借口,谋求进一步的交往,但这一次考虑到得了这种病,别说女孩就是我自己都有点难以启齿,我只好站在那里没动,任由一个美丽的身影和我擦肩而过。

今年冬天,快要到圣诞节的时候,我去参加了一个老同学戈达的婚礼。那天我们一些年轻人被安排在了一起,其中有一些是我的同学,以及他们的男友或女友;还有一些我不认识的,大概是新郎或新娘的同事和朋友。虽然一桌有十几个人,大家也还是只找自己认识的人聊天,对于这种被临时凑在一起的陌生人,人们都自觉遵守着"吃完就散"的原则,不去问你是谁,你从哪里来。冬天我与陌生女人攀谈的欲望很淡,加上冬天我一般不需要担心排泄不畅,所以没有干扰,我敢放开了吃喝。那天我喝了很多酒,在新人还没过来敬酒的时候,我已经到达了我自己非常喜欢的那种境界:脑子还清醒,但话已经兜不住了。

我开始和酒桌上的每一个熟人聊天,谈论新郎和新娘的罗曼史。我和新郎从同一个城市来到这里,又是大学的同学,比在场的其他人都有资格谈论这些事。我说新郎他这个人有一个愿望,无论如何在三十岁以前都要结婚,现在离他三十岁生日还有不到一百天的时候，他终于完成了他的心愿。其实他也许早就可以做到这一点了，但他是一个要求特别高的人，但奇怪的是他却老是要摆出一种很低的姿态，老是说他的要求不高，可是实际上，在骨子里他是一个非常挑剔的人——他常说，找女友，他没有别的要求，就是想找一个身材高挑、相貌出众的——你们听听，在这个年代，这样要求一个女人，还叫要求不高？

"那你说，他对现在的新娘满意吗？"我正说得起劲，一个坐在我对面的女孩突然问了一句。

我听出了这句问话的挑衅意味。我当时真的没有喝醉，在蒙眬中看了对方一眼，还想到她可能是新娘的朋友或同事，还观察到她没有男伴，所以我说了一句：

"具体的情况我说不好，不过肯定比对别人，比如说，对你，要满意吧。"

我看见女孩的脸一下子涨得通红，坐在我旁边的一个同学拍了拍我的肩小声地说，别说了，人家要哭了。我仔细地盯着她看了一会，发现她长得还是挺漂亮的，而且那张脸还给我一种似曾相识的感觉。原本对于漂亮而又面善的姑娘我出言不会如此刻薄，唉，都是该死的季节性便秘症搞的——夏天兴致勃勃的时候有病，冬天通体顺畅了却没有了兴趣。

直到新娘新郎来到我们这一桌敬酒的时候，我才知道刚才的那个姑娘的名字，也才想起在夏天见过的女孩可能就是她。新郎说，林畅，你知道我的酒量不好，咱们就别来白酒了吧？那时，我感到小腹突然痛了一下，不好，那是一种夏天熟悉的感觉。

后来不知为什么，林畅喝了很多酒，我从来没见过一个女人喝那么多酒。看得出来林畅是一个酒量很好的女人，但那天在场的人也都看出来她确实喝醉了。快要散席的时候一群年轻人吵着嚷着要去闹洞房，她含含糊糊地趴在桌子上也在那里喊着要去，边喊还边胡乱地挥着手，想要抓住什么似的。有人在自己的婚宴上喝成这样，一对新人都有点不知怎么办，因为林畅是新郎的朋友，这让新娘很是不高兴——有一个单独来参加婚礼的女人为什么会如此不顾后果地喝成这样，这也让在场的人总想猜测点什么。

在人们张罗着要去酒店的临时新房的时候，新郎急急地走过来给了我一个地址，他说，兄弟帮帮忙，把林畅送回家吧，你看她现在的情况，我怕再呆在这，她受不了。我那时还没有完全从刚才一阵的兴奋劲里缓过来，我说，为什么找我，你就不怕我把她怎么着？

"你不会。我还不知道你？冬天你不会。"

我扶着林畅坐上出租离开的时候，一群人相拥着朝我们反方向走，我看见新娘回过头来朝我们看了一眼，我又看了看几乎是躺在后座上的林畅，我突然觉得两个女人都很漂亮，新娘的浓妆让她在霓虹灯下熠熠生辉，喝醉了酒的林畅在昏暗里像一朵开在隐秘之处的桃花。

2

我没有想到林畅会给我打电话。她在电话里说，她特地从戈达那里要来了我的电话号码，想请我吃顿饭，谢谢我那天送她回家。

她一说起我送她回家的事，我就有点不好意思。那天，在出租车上的时候，我的肚子绞痛得非常厉害，我想赶紧把她送到她家门口了事，然后我就可以回家舒舒服服地坐在我那放着蓝丝绒坐垫的马桶上，看一两个短篇小说后，轻松地起身，冲掉可能并不存在的污物了。可是，到了戈达写给我的那个地方之后，我才发现那是一处高层住宅小区。看着林畅那时的样子，我想，算了，再忍一会儿，把她送上去吧。下车的时候我对司机说，等我一下，我把她送上去马上就下来。

林畅住二十三层。我拿了她迷迷乎乎递过来的钥匙打开房门，又打开灯之后，我着实惊讶了一番。这是一套三居室，装修得简洁又不失优雅，我不是惊讶于房间本身——戈达的新房我见过，比这更大更富丽堂皇，那是他这两年成为暴发户的结果——我真正惊讶的是这么一个年轻的姑娘就拥有了这样的房子；你想，我工作都有四五年了，现在还租房住，手里的存款还买不到这套房子的三分之一呢。

一进房间，林畅就跟跄着往卫生间去，我猜想她是要吐，我就扶着她跟了进去。林畅坐在卫生间的地板上，把头几乎要伸到抽水马桶里呕吐的时候，我用手轻轻地拍着她的后背；也就是在那个时候，我看见了一件熟悉得再也不能熟悉的东西：蓝丝绒马桶坐垫；她那"科勒"牌的抽水马桶上的是和我那"唐山"牌上的一模一样的蓝丝绒坐垫。我就觉得小腹里刚才一度缓解的绞痛突然一下又活跃了起来：人是一种高级动物，他不会像巴甫洛夫的狗那样听见铃声就流哈喇子，但对于我来说，看见蓝丝绒，特别是在这样的情况下看见蓝丝绒，我就不可能不小腹痛。我尽量忍着，同时在心里默默祈祷着她吐得快一点，好几次，我都觉得自己快要忍不住了；我看见林畅她吐得很凶，很痛苦的样子，但她肯定没有我的痛苦强烈——人们常说的是对的：憋在肚子里的痛苦要比倾倒出来的痛苦更加痛苦。

终于等到了林畅吐完的时刻。我强忍着找来漱口杯让她漱口，然后慢慢地把她扶上床之后，我迅速地返回卫生间，如释重负地坐在了蓝丝绒之上。那是一种我好长时间都没有体会的酣畅了，我不知道，林畅在坐在这里的时候是痛苦的时间多一些还是舒畅的时间多一些，我想，可能和我的是一样的吧。

坐在那里不知过去了多长时间，我听见卫生间外的敲门声。其实，在此之前，我的感觉已经很好了，只是习惯性地在那坐着，所以我很快起身整理了一下就打开了门。是林畅。她看上去好了一些。她说，你在呐，我要用卫生间。我问她，还要吐？她说不是，她说她的肚子痛。我就是在那个时候向她告别的，我说，时间很晚了，你也好多了，我就先走了。她"好"了几声，急急关上了卫生间的门。

那天出了林畅家的那片小区，来时的那辆出租车当然早就无影无踪了，我走出一大段路才找到另一辆车。林畅说要请我吃饭，我第一反应就是那天我走那一大段路时所想的：她还会记得发生过什么事情吗？我们下次再见面会不会因此而尴尬呢？当时我还仅仅是想想而已，现在我却要面对了。

"在市中心的那家法国菜馆。明天晚上七点，你一定来。"

3

"那天麻烦你了。我的样子一定很狼狈吧！"

"没什么。你还记得当时的情景吗？"

林畅笑了笑，说好像还记得。

各自点完菜之后我们谈了一些无关紧要的话，吃饭的时候，我们之间还是没有说什么，气氛显得有一点沉闷。当主菜撤下，侍者拿来甜食的时候，她问我觉得这里的菜怎么样？我说挺好，环境也挺好。她又问，听你在婚宴上说的话，你和戈达是多年的朋友？我说，应该算是。她说到那天我在酒桌上说的话，我想，终于问到这件事了，那天我说了"戈达对现在的新娘肯定要比对她要满意"这样的话，后来我觉得这么说实在有点刻薄，而且，我还想到，如果万一这个叫林畅的姑娘曾经或者现在还和戈达之间有着一种暧昧关系的话，那我说的话，实际上会很伤人。是不是林畅那天喝醉和我说的话有什么关系呢？如果真是那样的话，今天该请吃饭的就应该是我而不是她了。

"我认识戈达两年多了，他从来没有提起过你。不过也不奇怪，他这个人不爱提起别人。"

我没有想到林畅和戈达认识这么久了，也就是说，在他还没有认识他妻子，甚至在他还没有办自己的公司，成为暴发户之前，他就认识林畅了。办公司，和他现在的妻子谈恋爱他都或多或少地告诉过我，他怎么从来就没有跟我提过林畅这个人呢？不过也不奇怪，两年多以前，他还是一个常住外省小城的项目人员；拿着比呆在这个城市要多一倍的薪水，一年之中却难得回来几次，哪里有时间向我提及认识的女孩。但是，但是他又怎么有时间认识呆在这个城市里的林畅呢？

"他从来都没有提及他现在的妻子，直到有一天，他给我寄来印有结婚照的请柬。"

事情果然和我的猜想差不多，看着林畅说这话时的表情，我断定他们之间肯定有过一段故事。这让我心里生出了一种奇怪的嫉妒：戈达这小子为何如此幸运，事业在很短的时间里一下子成功，又可以长时间地和这么多美丽的姑娘有瓜葛？这几年来我认识过很多女人，但和每一个女人的关系都是短暂而又没有实质性内容的；我通常在夏天认识她们，并且想把所有男女之间可以做的事在夏天里都做完，因为到了冬天，当我的欲望想气温一样直线下降，她们就会离开我。开始我觉得这种生活并不坏，每年都有一个新的开始，而且我还和几个姑娘有过些热烈的时光，但后来我病了——该死的季节性便秘症！我夏天的生活被它搅得十分憋闷：每当我和一个女孩的关系就要发展到最关键的时候，我的小腹就会出现难以承受的绞痛，同时在我男性身体最关键的部位会产生一种烧灼感，以前那种美妙的憋尿感不见了，被另一种"憋住"的感觉赶走了。那些日子，欲望和以前一样汹涌，但身体就像是一道水闸牢牢把它挡在里面,任何时候都不许你尽情宣泄。这两年,尽管我有时也很快乐,但从总体上说,我的生活是悲哀;夏天的时候我不能像以前一样认识新的女孩,冬天来到的时候,旧情人还像以前一样一个个义无反顾地离开我。

"这段时间,我的生活十分憋闷,老是想找一个人好好聊聊,就是不知道去找谁。我们从不认识,而你又是戈达的朋友,我觉得你是最合适的。你愿意听我说说我和戈达之间的事吗?"

我点了点头。

那天后来的事情我没有必要细说了,因为林畅讲给我听的是一个司空见惯而且是我意料之中的故事:当戈达在外地的时候,他们通过朋友的介绍认识,后来当戈达回到这个城市创办自己公司的时候,他们度过了一段美好的时光,后来不知为什么戈达渐渐疏远她,后来……她只是反复地问我和她自己……后来不知道为什么戈达和她会走到这一步?我听着她说,看着她流泪,很痛苦的样子,想着的却是自己的生活,也许,也许,那天我看着林畅趴在卫生间里呕吐,同时忍受着自己小腹的绞痛,和今天法国菜馆里的情景十分相似,只是那天我不可能意识到这一点。

4

过了新年，冬天虽然没有结束，但对我来说，毕竟是一个新的冬夏轮回的开始。冬天快要结束，夏天还会远吗？我对自己说，一定要抓紧治病，一定要多吃药多吃水果。不过最近，我的病情有些反常，自从上一次在林畅家肚子绞痛之后，原本这种在冬天不该出现的情况就时有发生。我很担心，就去医院请教医生。医生说，你不要担心，这可能是你病情有所好转的表现。我将信将疑，他就给我讲了一大通中医的理论，彻底把我给讲蒙了，一个劲地发傻。医生最后急了，说，你这个人怎么这样，自己不懂还不相信医生的，我还骗你干嘛？说白了，你季节性的便秘现在季节性不是很明显了，这说明你身体血脉的固有习惯已经松动，旧的习惯打破了，新的习惯就会随之形成，虽然理论上有可能你全年都会便秘，但从临床实践上说，这种可能性相当小，也就是说，更大的可能是你将全年通畅。当然这要以你今后一段时间的治疗为前提，要以你夏天的情况作为检验。虽然他说的不是很"白"，但我好像明白了他的意思：从现在到夏天，我有绞痛的感觉，是在预支夏天的痛苦，如果到夏天我的病好了，那我就彻底好了。

自从那次在法国菜馆，林畅向我倾诉了她和戈达之间的事之后，她就时常给我打电话，有时一说就是一个多小时，有时就只有一两句话——不是因为她没有什么可说的，而是因为她有更多的东西要说，她觉得电话里已经说不清楚了——她约我见面聊。开始的时候，我觉得挺烦的，因为说来说去就是那么一点东西，而且我觉得现在人家已经结婚了，你要么不要去想这些事了，要么去把他给夺回来，你老是没完没了地在我这儿倾诉，有什么意思？而且越听她说，想想戈达再想想我自己，我心里就越觉得堵得慌。但是，当我从医生那里得知我的病情正在好转，我的心情一下子好了许多，我开始觉得林畅也不是那么烦。首先，我觉得林畅真的是一个很漂亮的姑娘，身材高挑，相貌出众；时常和一个漂亮的姑娘通通电话，吃吃饭喝喝咖啡什么的本身就是一件能让人找到满足感的事。其次，我开始主动寻找与林畅谈话的乐趣，我原先只是听她说，偶尔安慰她几句，现在我开始给她分析、给她出主意，有时候我滔滔不绝地说完一大通之后，感觉到的是一种难以言传的满足和畅快。当然我也知道，我说的她不会照着去做，因为下一次见面，她总会从起点开始谈起，好像从来没有对我说过什么，我也没有对她说过什么一样。

　　事情后来的发展有点出乎我的意料：我难以相信我在冬天还没有结束的时候竟然对一个女人发生了浓厚的性趣。这个女人当然不是别人,就是林畅。对于怎么会这样,我的解释可以援引那位中医的话:我身体血脉固有的习惯已经松动。看来我的病情真的是在好转。我开始在不同的场合向她暗示我的意图:电话里我的语气亲昵,充满了男性的温柔;在夜色中我送她回家,我的肩膀在我的控制之下和她的每走几步就碰在一起;在她生日的时候,我给她送了一大束鲜花。这些我已经有一段时间没有干过的事情,没想到现在干起来还是驾轻就熟。

可是事情进行得很不顺利,如此这般多次之后,林畅好像没有丝毫的察觉,一如既往地问我也追问她自己,为什么戈达会离开她?接着是那些她已经否定多遍的理由:她有一份稳定丰厚的经济收入,一套属于自己的房子,有学历,有品位,懂得生活。即便这些对于现在的戈达来说可能都不重要了,但最起码她自己认为,戈达也说过,她就是他要寻找的那种女孩——身材高挑,相貌出众。我听着她在那里唠叨,我注视着她的脸,是的,不论从哪一种审美角度出发,林畅都十分有魅力,甚至她痛苦焦虑、哀怨哭泣的时候也是这样。

有一天,是一个周末,在一家酒吧。林畅坐在我的对面,我们之间放着十来瓶已经放空的啤酒瓶。我没有拦着林畅喝酒,因为她说她去找过戈达,当面问了他,但是她没有得到答案。她说她心里的憋闷感比任何时候都强烈。看她那样，我心里很不是滋味，我说，别去想什么戈达啦，还有我呐，你就喝酒吧，我陪你喝，喝醉了我像上次一样送你回家。

"你没法理解我的痛苦，那种憋闷的感受，你没法理解。"林畅的笑容是潮湿的，充满诱惑。

"我能理解。我怎么会不理解？林畅，你听我说，'憋闷'就是一种感觉，一种习惯。你感到憋闷，但可能你心里并没有什么大不了的东西，这和你找个地方倾诉了也可能没有说出什么东西是同样的道理。我们要寻找一些特别的事情或者说契机，打破旧的习惯，建立新的习惯。感情是季节性的东西，在已经没有感情的季节里，我们有时还会依照习惯，被这种以前有过、将来也会再有，但现在却已经没有的东西困扰。我们要让我们身体血脉固有的习惯松动，让这些困扰没有地方依附，让时间来说明一切。"

"你喝多了吧。说的什么乱七八糟的，有病吧。"林畅拿蒙眬的醉眼看着我笑，酒精还有她的笑容让我的心跳得厉害。

"我以前是得过一种病，现在好了。我真的完全能够理解你，因为从某种程度上说，我们得的始终都是一种病。"

林畅已经趴在了桌子上，手在空中胡乱地舞动着，像是叫我不要说了，也像是想要在空气里抓住什么。

5

那天后来发生的事在我的脑海里是混乱的。我在怎样的情况下送林畅回到了家，在怎样的情况下趴在她家的卫生间里呕吐，怎样把林畅扶上了床，怎样离开的，我都记不清楚了。但我记得，林畅在我身体的下方哭喊和流泪，我记得她的长指甲划破我胸前皮肤的感觉很舒服，我记得我的小腹没有绞痛，我男性最关键部位憋尿的感觉很美妙，我记得最后我的身体的闸门打开，一切奔腾直下的感觉畅快淋漓。

我知道我做了一件不该做的事情，我很清楚，我应该为此受到惩罚。这没有让我感到不安，我正静静地等待着惩罚的到来，真正让我不安的是，现在夏天都快到了，世界还是很平静，像什么都没有发生过一样。我去过戈达的家里，原本想从他那里了解一些林畅最近的事。戈达说他也好长时间没见到她了。没什么事，能有什么事？后来我们就开始喝酒，在我和他都喝得烂醉的时候，他告诉我，到现在为止，他最喜欢的人还是林畅，他说他们一起度过了那么多的美好时光，他说她是那么漂亮。

"那你为什么还要离开她？"

"没有办法，"戈达看不出是哭还是笑，"没有办法，不知从什么时候开始,林畅变得冷淡,不是对我冷淡,是性冷淡。"

前几天,我又去了次医院,复查我的病情。那个中医大夫说,好了,一切都好了,比他预想的好得还快还彻底。我随便问及其他像我这样的病人是不是没我好得这么快?那个中医撇了撇嘴笑着说,你还挺得意的吗?告诉你吧,前两天,与你得了同一种病的年轻姑娘也痊愈了。我说什么来着,要让你们身体血脉固有的习惯松动,听大夫的没错吧!

回家的路上,我有意经过了林畅家所在的那个高层住宅小区。我抬头想看看她家的窗户,却怎么也数不清到底哪一层才是二十三层。突然之间我想到我的记忆是否会出错呢?也许,那天在酒吧,不是林畅喝醉了,是我喝醉了;也许,不是我送林畅回了家,是林畅把我带回了家?

6

我没有再给那个叫林畅的漂亮姑娘打过电话,也没接到她的电话。在这个城市中,我们再也没有见过面,我想,既然我们原本就是陌生人,我们相识也是因为她想找一个陌生人倾诉,那么就让这种习惯保持下去吧。我不知道她是怎么想的,我对她这个人了解得不多,我知道的就只有这些。

青年主人公

1

乌蒙昨天梦见了死去的父亲对他说话，说乌蒙已经是青年了，不像他是一件先民抛得太远而没能及时收回的东西。说这话时父亲表情奇异，看不出是喜是悲，乌蒙记得父亲生前从未有过这样的表情：他是在十年前乌蒙还只有十来岁时死于精神病院的。乌蒙无法忘记在母亲的带领下最后一次见到父亲的情景：病院整齐干净，只是一片白色像冬天的雪笼罩着，有点冷。母亲叫乌蒙把写满"优秀"的成绩单交给病人父亲，他看了就沉下脸去，躲在墙角低声说着"高兴……高兴……"想到这，乌蒙觉得有点悲哀，听母亲说父亲死时嘴里含着那张成绩单，上面密密麻麻写满了"高兴"二字。她后来时常在儿子面前赞叹丈夫的字写得真漂亮，而每次这么说时她眼中都有泪光闪烁。

乌蒙上个月回到家乡参加了母亲的葬礼。去的时候哭了一路，回来时却一滴泪也没流。乌蒙觉得生命从那时起真正走入了青年时代，童年和少年已是记忆中结成薄冰的清泉，在空中裂得粉碎后落回了地面。他感到体内充积了无限的欲望和力量，一定会有什么事情发生，他等待着。而等待本身也充满了热力，乌蒙感知到热力，体会到自己不同于周围事物的地方。这些是他在一个月后听见父亲说的话，想起父亲漂亮的手迹时意识到的。

城市人潮汹涌的街头，同向和反向相互挤压着的人流中，千万颗头颅在不规则外力的作用下向着各自未知的地方漂去，缓慢而沉重。乌蒙那颗与众不同的漂亮头颅出现时，健步如飞，目光向前。不久，他在一座现代化大楼前站定，而道路上的岩浆和泥流依旧。乌蒙后来出现在这座大楼某层的一个房间里，被要求在几张异族的面孔前用异族的语言讲述他那几乎遗忘的少年时代。他完全有理由慷慨陈词，然后掏出几十本红皮书达到原来的目的，可一阵笑声改变了他的主意——那是一只毛手爬上做秘书的女性同胞玉腿时，不知从何处发出的。"我已经是一个青年了，少年时代对我来说并不重要。你们应该录用我。"乌蒙说完这些话便得意于因果错乱显出的笨拙和威力，乌蒙对自己说，他真是父亲的好儿子。他对被礼貌地逐出门去早有所料，只是出门时那个女同胞说出的话令乌蒙浑身颤抖。她说，本市西北角有一家著名的精神病院,那里的医生医术高明。

乌蒙再一次跳入人流是二十分钟后的事情,他下一个目标不是精神病院,而是城市边缘的一间小屋,他在这座城市几逾冬夏的安身之所。小屋在这座城市西北角的一座小丘上,东南面的楼群、西北面的林中别墅注定了小丘上聚居的是穷人。乌蒙时常在夜晚的守望中比较城市的霓虹与林中幽幽闪亮的灯火,他无法确定哪一个更刺眼。

天下阵雨,小屋的顶棚间或坠满规则的响声。乌蒙无法享受精彩的睡梦:雨声被想象成一曲深沉哀伤的弦乐,从屋顶上一圈圈地旋转而下,碰到他的前额之后又如水波向上,在天空中变大变疏,直至仿佛飘满整个城市上空才微弱到难以感知。乌蒙隐隐约约觉得有什么东西在屋外向他招手,引诱他闯入禁地般的雨夜。"安静点,睡吧!"想到明天可能还要重复今天这类事情,他对自己这么说。

不知何时,雨已经停止,一场音乐会落下了帷幕。可又有什么别的声音响起,好像月光也开始照耀,一件巨大而沉重的东西不知从何而来。乌蒙随即惊异地发现,那竟是他膨胀了的身体从天空中向下急驶,身体下落时呼呼的曳风的声音真实可信,他分明看见小屋在下面越来越大,越来越脆弱,他甚至看见一个人躺在床上安然熟睡,对一切毫无觉察。乌蒙觉得身体开始隐隐作痛,好像有什么小的利器多年以前嵌入肉体，遇到潮湿的天气生出锈来一样。乌蒙想翻个身，手却触到了床板，乌蒙问自己怎么还躺在床上，疼痛却随着空中那个东西的临近变得愈加难以忍受，他无法相信自己就是那个熟睡的人。

惶恐总是在这样一种时候降临。乌蒙确信一个重大事件将要到来，却无法作出反应。当乌蒙的惶恐有小屋这么大的时候，撞击发生了。他紧闭双眼，断定一定有什么巨大的变化出现，可睁开眼时，仍然被一切惊得不知所措：小屋上开了一个天窗，边角圆滑乌蒙。看见了夜空：蓝，没有月亮，没有星星和云，天真正意义上空了。天光从窗中泄下，小屋像一个舞台，在所有观众和其他角色都被时间赶走之后，乌蒙孤独又最为真实地表演着一个至关重要的角色。一滴雨夹在光线里打在眉间，在他仰起头表演凝视远方的过程中，雨滴顺着鼻梁滑至鼻尖；他抬起下巴，向后收颈，表现出沁人心脾的愉悦之情，雨滴落上唇，分成两股顺着嘴角的曲线，准确地汇合于唇下的凹陷处；沉思者将头颅垂在两腿间，雨滴从下颌滴落在一个敏感部位。

这一次轻轻的滴落，让乌蒙听见了自己的呼喊，同时也意识到刚才的经历是场梦：手表才走了两小时，他还保持着睡前的姿势。乌蒙决定长出一口气，可刚到一半就感到下身猛然一阵痉挛：雨水从屋顶上渗下来，两腿间的席子上已淋湿了一片。乌蒙摇了摇头，一阵怅惶的苦笑。

乌蒙又一次感到有什么东西在外面向他招手，诱惑力要比上一次强出百倍，他再也无法抗拒，撑上一把不知何时存在的伞，逃出漏雨的小屋，任由脚步牵引。所有的街道在夜幕下交织成一座迷宫，乌蒙随机地拐过了许多个街角，看见一幢大楼在众多低矮的黑屋丛中灯火通明。乌蒙觉得有点惊讶，在这一带居住了好几年却从未到过这个地方。乌蒙最终是在走近大楼的过程中停下脚步的，他感到有一瞬间自己的表情和梦中奇异的表情像极了，也是在那一刻，他看清了楼前的金属牌，上面写着：××市精神病院。

2

恐怕今晚又睡不着了，孟想这么想的时候，已经失眠三个夜晚了。可别再做什么怪梦了，孟想自言自语地说着，想到自己最近连醒着的时候都能做出梦来，孟想怀疑自己是否得了妄想症。他翻了个身，感到一只蜜蜂猛扎在手臂上，它一次次企图飞走，将他的皮肉拽得高高的，每一次又被弹了回来，孟想不相信这样的疼痛是真实的，他再翻了个身，发现刚才又是在做梦。

孟想决定离开床。他环顾了一下室内，只有那面衣柜镜熠熠发光，一个裸体的女人在镜子里的远处向他微笑，他在自己的脸颊上打了一巴掌，郁郁地离开了小屋。

  一排石阶连着高处的小屋和下面的街道。孟想对夜色掩埋下的熟路感到陌生：犹如抚摸少女红色短裙下裹着黑色丝袜的腿，他走下幽深而富有诱惑力的石阶。孟想肯定自己有点虔诚，充实之感油然而生之后不久就随风散在夜色之中了。可能是刚下过雨，道路被雨和黑夜冲刷一遍后褪尽了灰尘和喧嚣。孟想发现道路的宽窄和质地引起了他的兴趣，他跪下来敲敲打打，又站起来左右步测。他想到"意义之外存在本质"这样一个抽象的命题，决定唱支歌庆祝一下。他记起一首歌，可能是前几年年少时唱过的，但他记不清任何一句歌词了。他轻声哼着，旋律像是一个活物，你一牵头，它便从头到尾跟你走了。孟想越哼越顺，越哼越觉得不尽兴，他终于忍不住放开嗓子，在这种后来被他命名为"孤独的独唱"的形式中，把黑夜中熟睡的人们抛在了脑后。一曲无字之歌在街道上方升起，街道两旁仍旧一片黑寂。

  在前面的一座大楼前，道路分成三岔。孟想觉得有一个巨大的磁场带走了他的目光，磁场中心有一块霓虹招牌在闪闪发亮，上面写着"××市精神病院"。大楼修葺一新，旁边低矮的院落好像是它的旧址，孟想不由赞叹精神病院像座宫殿一样欣欣向荣。大楼上依然有亮着灯火的房间，孟想觉出有一丝特殊的气味载着灯火散发出来，把这一片凝重的夜色搅乱。或许在这里我可能入睡,想到这里,他怎么都能感到一点悲凉。

孟想不敢相信自己真有了睡意,陌生的感觉充满了刺激,他决定把自己的歌声当作催眠曲来听。可不久竟有另外的无字歌声在他的歌声中隐隐升起,很快就脱颖而出了,那声音的音阶很高,却带着一丝沙哑,是一个从远处传来的女声,很像穿过厚重的屏障渗出的微弱呼吸。孟想不再发出一点声音,他仔细听着,歌声动人,只是时而夹杂的什么声音令他心酸。一声清脆的金属撞击声之后,歌声令人失望地越来越小,在他还未来得及寻找时就消失了。他向四周望了望:其他的房屋一片漆黑,只有精神病院还亮着灯火,他知道是这座大楼隔开了歌声和它的主人。一把巨大的钥匙将他挡在门外,孟想只有怀着求雨师般真诚而供奉的心理再次唱出一个旋律,他在楼下凝神观望,此刻他再次觉得睡意全无。令人欣喜的事情不久就发生了,那个女声不但又一次响起,而且当他听见歌声的时候还看见大楼五层左边第二个窗户上映出一个长发女人的身影:她不规则地扭动着双臂和头颅,长发的影子飘满了窗纱。他像是一个观众,孩子般聚睛于悦己的演出,他更觉得自己也是一个表演者:当他猜想她应该向左扭动柔软的腰肢、向右伸开修长的手臂时,她便这么做了;当他感到旋转整个身体带起长发飞舞会更美丽时,她恰巧也这么做了。孟想有一些兴奋，他把这声音和身影注入这座大楼前的夜晚，失眠的青年人在想象中组成了一幅画，一幅沧桑的神秘主义的画。他现在这样想：今晚他是注定会从这座楼前经过的，甚至连续几个晚上的失眠和胡思乱想都是为了这一时刻的准备。

孟想后来顿生睡意，他梦游一般地回到小屋，看见镜子里的面孔打了一个长长的呵欠，倒在床上，到第二天临近傍晚时还未醒来。

3

凌丁真为女友惋惜，从她死于车祸的那一天起他就再也没有好好地度过一个夜晚。而街道上花枝招展的女人们让凌丁觉得她们身上有凶手的气味，他甚至有点害怕在白天走出小屋了。凌丁自己也不知道这种想法有什么深层原因，他没有时间为此分析，他无时无刻不被死去的女友占据着脑海。

如此蛰居数日，凌丁每天只吃少量食物，喝一点水，精力却异常旺盛，记忆如春草疯长。但是这种生活没有维持多久，有一日暴雨狂乱如马群奔腾，小屋漏得无可救药，凌丁看见一股股洪水把女友的笑脸和身体冲入他们还未相识那一年的河流。虽然暴雨使他疲惫，凌丁还是决定出去走一走，而这以后发生的一切是他始料不及的：他偶然唱起过去的歌曲来到城市边缘一座叫作"××市精神病院"的大楼前，偶然发现一个女子的身影在病院的窗纱上飞舞，凌丁觉得那个身影像是死于偶然发生的车祸的女友的：身着蓝色碎花长裙的形象他至今难以忘怀。可拒他于门外的大铜锁有着一种同样不可置疑的必然性，凌丁想即便没法进去，每天晚上来这里看一看也比一个人胡思乱想要好得多。凌丁再也没有在白天走出那个破旧的小屋，因为他已将所有的精力投入夜晚的行动之中，白天他得休息。在这之前，凌丁曾从一个小抽屉里取出所有的积蓄，说盘缠充足，该上路了。

通向精神病院的路每个夜里都对他发出极大的诱惑，凌丁不自觉地重复着暴雨夜里的事情：午夜高歌，在精神病院前驻足。那个身影充满偶然性的巨大威力，她毫无规律地在一些夜里出现，而在其他夜里仿佛并不存在。凌丁无法归纳，无法预测，他只有每夜都来才有可能不错过任何一次她的出现。在空无一人的街道上往返于小屋与精神病院之间，凌丁一度不得不在枯燥的空气中用力呼吸。

暴雨夜后第十四个夜晚，凌丁意外地发现自己并不是这一路程中唯一的行人。那时他正如往常一样唱着歌走近精神病院，前面的十字路口的安全岛上有人影晃动，一缕缕烟随着火光的一明一暗升腾起来，一个驼背老者蹲在烟雾之中四处张望。虽然静夜的歌声与烟火以同样的形式引起了对方的注意,但凌丁知道,对他来说,等待那个女人身影的出现远比一个陌生的行人更为重要,他自顾仰头注视那扇窗户。

"你在干什么?年轻人。"不知何时,老者踱着步来到凌丁的身边,口气平静如止水。

"等待一个希望的出现。"他接着唱自己的歌。

"别唱了,你的嗓子快哑了。"

"没有歌声,我想希望难以出现,而且我也将因此而失去等待的耐心。可您,又是在干什么呢?"凌丁不无敌意地瞥了老者一眼。

老者在脚下掐灭烟头,最后一口烟升起之后,凌丁听见他说:"我在寻找,找遍大半个城市,你是我在深夜看见的为数不多的几个年轻人之一。"

"您是在寻找黑夜中出走的人?可这对您有什么意义呢?"凌丁语气冰冷,这一次并没看着对方。

"几十年前,当这座城市刚刚可以称得上城市的时候,我就像你现在这样时常夜不能寐,而原因充满了丰富的可能性,就像你现在也说不清为什么自己要到这座楼前歌唱一样。这么多年来,我一直觉得有一件东西不断变换着形式来引诱我却又躲避我,可这又有什么,即使我失去了一身挺直的腰板。唉,那真是一种说不出的东西,年轻人,今天看见你，我多少感到一点欣慰。"老者又点燃一支烟，迫不及待地猛吸了几口，夹烟的手指有些颤抖，"但你的歌唱是无济于事的，你能在黑夜中走出并寻找希望，这使你除了眼睛和双脚之外，其他一切都是多余的。记住，歌唱对于你来说，到底是多余的。"

凌丁看见老者头上升起的烟若断若连地向自己的头顶飘过来，他伸手扇了扇，青灰色的烟散开去，在路灯光下很远了仍看得见。凌丁始终没有改变仰视窗户的姿势，在老者踽踽走开之后，他还是如此。那一夜房间的灯没有亮过。凌丁觉得这应该归咎于老者的出现。在回来的路上，一种前所未有的孤独感咬住了他的喉咙，窒息似乎就是离他最近的那盏路灯。

黑夜中的等待自从第十四个夜晚后就时常被别人打破。第十六个夜晚凌丁看见一个年轻女子在他前面行走，高跟鞋交错跳动，发出清脆却有点刺耳的叫声。凌丁纳闷这样一个女子为什么深夜了还独自在路上行走，可叫他至今无法理解的是：当他如往常一样高声歌唱时，她毫无理由地慌乱逃命似的跑开，而且做出臀部和大腿在紧身短裙下奋力挣扎的样子。更令他诧异的事情随后发生了，那个女人跑出很远后，悠闲地停下来将高跟鞋脱下，一只手提着一只，回过头来快速向他看了一眼，然后继续飞奔。凌丁无法想象那一刻她应该是怎样的一种表情,他伫立良久,只看得见两只白鞋幽灵般可笑地无声晃动。

第二十个夜晚竟看见整条街上有近十个人,其中有两对情侣,一对说笑着闲逛,另一对在路边长吻。第二十一个夜晚街边有些房屋亮起了灯,各种各样的声音响声,还有一个很丑的老女人在自家门前摆出了面铺。三天之后,这条街几乎有了夜市。

现在凌丁在走过城市边缘的这条街道到达精神病院的过程中,感到比遇见老者那天晚上更大的孤独密如针脚。为了能顺利地歌唱着走过夜市而不受干扰,凌丁重又想起死去的女友,他感到进入精神病院亲眼见到那个女子的欲望越来越急切。可令他失望的是:自从第十四个夜晚后,他甚至连那个女子的身影也再没见到。

凌丁这几日白天的酣睡被同样一个梦搅乱:他在无人的广漠中自由地追逐着沙山,歌声欢快地上下翻腾。然后,不知怎么地他就走入了沙漠中未知的城市,那里人头攒动,众人目光的缝隙里女友蒙着面纱的脸孔表情严肃。凌丁后来就听不见自己的歌声了,耳朵里充满了女友如风穿越城墙一般的高声叹息。凌丁似乎有点明白为什么会有这样的梦,这是一个先兆。

终于有一天,两个不速之客敲开了凌丁的那间小屋。

"请跟我们走吧，我们会给您提供良好的服务与治疗，在那里，您定会像回到家一样快乐。"推销商机械的笑容堆满了两张圆脸。

"可我为什么要跟你们去呢？"凌丁的口气舒缓。

两个陌生人相对诡秘地一笑，高一点的立刻换出一副法官宣判时正义的面孔，朗声说道："有十个人昨天晚上看见你大叫着走过新开张的夜市，眼睛直视前方，毫无神采。前天晚上有五个人看见你在精神病院前站了一夜，四天前和五天前分别有人看见你干了同样的事。更为重要的是，九天前的夜里你还对一个夜行的良家女子图谋不轨；而早在二十天以前就有人在自家卫生间的窗户里，看见你在深夜大叫着走过这条街道。"

"有这么多证据，你还有什么说的。"矮个说话的语气有些吓人，"当然，我们得知你的女友前不久因车祸而去世了，这一定对你刺激很大，我想你最好还是跟我们走吧。"

"我的确没有病，我只是在寻找一个希望，一个将我从城市放回沙漠的希望，它会把我从一种可怕的孤独解放到令人神往的另一种孤独之中。我只有在黑夜中歌唱着寻找，她只在黑夜的歌声里出现。"凌丁还未跳出这几日单一的白日梦，显得有些激动。

"看来你病得还不轻，你必须跟我们到精神病院接受治疗，这对你会有好处的。"高个对矮个点了点头，转过了身去。

"好处？……好处！"凌丁喃喃地自言自语，头脑中出现了一把巨大铜锁的形象，然后不再说话，只是对高个在例证中没有提及那个老者感到高兴。

凌丁记得他在昏迷之前看见高个的陌生人猛转过身，将一块手帕捂向他的脸，他本能地想作出一点反抗，发现手臂已被矮个牢牢抓住。凌丁想精神病院派这两个人而不是别的什么人来真是明智之极，可凌丁一想到自己将是一个胜利者，便兴奋地随着氯仿的气味晕了过去。

4

我在去那间咖啡店之前对要说的话想了一整天，我以前从未和吕重阳这样著名的精神病医生交往过。我是通过一个在××市精神病院当护士的女孩约他今天来这家咖啡店的。我想他之所以答应赴约或许是因为听说一个以文字为生的年轻人要把他写入故事中的缘故。

我早于约定的时刻出现，却发现一位老者早已坐在临街的窗前那张约定的桌子边吸着烟四处张望了。他便是吕重阳。谈话比我原先想象的要顺利。吕重阳充满了老年人的稳重和善解人意，虽然我事先弄清了不少精神病学和心理学上的名词，但当他发现这些术语对我们深入交谈毫无益处时，就主动提出可以带我到著名的××市精神病院去看一看。他说他可以介绍几个精神病患者给我认识。"或许对你来说，他们比我更有帮助。"吕重阳说完这话时又要了一杯咖啡，然后一饮而尽。当他站起来要走时，我才发现原来他的背驼得很厉害。

几天之后，我在精神病院五后左边的第二个房间里第一次见到凌丁。那时我对他已有所耳闻，我的那个在病院当护士的朋友多次在我面前谈起一个夜晚她夜班回家，见到凌丁在她身后狂呼乱叫的情景。她每次都不会忘记对自己机智地脱下高跟鞋逃离险境的行为夸耀一番。凌丁看上去有一些瘦削，很年轻。我在吕重阳的鼓励下向凌丁打了招呼，他回过头来很腼腆地笑了笑，那一刻我突然觉得这笑容和正常人的没什么区别。

吕重阳考虑到我的安全，让我和凌丁的接触就到此为止，关于凌丁更详细的事情，我是从吕重阳的介绍里听来的。吕重阳说凌丁是他亲自发现并叫人送进病院接受治疗的，吕重阳说这里没有谁比他更了解凌丁。吕重阳后来还给我谈起两个名叫乌蒙和孟想的病人，吕重阳说他们都是主动来病院就诊的，那时吕重阳在南方的某座城市里传授医术，而当他回来时，他们已离开病院了。吕重阳说他们的病情非常奇怪，连他这样有经验的医生也找不出一个名词来概括。令吕重阳遗憾的是：他两次都未能赶上亲自为他们治疗。我问现在乌蒙和孟想在什么地方，吕重阳说他也不清楚。

大概是一个月之后，我收到一封来自××市精神病院的信。我猜想是吕重阳写来的，可一打开信封就知道自己错了：信的落款处写着"凌丁"。这封信一下就将我引入了一种似曾经历过的情境之中，我意识到那天在精神病院看见凌丁不单是第一次，而且一定是最后一次。凌丁在信中这样叙述道：

……我是在吕重阳的办公室里见到您的地址的，那一刻之前我就知道一定会有这封信的诞生。其实，我并不叫凌丁，我也曾以乌蒙和孟想两个假名来这家医院，而每一次走进这里，我都觉得我是谁都无所谓。我不知道为什么会给你写这封信，我时常在最清醒时干出的事情都让人不可思议，我好像已经习惯如此了。好了，我不再浪费您宝贵的时间，我将在以下的篇幅中尽可能精炼地讲述关于我自己真实的故事。事情是这样的……

周年

1

幸福的时光总是短暂。这句话不论谁说起来都显得那样轻描淡写，所以去年的这个时节当叶子夹着爱喜烟对我这么说的时候，我根本就没有在意。那也是一个热天，出梅入夏，她穿着吊带衫坐在我的对面，餐桌上放着两碗热气腾腾的鸭血粉丝汤，水汽和烟雾掺杂在一起，均匀地飘散着，我们之间像是隔着一条静止的河流。多年以来，我总是没法确切地说出每次和叶子见面的时间地点，但作为最好的朋友，我总记得每一次见面时她的样子和她说过的几乎每一句话。

那时她的头发刚烫成了长波浪，从脸颊边卷曲着流淌下来，瀑布一般。她低着头，黑色的头发和白色的粉丝朝着相反方向运动的画面让我印象深刻，她把长长的粉丝一节一节地吸到嘴里，每吸一次停顿一下，就像是一次小小的叹息，而每次停顿，她的头就垂得更低。

"你也吃呀,别光看着我吃。"她不用抬头,也知道我在看她,这就像是她的特异功能,"天越热越应该吃鸭血汤,清火。"

我知道她不光在说我,也在宽慰她自己。那几天,她刚从她租住的地方搬出来,搬来和我一起住。她一进门就把巨大的拉杆箱扔在一边,趴在我的肩头开始哭泣,哭了好一阵子,以至于我的情绪也被她感染,想到我和叶子之间以及我自己的一些伤心事,眼眶不禁有些湿润。在某一个时刻,她突然停了下来,似乎是注意到了我的变化,抬起头用小兔子一般红红的眼睛注视着我说:"其实,我们都不应该这样难过。"

是啊,我们都不应该这样难过。

好几年之前,通过一个偶然碰上的朋友,我才知道叶子竟然和我生活在同一个城市,我们各自辗转了好些地方,才都在这座城市暂时安定下来,却浑然不知对方的存在。我先给她发了封电子邮件,留下了我的手机号码,然后她打了个电话给我,热情洋溢地约好了时间地点见面。我忘了那是市中心的哪一家咖啡店,我们在一把墨绿色的遮阳伞下坐了一个下午,从童年往事到感情生活,聊了很多,分手的时候我们都有些依依不舍,在要进地铁口之前,叶子转过身快步走回我身边说,要不我们一起住吧。我笑着点了点头,几天之后我们就在城市边缘靠近地铁站的地方合租了一套房子。那时我们两人的公司离得不远，很多时候我们不仅一起吃了早饭出门上班，下班一起回家吃晚饭，甚至连中饭都会一起吃。我们从十一岁开始认识，看着对方长大，似乎从来没有在意过分离或者相遇，就连高中毕业后那个漫长的暑假，我们都没有见过一面，可那一段时间，我们却是如此习惯于天天腻在一起。

我不知道事情是在某一个时刻突然发生了变化，还是早已埋下了种子。一起住的时间里有一阵子，我们总是错过：叶子先去外地出差，她还没有回来，我又走了，前前后后有一两个月的时间，我们都不在一起。开始我在家的时候，睡觉前总是接到她的电话，后来我待在酒店里，也会忍不住给她打电话或者发短信。她说我不在，一个人闷死了。"叶子都要枯萎了。"有时她会在电话里撒个小娇，有时也会在电话那头假装生气地嚷嚷，"你再不回来，我就去随便交个男朋友啦。"好像她去找个男友就意味着对我的惩罚似的。

我记得很清楚，我回来的那天，因为暴雨，飞机晚了四五个小时才起飞，当我推开房门，叫了一声，"叶子，我回来了。"她就一下子冲上来抱住我，像只被主人久关家中的小猫，在我的脸上重重地亲了一口。那天晚上，我们一起洗了澡，赤裸着身体躺在一条被子里。我有些紧张，我看得出叶子更是这样,我们已过了青春年少的阶段,并不缺少身体的经验,但我们都从没有这样过,我们拥抱亲吻,小心翼翼地寻找着对方熟悉而又陌生的身体,却不知道自己的方法是否正确。

叶子是去年的这个时候重回我的身边,她跟我说了很多与她那个刚分手的男朋友之间的事情,我则拿我们分开后我的经历来劝说和开导她。这几年,我搬了四次家,换过两次工作,也换了好几个一起住的人,我们都有意地让我们之间的联系不像先前那么紧密,却似乎又在暗暗地关心着对方的情况:你看,等到我一个人的时候,她也变成了一个人,然后,她就又回来了。

2

好像所有的话都已经说完,但又觉得什么都还没有来得及说。

走出机场大门,我回头找她,却怎么也找不到,我在停车场里折来折去,那么多人那么多车,我怎么也找不到她。我原来老鼓励自己说,一切即便到了最后时刻也一定会有办法,但那天晚上,我站在路边,拨她的手机,我知道,那可能就是最后的时刻,它原本应该还在很遥远的地方,是我生生地把它拽到了面前，而且毫无对策。遇见她的时候，我曾经想这次怎么都不应该轻易错过，但到了那天，我们却依然没法逃脱错过的命运。

回想离开前的那几个小时，我到底处在怎样的一种精神状态中，我现在还说不清楚。我可能永远只配做一个幽居者，躲在现实无法触及的地方，躲在自己内心设定的角落，手握想象中的花朵；而一旦走出来，就会觉得到处都是危险，都是异己的力量，而自己却始终两手攥着空拳，焦躁、易变、消沉、脆弱。这让我羞愧。

回想最后的那几天，有那么多细节印在脑子里，每个画面都那么值得留恋，也因为此，如叶子所说，才尤其觉得惋惜。寸步不离、没有任何东西打扰的那些时光里，我从身边这个如此真实的女人身上，看到了如此多闪光的东西，在她的面前，我虚构了很久的那片"叶子"已死，却又涅槃重生，我说凭我而生，其实是她自己让我迷恋的那个影子变得有血有肉。

从坚定兴奋，到犹豫煎熬，再到退缩放弃，用如此快的节奏经历了这么多种心理状态，我真的有点怀疑自己的情感是否纯粹。其实有时候我反观自身，相比较于我在理想中追求的爱情，在现实中我对叶子，可能是那种与自私、自尊、自爱、嫉妒密不可分的爱情的成分要更大一些，得不到的时候超凡脱俗，得到了就会变得世俗起来，即便是拿"本质上爱情是自私和排他的"作为借口，这一点也很说不过去。总是要求自己的爱情纯粹，但在其中却有那么多不纯粹的东西要考虑和剥离，夹杂在一起，爱情本身也就不纯粹了。我觉得在情感方式上，叶子比我要纯粹得多。这让我羞愧。

圣经上说爱比爱情更伟大：爱是恒久忍耐，是不排他的包容，是不自私的恩慈，爱是不嫉妒、不自夸、不张狂，爱永不止息……我虽然达不到这样的境界，但我相信，只有那些真的纯粹的爱情，才能叫做爱。虽然面对家庭和叶子，我选择了前者，但我还是曾经想过，我们之间最好的结果可能是这样的：我们在迈出去之后的某个时刻，在还没有来得及伤害其他人的时候收回来，不论是用洒脱的方式还是痛苦的方式，一段时间后，爱情如果能升华为爱，而且我们的步调和心理节奏一致的话，那我们可能还会保持着某种让我们既感到舒服又没有负疚感的关系，就那么待着、忍耐着、爱着；而且即便有一天，爱再变回爱情，也认了。只可惜，即便设想的现实中最好的结果，本身也变成了空想。这部分是因为我还没有勇敢地尝试就开始退缩，部分是因为它说到底只是我的设想。

叶子曾说我总是习惯于为自己的行为和想法找到一种合理的解释。但我知道每当我这样的时候，那些想法都是第一性的，因为我这么想了，想这么做，所以我才会去分析和解读自己。只是，我是一个想多做少的人，而且真的做了，往往还可能是错了。我知道，我一定是让叶子失望了，我现在已经不是策略性地逼着自己羞于见她，而是真这么想的。

反反复复说过了很多遍的话，我现在不想也无力再多说了，但有一句话我要坚定地说，我爱她，发自心底的爱，即便这种爱现在可能并不纯粹。我想也许有那么一天，不是因为爱消散了平淡了，而是她变得纯粹了，我会再去见她，我相信到那时她也会愿意见我的。不是也许，一定会有那么一天，我们终将战胜反复错过的命运，在一个更高的层次上重逢。

3

去年的这个时候，叶子和我合住的房子有两个卧室，其中的一个很少用。但是，和以前不一样的是，我们躺在一起，不再寻找对方的身体，它们就在那里，我们都不主动地触碰，像是一种默契。对于她，我猜想这是因为刚刚结束的恋情所致，叶子说它和以前的那些不一样；对于我，我真说不上这到底是让我感到嫉妒还是忧伤。

叶子说有些事情她并不在意，可是另外一些她怎么也放不下。我说这没有什么奇怪的，人人都是这样。她开始的时候没有跟我说过她与刚分手的男友是如何开始的，她总是在洒脱和纠结这两种极端的情绪下，谈论他们结束的过程。

"每天都像是在放烟花，灿烂而又不真实，"她笑着摇头，然后突然会换一种口气接着说，"灿烂之后的夜空才黑得彻底、黑得绝望。"

叶子以前和我在一起的时候，我们几乎没有一起出去旅游过，空闲的无所事事的时间大多是在房间里的度过的，随便的一套肥皂剧，我们就可以从早看到晚。但是那一次，叶子提出周末去海边露营，就我们两个人去，开我的那辆小车。我有些疑惑，她还要去海边？她刚从南方那片辽阔海域的一个小岛回来不久，她还要去海边？在那个小岛上的时候，她给我发过一个短信说，台风肆虐，四面都被海水包围着，但她现在却异常温暖。我当时就猜想她可能正和他在一起；我们不常见面，有些特别感受的时候就会发短信给对方。我后来通过叶子的讲述知道，事情比我猜想的要复杂一些：那是一个有妻子的男人，他们相约离开这座城市，走得越远越好，他们原本打算好了要在那座不知名的小岛上住三天，可上岛后不久台风来了，阻断了回程的船，结果足足住了一个星期。叶子说，这是她第一次和他去外地，在此之前的几个月里，他们常常在工作日的午餐时间约在情人旅馆见面,他们享受午后之爱就像午餐,虽很丰盛却总显得有些仓促。可那个小岛不一样,她觉得这样的日子才是真的生活,没有任何外界的打扰,他们可以彻夜狂欢,细致地探索和释放着身体的快感,然后听着海浪拍打礁石的声音平静地入睡。可是很快,叶子说,事情就超出了她的预想。台风很快就要过去,她不敢相信对方的热情竟然消退得比台风还要快。

"我是如此地信任他,觉得他比其他人更能理解我的内心,能给我以真实的回馈。可是,临走前的那一天,他竟突然跟我说,我们回去后就再也不要见面了,说得那么决绝。"叶子说,"我从很久以前就认识他,从我们重新遇见到那一天,我从来没有觉得他是那么陌生。"

我把简易的帐篷从后备箱里拿出来,叶子帮我把它支在一片干燥的沙滩上;这样的地方,月亮的潮汐也够不着,更何况这里不像南方,台风刮到这里的时候早已是强弩之末了。"今年夏天,静静的海。"叶子让她的长波浪迎风飘散,她面对着海面有些自嘲地笑了一下,然后蹲下去,把头埋得很低。

"我和他在回来的飞机上,几乎没有说话。有一个瞬间,我侧过脸去看他,他用手支着脑袋,我看见有泪水顺着他的脸颊流下来,我本能地想去抱着他,甚至想把他眼角的泪水舔去，可我一转念又觉得自己的想法真可笑，该哭泣该被安慰的应该是我！"天已经暗了下来，海水变成了深褐色，叶子点了一支爱喜烟，侧靠在我的背上，我一时不知道该说些什么安慰她，不过，我那时脑子里很快地闪过一个有些残忍的念头——如果连我也不知道如何安慰她，那么也许她根本就不需要安慰。

"我知道你其实和他一样，都在想改变我身上那些已经成为历史的东西，是不是？"我们躺在帐篷里，外面的空地上只有风，叶子裹紧毛巾被转向我，突然坐起来说，"我也想，但没法实现的，只能是空想。"

其实叶子是一个挺敏感的人，她说的没有错，我是想改变她身上的某些东西，而且当她回到我这里停歇了一下脚步又义无反顾地从我这里离开的时候，我的这种想法还会十分强烈。走吧，到外面和那些男人约会去吧，等你弄伤了自己，你会回来找我的。像叶子这样的人，总是觉得世界是美好的，总是意识不到周围存在的危险，总是轻易地把自己交出去，却又那么容易忘记痛苦，唉，我记得有一次她发短信提到她是一个燃点特别低的人，甚至还没等到别人划亮火柴，她自己就燃烧了起来。从这个意义上，我是想改变她，但叶子说的也不尽然，我和他不一样，叶子过去的那些事情，不论知道还是不知道，我都不会那么耿耿于怀；我想改变的是她对待我们之间的事情的态度。

"和他在一起的这段时间,那种心神清明的交流,除了和你,我没有在第三个人那里找到过,但你知道,我和你是没法一直真正在一起的,所以,我想,我一定要尽量和他在一起,为此,我愿意作出任何你们希望的改变。可是现在,我还没有来得及开始就已经没有机会了……"我不知道,叶子用悲伤的表情跟我说这些话时,是否考虑过我的感受,好多次了,她就是这样完全像个不懂事的小女孩一般,只知道从我这里寻求安慰,却不去想我并不是一个和她没有关系的人,我会因为那些发生在她身上的事情想到我们俩。

我还记得,在她上一次说要从我这里搬走的时候,她就说,她觉得我们俩不可能一直这样下去,分开了,我们还是最好的朋友。我问她为什么觉得我们不能一直这样下去呢?这样下去不好吗?她笑了,她说她交了一个特别棒的新男友。我当时很诧异,还觉得自己怎么这么迟钝,对什么新男友竟然一丝都没有觉察,可后来我才知道,叶子当时只是想离开我,新男友是离开我这里之后的事情,在此之前,只是个借口——一个我最无法辩驳的借口,我只能让她走。

她说,那天出机场之前,他把她的拉杆箱交回她的手中说就在这里说再见吧,一会出去的时候,他的妻子可能就在外面,道别就不方便了。有那么一小段路,她隔开几米的距离跟在他的后面,看着他的背影,眼泪就落了下来。她说她当时想,这是一个什么样的男人啊,心里冷冷的。出机场的时候,叶子有意跟他从相反的出口出来,正好看见了一辆出租,她就飞快地钻了进去,从车窗里看出去,她看见了他一个人站在路边,并没有他妻子的身影,他四处张望着不知道是在找谁。在回去的路上,她的手机响了好几次,她就让它那么响着。后来,她接到了他的短信:"我爱你,再见。"

4

在无法排遣自己内心痛苦的时候,我无意中看了几乎是整整十年前我给叶子写的信,我好久都没有去读它了,那时虽然文笔幼稚,很多地方我都已经遗忘,我也不是一个容易自我感动的人,但关在书房我还是有些想哭。那时候,我还不会用电脑打字,也没有电子邮件,我把字一个个密密麻麻地写在有着红色抬头的信纸上,中间夹杂着分行写的小诗,我还会把写给叶子的每一封信都认真誊写一遍再寄出去,把原稿留给自己。现在,看着这些有着修改痕迹的文字,各种情绪纠结在一起,往日重现。

然而,我不得不说,这是一剂特效药,用于忘却或怀念,用于自我拯救,用于抹去心灵沾染的灰尘,再也不会有谎言，再也不会有伤害。既然我的内心无论如何也无法逃脱自己的选择，那我就应该珍视它，没有必要后悔。从本质上说，叶子更多的只是一个影子，我在按照自己的想象和希望塑造她，然后把她当作部分逃离现实的手段，但实际上，影子很脆弱，一旦和现实碰在一起，就很容易破碎，而现实又是无法逃离也无须逃离的，你看，人人都是这样，一面感叹现实和理想的距离，一面从身边的现实中寻找到那些美好的事物，即便有些东西可能只是在记忆中闪现而现在平淡了，但却一直存留在我们的内心中。我现在觉得，我伤害了心中那种更美好更纯粹的情感，以追求美好纯粹情感的名义。

我知道，我和叶子之间说过的所有的话都是真话，只不过真话之间有时互相矛盾。多年之前，叶子远远地离开我，用她自己说的"少女的矜持"拒绝了我，而更早之前，我是一个懵懂少年，对于叶子那些需要一个女孩鼓足很大勇气才能做出的事情视而不见。半年之前，我在她网上的同学录中看到了她的照片和一个手机号码，我打过去，一个男人的声音跟我说，这是他们公司的业务手机，现在归他使用，以前的使用者早已离开公司，现在不知道在哪。我其实不太上网，但自从那天在他们的同学录上留言之后，我每天都要上去看看，不久后，我收到了她的邮件。是你吗？你原来一直都在这个城市吗？一直都以为你出国去了。我们见了面，她留着鬈曲的长发，比很多年前胖了一些，她坐在我对面，有些不自然，我也是这样。她注意到了我左手无名指上的戒指，我记得她来之前，我还想过这个问题，犹豫了一下，并未把它摘下来。她说，你都结婚啦？不过，看你的样子就知道现在你一定很幸福。哈哈，幸福，每个人都拥有属于自己的幸福，而我和叶子之间的幸福却如此短暂。两个月前，我跟她说了再见，再也不见的那种再见。我现在想，过去的就都过去吧，半年前的和十年前的一起过去吧——以前叶子像一个影子，老在我的生活中若隐若现，这一次，我希望叶子跟以后的我的关系不要再像以前那么大了。

可能别人都不会相信，其实我自己也很疑惑，从夏天开始算起，秋天还没有结束，我就走出了沙漠。很艰难，但和刚开始看不到尽头没有什么准备的出发相比，能有这样一个结果，我觉得并不能算是一个坏结果。我以前走过比这一次漫长得多的沙漠旅程，但那时我一个人，没有什么牵挂，对沿途的风景充满了好奇，并不觉得特别辛苦。虽然要找的东西虚无缥缈甚或离我远去，我也不太在意，腿脚累了，我就找块小绿洲歇歇，内心脆弱了，就给自己讲一个提气的故事，然后接着上路。就那么走走，走走，也就走出来了。

两段相隔很远、差别很大的沙漠旅程，今天看来是同一段。我原先并没有真的走出去，只是和幻想相连的现实已经被幻想掩盖，和生活相关的现实不断被生活渲染，为什么非要跟自己过不去呢？何况并没有什么过不去的东西。那时的幸福感让我以为走上了另一条更舒适的路，而这一回经历了这第二段艰苦的跋涉，我才明白过来，以前我并没有走出去，甚至都没有走进去过，这才是真的沙漠，以前的一切不过都是伏笔和演习。

可是，我走过来了，不管愿不愿意、道德与否、是否钟情，我都咬着牙一步一步地走过来了，虽然快得让人惊讶但我知道过程很踏实。没法再走回去了，更重要的，我已不愿意。我们只有在现实中相互失望，内心才能真的有希望。我们之间本就没有可以走通的路，那些我们踏出去的，也都是险途。我不会像以前一样再幻想着重逢了，没有意义，最起码对我来说，错过了，不论一次还是两次，都意味着错过了一生。

看到叶子发来的这十几封电子邮件，我一直都没有动力去回，这不是我以前的风格。我想这其中的原因是，我不想违心地跟她说我还惦念着她或者因为自己先前的决定现在感到了后悔，而告诉她我已走出来，又太残酷。在叶子身上，有很多的东西，我不知道；有很多的事情，我知道了却不能理解；还有一些事情，我努力尝试着去理解但我说服不了自己像她一样去理解。我想，这都是因为分开的时间太久，而在一起的时光太短暂,心性相通在这样的情况下,有时只是美好的愿望而已。

如果是夏天就给她回信,我也许还会忍不住说一些让她伤心的话,但现在这些也没有什么必要说了。对叶子来说,我以前不是一个好情人,现在也不是一个好朋友,我在一边呆着,竟然都不愿意走上去帮她点什么。不过,有时候一个有些残忍的念头会从我的脑海里闪过:如果连我都不愿意去帮助她,那可能说明她根本就不需要帮助——每个人也许都有自己的沙漠,都需要自己走出去。

5

去年夏天过去不久,有一天早上醒来,我站在卫生间的镜子前梳理睡乱了的头发,叶子从我的背后急急地推开我,趴在面盆前呕吐。看着她很痛苦的样子,我轻拍她的背,给她倒了一杯漱口的温水,心里竟然生出一丝快意。那天我陪叶子去了医院,我坐在妇科门诊走道的长椅上等她,内心有些不安,就好像我自己是一个等待检查结果的病人,不过,即便不安也并未让这种快意消退。

我们刚刚重逢的时候,叶子跟我提过她曾经有过的堕胎经历,那时医生建议她最好不要手术,说第一次应该珍惜,她没有听。我到现在还记得叶子跟我说那次经历时的语气和表情，她的嘴角带着意味不明的微笑，就像是在说别人的事情。"如果没有和你在一起，我一定会以为我身上没有发生过这样的事情。"她和我靠在床上，吻了我一下，"和你在一起其实挺好的，最起码不用考虑这样的问题。"我知道，叶子的情感方式和我的有着本质的不同，她其实并不知道我到底是怎样的一个人，为什么会是这样的一个人。即便我们在一起了，她能理解的依然只是一个人的寂寞和两个人的温暖而已。所以，当她在我身边，用那种玩笑的口气说那样的话，我不会介意；而当她离开我，我有时就禁不住会想，难道这就是我和她那些男朋友们的区别吗？难道她离开我就是为了考虑这样的问题，经历这样的痛苦吗？

叶子从里面走出来，眼角竟然挂着泪水。她说她怀孕了，这我一点也不惊讶，但她说，这一次她不想做手术了，却是我没有想到的。

"为什么？为了告诉他，为了让他重回你的身边？"我问得有些直接，或许击中了叶子内心最柔软的那个部分，我的话刚出口，她一下子就哭出了声。她蹲在医院走道里，双手抱着头，大声哭泣，如同孩子丢失了心爱的玩具。直到医生走出来，叶子才控制住情绪站起来。医生问我是叶子的什么人，我说是朋友。然后，医生把我拉到一边说："我们当然不主张她做手术，但作为医生，又不得不提醒你劝劝你朋友，还是尽早把手术做了，越早痛苦越小。她曾经三次的堕胎经历已经对她的身体造成了损害，原则上说，她已经不宜再怀孕了。即便现在不做，也有可能等几个月后，还是不得不做。"医生还说，他们把这些都已经跟叶子说了，她却不想听从他们的建议。

我把叶子从医院带回来，什么也没有说，只是给她做了我拿手的赤豆红枣粥，她象征性地吃了一点。之后的几个星期里，叶子每天的生活都从晨吐开始，我知道她在犹豫。那段日子，我从未劝说过她，却在不断地劝说自己。开始我知道她有过三次的堕胎经历，我真的有些难以接受：在我们第一次重逢之后，也就是说，在那些她再次离开我的日子里，她把这个在我们第一次重逢之前发生过的事情重复了多次，而这些她从来没有告诉过我。叶子老说，我们不可能真的这样一直在一起，可是我们即便不在一起，她也不需要采用这样的方式。后来，我转念又想，之前的这些事情，其实跟我一点关系都没有，甚至跟我们两人之间的情感也一点关系都没有，叶子随意地让它们在她身上发生，又随意地让它们走，并不代表什么。但是，当叶子在医院跟我说这一次她想不去做手术了，我才开始觉得这是一件和我有关系的事情了。看着叶子在痛苦中犹豫，我相信了她之前跟我说的话不是为了排遣失落的情绪——她说,她和他之间不同以往,这一次她不是随遇而安地找个男友远离寂寞,她想了很多,决定把自己全身心地交出去,甚至她还把她所有的事情都说给他听,有些是诸如多次堕胎这样的连我都不知道的秘密。可是,为什么不仅倾心去爱的偏不能长久,而且还要留下这样一个苦涩的结果让她抉择呢?叶子问自己,然后她情绪激动地说,她要去找他,非要让他来做个决定。

6

　　前天看到信,我不知道该怎么办。写上一封信之前,我已经做好了永远分离的心理准备。我想这次我只要还能硬下心不回信,就算再来一次台风,我们也不会再有联系了。可今天,我还是心软了,就像叶子说的,有些话不说出来,会难受一辈子。

　　但我现在想不清楚到底要和她说什么,脑子很乱。夏天之前,一想起她,我就觉得自己不仅满腔热情,而且思维敏捷,有说不完的话。分开后,我想到我们的事情,想到她,我就觉得脑子乱,心里特别累,一个字都不愿意写,一句话也不想说,索性都不愿意去想了。再后来,就想,用最简单的办法去处理最复杂的问题吧。工作,接很多的事情,让自己忙碌，不联络，坚决不联络，最坏的结果可能反而对我们来说，恰恰都是最好的。

不用叶子说，通过这一次，我也能清楚地认识到自己性格中的弱点，残忍、软弱、无情这些其实还只是表面的，更深层的其实我是一个很彻底的自我中心主义者。考虑他人的感受，与他人的交流，都是在我觉得愉快的时候。我可以长时间地在自己内心中建构一个情感和欲望的对象，因为她满足了我的心理需求，我在一种类似自我感动的状态下，享受着愉悦。今天回想起来，促使我当时在犹豫和痛苦中说永远不联系了，虽然有外在的原因，比如说内疚或者道德，其实更重要的是，我无法面对其实我自己反复提醒过自己的事情：叶子已经不是当年跟我说"我和你的生日几乎是一样的"那个小女孩了。我心理有这个结，即便我们在一起了，它不仅依然没法打开，甚至拧得更紧了。那天叶子在酒店说起她以前有过多次的堕胎经历，知道吗？她的坦白成了我的噩梦。我极力掩饰着自己失落的情绪，看似很快地从前面的惊讶和痛苦中解脱了出来，但那不是真的解脱，解脱真的能有那么快吗？我当时也乐观地以为我能解脱，其实可以坦率地说，到今天，我一想到她和那些我从不知道名字的男人在一起，想到那一个个还没有成型的生命，我就有些受不了。自我中心主义者只从自我的感受出发想问题，虽然有时候他会尝试从对方那里出发，但他最后一定还会绕回来——我心里的叶子不是这个样子的，我鼓足了巨大的勇气，背叛了我的家庭和道德原则站到了她的面前，可她怎么是这个样子的！

如果问题只有这一面，就简单了，我当时就会离开她，那我们就不会去南方的小岛，也就不会有后面的事情。关键的问题是，我相信叶子也能感觉出来，我真的迷恋她——我本能地想去知道，这个女人为什么既是我的叶子又不是呢，她身上有我没法接受的东西，我为什么还如此地迷恋她呢？

我很怀念刚刚重逢时的恬淡时光，那能让我恍然回到多年之前，我们坐在校园石桌前的那些日子，但我也非常怀念离别前的那个夜晚，它对我来说比我们之间以前的任何瞬间都让我怀念。它让我觉得：叶子完完全全是我的，从灵魂到肉体都完完全全是我的，我可以随心所欲地拥有她，用我充血的身体和炽热的灵魂；而我认为那些又正是她想要的，让她快乐了。在那天晚上，我们都喝了些酒，她又变成了我的叶子，她趴在我身下，微微地回过头在我的诱惑下说："我是你的，是你一个人的。"我几乎哭出来。如果一个人一生中有一些永远都不会忘记的东西，这些毫无疑问就是。

然而，这些都太完美了，太理想化了，我们第二天回来，一切的现实问题、心理问题又都会回来。我当时特别怕这个，觉得自己在内心的矛盾和现实的限制下，根本就没有能力解决这样的问题。那样的夜晚可能永远都不会再有了，如果选择让别人埋葬这样的完美，我宁愿自己埋葬它。

分别之后，就像上封信说的，我经历了一个不算太长但却异常痛苦的时期。内心被对叶子的思念、欲望、内疚、埋怨和对自己的自我怀疑、自我否定困扰，很虚无。但我知道，我的情感方式和她的不一样，而当她意识到这一点的时候，她是否还能如从前一样，而且，当我的内心满足和占有欲满足之后，我们之间一定会有问题，到时她也许会发现，我其实和她看到的、想象的也很不同，也许我们两个人都会后悔。原谅我真的有些把她当成一个死心塌地爱上我离不开我的情人，好像我可以任意驱使她，我做怎样的决定她都会接受，而我还老觉得自己受了很大的委屈，我们俩之间，不应该是这样的，我没有这个权利。

后来收到叶子的信，我的感受是喜悦和痛苦并存。也想去见她，但又觉得去见她，一定会忍不住想要她。如果不在一起，那我们在一起吃饭喝茶聊天，我们聊什么，我们都绷着，还是不断相互诱惑着、意淫着？如果又在一起了，所受的痛苦煎熬都白受了，而且伤疤也许都要结痂了，又被撕开撒盐。更关键的是，我自己依然没法解决问题，我们又会开始另一轮的死循环。说真的,如果我们明天见,看着叶子坐在我的对面,我一定会想起我们缠绵的时光,我可能又去拉她的手;如果去了没有什么人的角落,我可能就会忍不住吻她;如果午饭后有时间,我们可能又像以前一样……而现在,经历了这么多事情,我已不愿这样。

7

叶子并没有真的去找他,虽然她还没有恢复平静。我知道他们一直在通邮件,但叶子似乎并未说起怀孕的事情,叶子跟我说,他已经下定了决心离开她,既然她以前的堕胎经历是他迈不过的坎,那她也就没有必要把怀孕当作对他的诱惑或者威胁。

我从没有想过要在叶子的生活中代替他,但我们和他们之间确实又有着一些相似之处。叶子和我一同长大,和他也是;他要比叶子大两岁,在同一个学校的时候比我们高一届。我不像叶子那么引人注目,也根本不可能对那些高年级的男生有兴趣,所以我几乎不知道他的存在。后来我才听叶子说,他们的生日只差两天,每年要到那两天的时候,她就会有些兴奋与焦虑,既等着他来找她又想主动去找他,可他没有来她也没有去,短短几年如此的轮回之后,等待就变得没有意义了。他们去了各自的地方，生命的轨迹错过了最有可能相交的时空，一切都变得似乎只是年少时的青涩回忆而已，直到多年之后他们在这个城市的偶然相遇。叶子曾经说过，事情的美妙之处，就是它有着一种诱人的历史感，他们从很小的时候认识，经过了那么多年，还能在一起，这是了不起的缘分。我和叶子又何尝不是这样？我有时真会忍不住这么想：他们既是我们的对立面，又是我们在另一个取向上的投影。

我之所以瞒着叶子去找了他，可能就是这种想法在起作用。对于这件事，现在想来，我并不后悔。

我记得很清楚，当我在约好的咖啡店见到他的时候，他正在抽烟，面前的烟灰缸已满是烟头；那是一个看上去心事重重的男人。他很有礼貌地问我好，说听叶子常说起我，知道我是她最好的朋友。他问我叶子现在怎么样，我直接说了叶子怀孕的事情，他露出了惊愕的表情。我说我来找他叶子并不知道，她现在正准备着一个人把孩子生下下来，并不想让他知道。他愣了一会，然后用手撑住额头，当他再看我时，眼里还有残留的泪水。

"她不应该这样，如果这样，她以后该怎么办？"

"你不是介意堕胎吗？没有什么该怎么办的，我来就是想告诉你，我可以和叶子一起带着孩子生活。"

他惊愕的表情加重了,当我把我和叶子的事情告诉他的时候,我看得出,他几乎要像个女人一般捂着嘴尖叫出来。

"我真没有想到叶子是这样的。"他又急急地点了一支烟,"可是,在别人眼里,你们一起带孩子,那和她一个人带着孩子有什么区别,你们再好,怎么可能有孩子呢?"

哈哈,你看,他似乎这么快就忘记了叶子怀孕的消息,关心起这些和他没有关系的问题了。我猜想他原本可能并不是一个冷酷的人,从外表看,他甚至还是一个对家庭有责任感的人,但我想,叶子也许也清楚,不论多么情真意切的表白和忏悔,没有实际的行动,依旧是虚伪的。我记得以前跟叶子说过,不要完全相信男人的言语,我不是说别人会有意撒谎骗她,而是说,有时候语言会在某种特殊的情境下把某种情绪扩大和绝对化,而在他们内心中它其实不可能一直如此强烈,甚至还存在着和这种情绪相反的东西,从这个意义上说,他和叶子以前的那些随便交往的男朋友们没有什么本质的不同。

我没有继续和他谈下去,我把咖啡泼在了他的脸上,然后扬长而去,心中充满了快意。周围有人侧目,哈哈,在那些不明真相的人看来,还以为这一幕不过又是一个痴情女和负心汉的故事呢。

8

今年夏天还没有来的时候，叶子从我这里搬了出去，但这一次，她跟我说，经历了这些事情，她不会再像以前一样了，但她还是想先搬出去。我明白，她还在给自己时间，想看看自己到底是否是一个跟我一样的人。

去年，在叶子怀孕四个月，我们以为已经度过危险期的时候，如医生担心的，叶子还是流产了。叶子哭了很久，我紧紧地抱着她，跟着她一起哭，过了好一阵子，我吻着她的额头，看着她红红的眼睛说："一切都会好的，其实，我们不应该这样难过。"

是啊，我们不应一直这样难过。出院之前，医生建议叶子做结扎手术，说如果再有这样的事情，后果不堪设想。叶子问我的意见，我告诉她那要看她自己对今后的生活的判断，很简单的道理，如果我们一直在一起，这样的手术就等于是在明亮的房间里点上蜡烛，完全没有必要；而她如果还像以前一样来了又走，那就做一个吧。我假装一本正经，而叶子看着我快乐地笑出了声，就像小时候。

叶子走了。虽然我知道她在哪里，如何能随时找到她，但看着她拖着巨大的拉杆箱回头向我招手，我还是有点想哭。不过，小女孩，别害怕，扔掉或者藏好那些负担，走吧，一切都会好的。

　　生活就是这样，一年一年地进行下去，记住什么或者忘记什么，有时并不如人所愿，但是，不管叶子回不回来，用什么样的方式回来，我都会在她找得到的地方等她。对于叶子来说，我希望我这里就像是一片树林，每年都有叶落叶生，周而复始；对于我来说，一片叶子虽有正反两面，但两面的纹理却没有不同。我想，我如果是一个男人，我一定会娶她为妻，在每一个充满激情的夜晚安抚我们内心深深的寂寞和忧伤；如果我是一个女人，我更愿意就这么一直安静地看着她，就像每天清晨从梦中醒来，注视着镜子中的自己，不论满意还是不满意。

三声炮响

1

弥陀寺的钟声响起，栓柱回头看了一眼，从山顶这个位置，他几乎能看见这个半山寺庙的全景，即便是像今天这样的阴天，小和尚拿着巨大的扫帚收拾院子的身影也都跟在眼前似的。天比前一阵子又冷了一些，山上毛竹的茎干虽还碧绿，叶子已经泛黄，栓柱看得出，寺里的和尚们也都换上了棉衣，这让他想起了连长昨天跟他们说的话——由于物资紧，鬼子又搞封锁，新棉军服还有一阵子才能发下来，大家都打起点精神来，别弄得跟冻死鬼托生的一样。

部队调防到筋竹冲这一带，已经有一个多月，每天早上，跟着一帮老兵，在山顶的阵地上，做几十次炮弹装填的练习，然后再架着"德国造"的高炮，对着天空胡乱地瞄上一阵子，成了栓柱必须做的事情。那几个老兵，特别是老田，总是蜷缩着身体，训练的时候还抖抖缩缩的。老田总是抱怨山上冷，他还感叹："栓柱，你小子还真是愣头青火气旺啊！"

其实栓柱也觉得冷，只是天天这么闲待着，这比天气更让他觉得心里没底。三四个月前，刚当兵的时候他想的可不是这样的。"高炮连，就是拿炮打鬼子飞机，比光拿枪的步兵神气！"招兵的长官是这么跟他说的。

一九四二年初夏淮河发了大水，大水之后，栓柱的淮北老家又遭了日本人的轰炸，栓柱他爹几年前就被炸没了，这回他娘又被炸塌的房子压在下面。栓柱把他娘从乱土堆里翻出来，翻得他满手是血，手上的血还没干，他就又找了个乱土堆把他娘给葬了；他没有哭，他在土堆上竖了木牌，用手指上的血在木牌上画了几个圈圈，又磕了几个响头，然后跟着一直等在边上不说话的同乡，一路逃难去了。大家也不知道到底要去什么地方，只知道尽量往山里走，有人说，那里还有一些中央军的地盘。栓柱觉得自己没了爹娘，从今往后就像是无根的稻草了，不过，这反倒简单，被风吹到哪里就算哪里，没牵没挂的。

多少天没有吃过一顿饱饭的时候，栓柱在路过的镇子上碰上了一队穿灰色军装的人。一个军官模样的人捏了捏栓柱的肩膀，说了句"挺结实"，然后又指着一间房屋说："告诉我，屋顶上落着几只麻雀？"栓柱看了一眼说"三只"。军官掏出望远镜,看了看,然后说,行,跟着走吧,有饭吃。他还说了一些跟着他们要干点什么之类的话,栓柱别的没记住,就记住了要打飞机。有饭吃,还能打小日本的飞机,去了。

栓柱后来知道,这是跟小日本在山东和苏北打过好几场硬仗的李长官的部队,他们现在在这一带山区活动。只是,这么长时间了,他们老是调防,别说鬼子的飞机,连个飞机毛也没碰上,天天就是训练、蹲守。到现在为止,从栓柱手里,一发炮弹都没有打出去过,这让他心里总像悬个脆瓦罐似的,不得劲。

筋竹冲这个地方,就是个小山坳,村子四面的山,前矮后高,东陡西缓,山上也没有人打理却毛竹成林,不知从什么时候开始就是这样;这里的竹子和一般的毛竹不太一样,不很高大也不是很粗,但不脆,韧度好,村子的名字可能也由此而来。栓柱留心地听过弥陀寺的晨钟,他发现钟声比连队司号手吹出的动静好听多了,一下一下的,回声可以在这一片的山谷中延续很久,有意思的是,每次钟声响过刚一会儿,刺耳的号声就会响起来,后来,栓柱索性在心里就拿钟声当集合号使;每天都能听到钟声,这能使他多少觉得踏实一点。

"怎么连个飞机的影子也没有?"栓柱摇着炮架,对站在边上的老田说话,眼睛还盯着天上。

"栓柱,你上次说你姓啥来着?"

"俺爹姓牛。"

"哦,姓牛好啊。还连个飞机的影子也没有?!"老田学着栓柱的话,语气明显是在奚落他,"你看你牛得!给你来一大群,那家伙,跟蝗虫似的,你躲都没地方躲。"

"真来一大群就好了,瞄都不用瞄,只管开炮,总能打着几个。"栓柱跟老田算是老乡,又在一个炮组,在连队里就属和他说话多,也说得随便。

"日。"老田没有接过栓柱顺杆爬的话,转身走到旁边的枯枝堆后面,撒尿去了。

"连长前几天怎么说的?难道鬼子的飞机都调去炸重庆了?调过去,也应该有打我们头上过的呀。"栓柱没有发现老田走开了,一面认真地盯着天上,一面继续和老田说话。

"不要说话!第五次训练开始!"排长王大进是个温和的人,训练的时候却总是一脸严肃,他举着个小旗,喊,"填弹!"

这一排另外三门高炮边上的三个士兵同时弯下腰,双手伸向地上的弹药箱,各自拿出一个炮弹夹,迅速地装填好。老田提着裤子着急忙慌地跑回来,慢半拍地干了同样的事情。

"瞄准手注意！标尺385，方向向左0至15。"

"放！"王大进小旗一挥，和平常习惯地只是做做样子、没有一门炮真会响的情况不同，这次，栓柱的炮响了，而且一响就是连续三下。这突然的动静把老田吓得一下子扑在地上，其他人也都吓得够呛。

"飞机，飞机！鬼子的飞机！"栓柱大叫，叫声中听得出惊慌。

"哪呢，哪呢？"王大进跑过来。

"刚刚飞过去了。"

大家都在抬头找飞机，王大进问其他人："你们看见了？"大家都说没看见。他又问刚爬起来的老田："你看见了？"老田定了定神摇摇头。

"牛栓柱！你怎么回事？哪有飞机？"王大进嗓门一下子大了起来。

"排长，我真的看见了。飞得不高，你们没看见？"

"这么多双眼睛都没看见，就你的眼睛好，看见了？我跟你说，牛栓柱，走火了你就直说走火了，谎报军情是要军法从事的。"

"我真的看见了，烧饼旗我都看见了……就是没打着。"

"你还嘴硬是吧。我们他妈的就算是瞎子，耳朵总没有聋吧，除了听见你打炮，哪里有飞机的动静。你听听，哪里有？"

"刚才飞过来的时候有动静的，现在飞走了，没动静了。"

"好，好，你小子他妈的就嘴硬吧，一会连长来了，不收拾你！"

阴了一个上午的天开始放晴，阳光照在山顶上，炮兵连的士兵们散在阵地上，吃着午饭。栓柱和老田笔直地站在连长刘勇奎的面前，被训得满脸通红。几个不远处的士兵，笑嘻嘻地看着他们。"滚蛋！"刘勇奎嚷嚷了一嗓子，他们吓得走远了。

2

方宝强从淮河码头逃回来的这些天里，一直就没想过再出筋竹冲。他跟自己说，能回来就算捡了条命，世道不一样了，不能再像以前那样不知天高地厚地在外面胡混了。想想真是险，如果当时他稍微犹豫一下，肯定就像那几个一起做工的兄弟一样，成了日本人的枪下鬼了。

日本人刚开进码头的时候，他就想跑来着，可是没跑掉，被抓回去，给日本人扛包，当牛马使。那些在码头上装卸的货物，不管是粮食还是别的什么东西，都死沉死沉的。他们一扛就是一整天，没个喘气的时候。还他妈的不给吃饱！像他这样练过些拳脚的人都受不了，何况别人。后来他们就商量着说还是要跑，但没人知道该往哪里跑，日本人占了淮河两岸的大片地区，到处都是他们的人，不然没完没了地怎么要运那么多的粮食，而且还有越来越多的军队开进来，乌泱泱的蝗虫一般。

不知道往哪里跑，那也得跑。在一个深夜，他们每人抓了几把粮食，偷偷溜出码头，猫着腰沿着淮河边往西。粮食原本是想当作路上干粮用的，可是他们跑出去还不到一里地，枪声就响了，日本人呜里哇啦地打着手电在后面追，还有狗。他们索性也不猫腰了，甩着膀子撒开来跑，口袋里的粮食落了一地。方宝强看着身边不断有人随着枪声倒下去，他根本顾不上去拉，更不敢停。最后，他听见日本人的声音越来越近，自己身边也没人了，一咬牙一闭眼就跳进了冰冷的淮河水中。

方宝强回到筋竹冲后，在床上躺了足足三天，每天喝一碗妹妹彩花熬得黑黑的汤药，才缓过来。这半个月，上午从地里回来，他已经可以像离开家前那样，先在屋前的空地上吐呐一下气息，打上几趟拳，然后握着有些生锈的大刀片子挥舞一阵子了。

栓柱那三声炮响的时候，方宝强就正在舞他的大刀片子。他先是下意识地猫下了腰，手中的家伙差点就掉在地上，然后又仰着头往山上望去，等了一小会儿，看再也没有什么动静，这才骂了一句，"妈了个逼的。"悻悻地走回屋。

"哥，哥。天上掉下日本飞机了。"彩花端着一盆衣服从门外跑进来，方宝强刚掰了一口凉窝头塞进嘴里。

"掉什么？"他把窝头还没嚼碎就咽下去了，噎得打起了嗝。

"飞机，飞机！日本人的飞机，刚才碰上三爷爷，他跟我说就在村西头的谷子地里。叫咱看看去。"

"还有活人没？上面。"

"三爷爷说都焦得跟火房的炭一样了。"

方宝强舀了一口凉水喝，然后说："走，看看去。"

筋竹冲好久没有这么热闹了。这个大别山里的小村庄，到一九四二年的冬天为止还从没日本人来过，在这个阳光煦暖的午后，却因为天上掉下了一架日本飞机，一下子热闹得如过节一般。村子里的人们有日子没来得这么齐了，他们聚集在断成好几截还零星冒着黑烟的飞机周围，乐呵呵地互相打着招呼，猜测着关于眼前这个面目全非的铁家伙的长短。几个半大的孩子，壮着胆子走得离飞机更近一些，用手中的小棍戳戳点点，有爱闹的后生，在他们想再走近一点的时候，突然大叫起来，把孩子吓得一下子跑回大人身边，引得大伙哄笑起来。

方宝强算是村里见过世面的人，所以他一出现在围观的人群中，三爷爷和另外几个长辈就向他招手，让他跟他们一起走到飞机边上，询问起他关于这件事情的看法。方宝强其实根本也没有什么看法，这几年虽然在外面闯荡，但跟其他人一样，除了看过日本人的飞机打头顶上飞来飞去，也从来没有在地上见过这种东西。但他跟日本人打过交道，知道配着军刀的一定不是一般士兵；他把头探进已经压扁变形的机舱，第一眼就看见了那把明晃晃的军刀，那家伙横在一具已经看不清模样的尸体边上，刀鞘还别在尸体腰间。

"是把好刀。"方宝强这么想着，回头对三爷爷说了句，"我去看看。"脚已经踏进飞机残骸中。

他小心地捡起刀，刀锋很锐，没有损伤，只是手柄上有一些熏黑的痕迹。他用刀挑向尸体身上拴着刀鞘的绳子，只一下就开了。刀插入刀鞘的感觉很顺畅，这让方宝强感觉舒服极了，要不是三爷爷在外面喊了句，"宝强，咋样？"他还蹲在里面只顾欣赏那把刀呢。

他往里面又走了走，机舱深处还有好几具尸体，杂乱地纠缠在一起，皮肉烧焦的气味难闻得很，他看见其中的一张脸上眼珠子都要暴出来了，很是吓人，便也顾不得多想，就赶紧捂着鼻子窜了出来。

"怕是被中央军打下来的,还有当官的嘞。"他对三爷爷他们这么说,与此同时,把握刀的手背到了身后。

"你提溜的是个啥?"三爷爷是看着方宝强长大的亲三爷,是他最早教了他一些拳脚功夫,还领着他拜了太湖县方氏家族的一位远亲为师,学习在这一带颇有渊源的五童气功拳;据说这门功夫最早是大别山天柱峰吴道人发明的,内外兼修,气功与拳法并重,后来传给太湖县一个叫方良寅的人。在此后的一百多年里,因为方家谨遵"传家不传外,传子不传女"的训诫,加之方家三四辈下来,很少有人走出大别山,使得此拳流传并不广。方宝强跟着师傅学习了两年,就中途停下来,原因是父母相继病死,而妹妹尚且年幼。后来的日子,他在三爷爷家的地里干些农活,作为他抚养他们兄妹的回报。四年前,筋竹冲大旱,他从以前一起习武的一个师兄那里听说淮河边的码头上有卖力气的营生可做,就去了。那年他二十岁,妹妹彩花十三岁。

"没啥。一把破刀。"

"破刀?从死人身上捡兵刃,谁教你的?赶快扔了,不吉利。"三爷爷是村子里文武双全式的人物,那些给哪个新生的孩子取个名字、为谁家的新坟看个风水之类的事情一直就是他的特权,这几年身子骨虽说没有以前硬朗了,但村子里的后生们见着他依然敬畏三分。方宝强逃回来,刚能从床上爬起来的那几天，三爷爷跟他说，人没事就好，别的不要想太多，留得青山在不怕没柴烧。

方宝强走近三爷爷，用身体背对着众人，挡住了他们的视线，小声说道："一把好刀，三爷爷。"他把刀从刀鞘里拉出一小截，"看看这背，这刃，这手柄。扔了多可惜，要不我先给您留着？"

"你小子，一撅屁股我就知道你要拉什么屎，我还不知道你，要是实在想要，你就自己留着，别拿来讨我的嫌！"

"三爷爷，还有粮食嘞！"就在方宝强乐滋滋把刀别进棉裤，又用棉袄把露出来的部分裹好的时候，不知道谁这么大叫了一声，在场的村民开始骚动了起来。

3

栓柱没想到，下了一趟筋竹冲，连长刘勇奎对他就像是换了个人似的。晚饭前的训话时间，他当着全连人的面，大声说："牛栓柱是好样的，他是全连的骄傲，他打下了咱们连成立以来的第一架飞机，操，只用了三发炮弹！"

大家鼓掌，栓柱也跟着鼓掌，可他耳边响起的还是中午刘勇奎说的话："一发炮弹就是两块大洋，三发就是六块大洋，六块大洋能买多少粮食，你知道不知道？还想吃饭？！"

"我们要为他请功，向李长官请功！"刘勇奎做了一个挥手的姿势，显得很兴奋，"下午大家都看见了小日本那个熊样了，弟兄们要都能像栓柱这样，小日本的飞机敢在老子们头顶上放肆，咱就让它啃啃这山里的泥土！"

听到要为自己请功，栓柱差点就把"别"这个字叫出了声。这一下午他都回想他打出那三炮前后的情景，越琢磨越觉得自己打下日本飞机这件事情不可能是真的。这让他心慌得很。

中午他和老田先是被饿了饭，又被罚到炊事班里打杂。在那里，趁着旁边没有别人，老田低声地问，小子，你说实话，到底看见飞机没有？他坚定地说看见了。他说他当时正从瞄准器里寻找排长指定的位置呢，就看见一架尾巴上画着日本旗的飞机在那个位置右边一点的地方出现了，高度很低，低到他甚至还在惊慌之中看到了飞机侧面有一个"4"的数字。他来不及多想了，一扣扳机三发炮弹就一下子就出去了。老田又问他，那到底打着了没有。他坚定说肯定没打着。打着了飞机能那么快就没影了，打着了不冒烟？而且，栓柱说，而且我瞄都没有瞄，手抖得厉害，那能打着？

所以，当通讯兵着急忙慌地跑来说筋竹冲西边靠山的一片地里落了一架日本飞机，连长叫他赶紧跟着看看去的时候，栓柱一下子就愣在那里，老田拍了一下他的后脑勺，他才缓过来。

栓柱看到的飞机与方宝强看到的当然是同一架飞机，只是高炮连要比村民们晚了几乎一个时辰才来，一个时辰，对于发现了军刀的宝强或者发现了食物的村民来说，飞机的面目是可以改变的。

村民还没有完全散去，方宝强远远看见军队过来，就绕着远回家去了。走之前他叫彩花一起回去，彩花说："我又没有拿人家的东西，我不回去。我跟三爷爷一起。"

栓柱看到一大块机身残片上有着数字"4"，所以刘勇奎问他看到的飞机是不是这架，他壮了壮胆说，是。

在之后的一两个时辰里，刘勇奎兴奋地指挥手底下的士兵清理飞机残骸，搬运尸体。他下山之前向上汇报了情况，上峰的意思是，如果情况属实，尽快收拾好，别让当地老百姓没完没了地在那看热闹，同时还要加强戒备，警惕日本人的飞机再来。刘勇奎看着一具具面目全非的尸体被抬出来，朝着一个方向并排放好，心里痛快极了，他数了数，一共十一具。手下人还找到了三四箱罐头，半袋熏得有些黑的大米，这些东西连同几支手枪，几把军刀一起摆到了他的面前。刘勇奎注意到了其中的几具尸体脚上的鞋虽然已经毁坏，但还依稀认得出是高筒皮靴。有这样的靴子穿，在李长官的部队里至少要混到旅长以上，小鬼子装备再好，八成也错不到那儿去。"这是走了什么运了？一飞机大官。"

三爷爷一直站在不远处没走，他与刘勇奎见过几面，算是熟人，部队刚来的时候，县里还让他组织村民去送了些东西。刘勇奎把他叫到跟前，问起了之前的情况。

"刘连长，最早发现的是谁，说不清了。不过，我听到炮响，两三袋烟的工夫，就有人跑来跟我说这事了。"

"我不是问这个，那些粮食是怎么回事？"

"哦，没想到摔成了这样，里面还有粮食，我拦了，实在没拦住……现在要，怕是要不回来了。"先前村民们从飞机里往外搬那两三袋大米的时候，三爷爷并没有阻拦，他让那几个后生把米先抬到村公所，回头再看怎么给大伙分。

"哈哈，不要了。算是小鬼子送给乡亲们的了。"刘勇奎知道对方在筋竹冲的地位，他如果真的想拦，还有拦不住的道理？不过今天他的部队里出了栓柱这么个人物，给他弄下来了架鬼子的飞机，他这个当连长的高兴，也就不计较那么多了。他招呼着栓柱过来，同时对三爷爷说："叫大伙散了吧。让年轻力壮的留下来，找个地方帮着挖个坑。"

栓柱第一次见连长冲他笑。他拍了拍栓柱，问了声，"饿不饿？"也不等对方回答，就从身边拿起一个保存还算完好的罐头，架在木箱子上，又抽起一把军刀用力一挥。罐头开了,一些鱼肉一样的东西在里面,他自己先抓着尝了一口,把剩下的塞给了栓柱。"吃,好吃。"

栓柱不知道手里的"罐头"到底是个什么东西,他不太认字,更别说是日本字,他只看见上面印着鱼的图案。栓柱试探着吃了一口,他觉得算不上好吃,味道挺怪,而且咸。他皱了一下眉头,努力把刚才吃的那一口咽下去。刘勇奎哈哈笑了起来:"我说英雄,这跟打鸟是一样的道理,自己打的,自己要吃。"

一直待在三爷爷身后的彩花看见眼前这个和她年纪相仿、面庞清秀的士兵,被当官的唤作"英雄",猜想他可能就是那个打下飞机的人,又看到他吃东西尴尬地还像个孩子,半点也没有英雄的模样,忍不住笑出了声。

栓柱见有女人笑他,也不知道她在笑什么,一下子有点手足无措,心慌得很。当兵之前,村里那些嫂子婶婶们,也会不时地拿栓柱耍笑,说要给他说个俊媳妇,栓柱老实,一听他们说这样的话,脸就红。他不知道怎么应对才好,只能绷着劲走开,每到这时,那些女人们就会大声地笑出来,而栓柱心里就越发地慌乱起来。

那天下午,连长刘勇奎非但没有让栓柱去抬尸体,去抡锹挖坑,而且还当着那些正干活的年轻村民们,指着他大声嚷嚷,说这就是那个打下飞机的人。那么多人看着他,栓柱浑身都在不自在。晚上连长当着那么多人的面说要给他请功，他就更不自在了。

晚饭之后，他坐在铺榻上愣了半天神，突然站起来就往外走。老田一把拽住了他。

"哪去？"

"找连长。"

"找连长干嘛？跟他说飞机不是你打的？"

"……"

"不是你打的，是谁打的，它是自己掉下来的？"

"是不是自己掉下来的我不知道，反正不是我打的，我得说实话。"

"你瞎说啥实话，你小子是真傻还是假傻。你以为连长真是要给你请功呐，那是给他自己请功，这你都不懂？"老田压低嗓子，"何况，今天下山你也看到了，说不定瞎猫碰到了死耗子，那飞机就是你打下的。"

栓柱用力地咽了口吐沫，停了半天，说了句："不可能。我瞄都没有瞄，手抖得厉害，那能打着？"

"日！你个不开窍的东西，你去吧。去吧，你不想让棉衣早点发下来，你就去吧。"

栓柱听老田说起了棉衣的事情，又见他好像是真的有些生气，站在那里想了一会，这才打消了去找连长的念头。

"管他，说是我打下来的就是我打下来的，反正打下小鬼子的飞机，也不是丢人的事。"这天夜里，睡着前栓柱努力地这么想着，尽管心还是有些慌。

也还是这天夜里，方宝强从炕上起来小解，回屋时他忍不住又点了油灯，披着棉袄在灯下摆弄起那把日本军刀。他用棉布仔细地擦着刀身，刀是越擦越亮，在油灯下闪着清辉，他看见在接近手柄的地方，刀身上刻着两个字。方宝强念过几天书，认得第二字是个"田"，第一字跟"家"很差不多，就是没有上面那个点，他不知道那念个啥。他听三爷爷说，飞机上的十一具日本人的尸体晚半晌就埋在了西山脚下那片竹林边上了，想到这把刀的主人现在已经不是那个躺在坟堆里的叫什么田的死鬼，而是他方宝强了，他就有些兴奋。他还想，改天找个铁匠把他方宝强的名字烧上去，把那个他只能念一半的鸟名字给盖喽。

4

上峰发的嘉奖令是和棉军服一起到的，这是三天以后。随车而来的押运官跟刘勇奎互行了军礼，然后换了一种随便的口气说，刘连长行啊，你们可是全团第一批领到的。刘勇奎问，团长说了什么没有？对方说，团长说如果有空，过几天亲自来这里一趟，见见你，还有那个叫什么栓柱的士兵。牛栓柱，他递过去一根烟问，还说什么了？押运官拿手指点了点刘勇奎，笑了起来。师部已经知道这件事情了，刘连长你就等着好消息吧。刘勇奎不再说话，给对方把烟点着。

从穿上棉衣的那一刻开始，栓柱觉得这一切都更像是真的一样了。他看着老田还有排长王大进他们穿着新衣服，相互开着玩笑，高兴得像是要过年的孩子，忍不住想，那天他要是没开那三炮，或者那天他去找了连长，事情还会不会是现在的样子？也许老田说的是对的，这个年月，能活下去就是不易，想那么多掰扯不清的事情干嘛。再说了，就算弄得清楚，他一个新兵蛋子能怎样——说啥就是啥，给就收着呗。

连长先前宣读了嘉奖令："……高炮连连长刘勇奎带兵负责，训练有方，士兵牛栓柱平时勤练军事技能，遇事反应敏捷沉着冷静，击落日军飞机一架，毙敌十一人，缴获物资若干，极大地振奋了我军士气，故各记功一次，并分别给予奖励银圆五块……"读完之后，他把手背到身后，补充说团长过几天还会来，弟兄们都精神点。

很明显，刘勇奎非常希望团长能来，但他的希望落空了，他等来的不是团长而是日本飞机，还有一些完全出乎他意料的消息。

第二天清晨，连里的集合号没响甚至弥陀寺的钟声都还没有响起的时候，炸弹就响了，等士兵们慌张地进入零乱的阵地，四五架日本飞机已经拉高远去。栓柱看见不光阵地上，山下的村子里也落下炸弹，好几处地方有火光升起。鬼子飞机很快就折回来，开始第二轮的俯冲轰炸，栓柱和老田守着他们的炮，不断地射击，炮弹在天空中炸开，卷起一团团青烟，栓柱知道那意味着没有打中。飞机上投下的炸弹在他们周围扬起尘土，迷了他们的眼睛，栓柱努力睁开眼，死死盯着天空，但他觉得自己移动炮架的速度怎么都跟不上飞机，炮弹总是落在飞机身后，总也打不准。飞机再次拉高，阵地上有哭喊的声音响起，栓柱看见离他们不远的地方，两门高炮已经面目全非，士兵炸碎了的身体散落在它的周围，血肉洒在炽热的炮身上，颜色暗红还翻着泡。接着又是第三轮的轰炸。依然没有人能打中……

飞机终于飞走了，栓柱经历了第一次真正的战斗，他看见老田在他身边呼呼地喘着粗气，看见连长从连部的掩体里走出来，听着阵地损失情况的报告，骂着娘。在那个瞬间，栓柱觉得自己算是哪门子的狗屁英雄，根本就是一个笨蛋——你们非说飞机是我打下来的，现在看到了吧，我他妈的什么也打不着。

当天部队就接到了转移命令。一来，阵地被敌人飞机发现了而且炸成了这个样子,呆不下去了;二来,团里传过来的消息说,鬼子从安庆、合肥、武汉等周围几个屯兵重地调集了大量的兵力,发了疯似的向大别山方向扑过来,部队不能再像前一阵子那样分散驻守了,他们团要和别的部队聚集在一起,共同形成一条防御线。收拾行装的时候,栓柱看到排长王大进一改平日里的模样,一脸严肃地说,此去怕是凶多吉少,大家要有心理准备。没有人说话,那情景让栓柱想到了埋葬他娘那天的寂静。

高炮连撤走的那天晚上,筋竹冲的上空开始零星地飘落起雪花。方宝强跟在三爷爷后面,给村子里有人被炸死的两户人家处理了后事。几天之后,他们把裹了草席的尸体用门板抬着,葬在了半山的一片坟地里,按照往年的风俗,他们还请了弥陀寺的师傅来念了几段超度亡灵的经文。

5

栓柱再次回到筋竹冲,是十几天以后的事情。他顺着山脚下的小路从西面进来,远远地就听见了弥陀寺熟悉的钟声。他对背上的老田说了句,"就要到了。"然后继续艰难地迈着脚步。

这一仗打得太惨烈了。开始的时候,作为防空火力,高炮连被安排在防线的纵深部位,对付的是天上不时飞来的鬼子飞机,后来飞机不来了,防线吃紧,他们就被推上了第一线,完全跟步兵一样,跟敌人面对面地厮杀;还剩的那几门能用的高炮,炮口放平了架在阵地上,重机枪一样地用。再后来,防线被冲破了,他们团被敌人分割成了好几块包围起来,边打边撤,越打越散。最后,栓柱他们连连长都找不着了。

开始的一两天,鬼子还只是出动飞机轰炸,然后就是打炮,人并没有上来。栓柱从为了鼓舞士气一层层传达下来的消息中得知:那架被认为是他打下来的飞机上有一个日本司令官,还是个中将,说五年前带兵进入南京城的,有他一个。这让栓柱着实兴奋了一番,妈的,值了。可是,没过了多久,他的想法就又发生了变化。"看来鬼子八成是为了飞机的事情来的,老子被我们打死了,龟儿子来报复了。"听那时还见得到的连长这么说,栓柱的心里咯噔了一下,后来身边认识的活人越来越少,死人越来越多,他的心里就越发不是滋味。

栓柱已经记不清他和老田落单之后这几天是怎么过来的,但有些事情他怎么也忘不了。就在前天,他们在山里迷了路,在一片毛竹林子里远远地就看到好像有人趴在地上,他们赶紧卧倒架起了枪,但对方好长时间都没有动静,老田扔过去一块石头,他们还是不动。两人提着枪壮着胆摸过去,还没走到跟前他们就断定那不是活人而是十几具尸体,他们清一色地穿着崭新的棉衣,不用看脸,两人也知道是他们高炮连的;那些灰色的新棉衣,虽被泥土和血弄脏,但浆布的纹理和色彩依然清晰,一眼看去,它们不像是穿在人的身上,更像是被人胡乱地码放在这一片竹林当中。栓柱和老田在中间找到了王大进,他胸前被打了好几个窟窿,血都冻上了。他们还找到了刘勇奎,他死得更惨,肚子被刺刀挑开,内脏从里面流出来,在身下堆了一大片。栓柱看着看着就蹲在地上"哇"地一声哭了,他娘死的时候他都没哭,但这一次他止不住。边哭他边跟老田说,如果不是那天他开了三炮,是不是就没有后来的事情,他们是不是就不会死?老田抹了一把脸,把他从地上拉起来说,日,别跟个娘儿们似的,该来的迟早会来,再者说你不是一直都说狗日的飞机不是你打下来的?

他们还来不及把那些穿着跟他们一样新棉衣的尸体掩埋,就又有枪声响起。他们在山里走走停停,和鬼子零星地交过几次火,老田的腿还被流弹打中,好在伤得不重。拖着三条半腿,两个人绕来绕去地竟然又绕回到筋竹冲这一带来了。

日本人暂时还没有打到这一片,但很快就会打来的,既然他们是为了那个什么狗屁司令官而来，栓柱明白这一点。先到弥陀寺喘口气，让师傅们给弄点吃的，给老田处理一下伤口，然后再往别处去找部队。

"咱们这样算是逃兵吗？"栓柱路上曾经问过老田这样的问题。"不算。"老田晃着脑袋说，"不该算。"

栓柱在庙门上敲了好几下，没有人应。他捏着门上的铁环又敲了几下，过了好大一会儿，一个小和尚才从闪了一条缝的门里侧出身来。他双手合十行了个礼，栓柱说明自己是谁以及来意，小和尚说要通报师傅，回身重又关紧了庙门。等在门口不高的台阶上，老田坐着，艰难地把腿伸直。四周很安静，栓柱抬头看了看，挺拔的竹子，还有一些绛色的落叶乔木，一些没有融化的雪堆在树枝上，远远看去，山上像是浅浅洒上了一层盐霜。他以前一直从山顶俯视这里，那时一切似乎都是清清爽爽的；而现在换了个位置从这里看上去，他看不见山顶上以前的阵地，一点也看不见。

栓柱在弥陀寺里第一次见到了方宝强。他扶着老田跟着小和尚从大雄宝殿右侧的回廊里穿过，来到一处厢房。小和尚说了一句，"两位施主暂且休息，师傅一会便到。"就走了，可他们等了约有小半个时辰，也没见有人来。栓柱等不及，说要出去看看，也没拿枪就去了。刚拐了个弯，他就听见另一间房屋里有细碎的声响，猜想那里一定有人，便想走过去看看。这时，一个黑影突然窜了出来，栓柱还没有来得及闪身，一把明晃晃的弯刀就抵在了他的胸前，刀尖在他眼皮子底下上下微微跳动着，握刀的人压低了嗓子说了声，"别动。"

说话的人就是方宝强，他握着的就是那把被他当作宝贝的日本军刀。几天之前，太湖县和筋竹冲相邻的几个地方不断有人三五成群地过来，经过这里向更偏僻的山里逃去，他们带过来的消息让筋竹冲陷入了恐慌。其实，自从上一次轰炸死了人之后，三爷爷就预感到了事情不妙，他见过打仗，民国十几年的时候，太湖县就打过仗，一打仗别说一般人，就连他这样有些田产有些地位的人的日子也不好过，但他又在劝说自己和村子里的人，安安分分的也不至于招来杀身之祸。不过，这一次，他听说那些逃难者的村庄已经被烧毁，日本人跟疯了似的走一路烧一路，杀人，抢粮食，还糟蹋女人，他真的有些担心了。三爷爷组织了村里的一些年轻后生集中藏匿了一些粮食，又找到了弥陀寺的住持，请求他允许筋竹冲的大姑娘小媳妇，还有小孩子们暂且躲在这个半山的寺庙里；日本人不来最好，一旦他们来了，他们也可以及时地逃到山里去，这总比待在村子里安全多了。寺里的住持出家之前，俗姓方，这些年来一直和筋竹冲的老少爷们保持着不错的关系，每年的香火钱也大都来源于此，所以尽管考虑到一群女人孩子待在寺里有些不成体统，但犹豫再三还是答应了。方宝强被三爷爷指派到寺里，山上山下地来回通报消息，四处照看一番。

那天听见这么早就有人敲门，又是两个穿着军装带着枪的，方宝强就和住持商量怎么办。他们说他们是高炮连的，跟日本人打了仗，又饿又累，还受了伤，想在这里歇个脚，可谁知道他们说的是真是假？还是小心点为妙。要找个办法把他们稳住，等告诉了三爷爷再说。可让方宝强没想到的是，那个当兵的竟然径直朝着女人们待的地方走了过去，他躲在拐角处，不得不冲出去。他其实也不知道接下去该怎么办——对方呼救该怎么办？要是反抗又该怎么办？习武多年，方宝强却从未拿刀杀过人，刀是把杀人的好刀，只是握刀的手有些颤抖。

如果不是彩花的出现，那么当老田听到动静端着枪一瘸一拐地找过来的时候，双方就动起手来了；刀已经架到了栓柱的脖子上了，冷飕飕的，老田枪里子弹也已经推上了膛。彩花从屋里看见栓柱的脸，觉得有些面熟，想起那天吃罐头的"英雄"可能就是他哥哥拿刀架着的这个人。别真出什么事情，想到这她叫了一声"哥"，就赶紧跑了出来。

"你们真是高炮连的人？"听到妹妹跟他小声说的几句话，方宝强的语气缓和了许多。

"那还能有假！你睁大眼睛看看老子的衣服，老子的伤！快把刀扔了，不然老子开枪了。"老田很愤怒的样子，他看得出面前的这个人无非就是一个村民，他没打算真开枪，只是想用自己的怒气吓住对方，"老子们在前线跟鬼子拼命，转过身还得受他妈的你们的气。"

方宝强收起刀，栓柱回头看了他一眼，走过来站到老田身边。老田也放下了枪，枪口朝下地支撑着自己的身体，栓柱伸手扶住他。"两位老总别生气，刚才都是误会。赶紧进屋歇着吧！"方宝强走过去，做出要去扶老田的样子，老田甩开他的手，方宝强尴尬地赔着笑，彩花跟在他们后面，进了刚才那间厢房。

他们为两人弄来些吃的，彩花用庙里的香灰给老田敷了伤口，还熬了一碗黑黑的汤药让他喝下去，双方先前的猜忌和不信任很快就消散了很多，在这种气氛下，方宝强冷不丁地问了栓柱一句，"飞机真的是你打下来的？"栓柱一下噎住了没话。

"是他打下来的，用我填的炮弹。"老田随意的态度中还有故意夸耀的神情。

"你怎么打下来的？跟我说说。"

是啊，怎么打下来的呢？栓柱脑子里一直没有散去的疑问，在这个时候又活跃了起来……

鬼子真的来了，来得比预想的快。听见枪声，又远远地看见村里有一下子多了那么多披着屎黄军装的人，牛栓柱和方宝强都一下子不知道该如何是好。栓柱有些心慌，经历过先前的战斗，原本他不该再如此心慌才对，似乎是喘了一口气后反倒接不上气了——当着女人的面，栓柱下意识地觉得如果这个时候再不去战斗，那他就真的是一个逃兵了，但他又知道这个时候下去，无异于送死；方宝强则在犹豫，该随着女人孩子们一起往山里去呢，还是先回村看看，找三爷爷？但他们也都明白不管怎样，最不能做的就是待在弥陀寺里不动，没有时间耽搁了，必须马上走。村子里现在具体是个什么情况，他们不知道，还是把女人和孩子先送进山，安顿好了再说。

老田扶着栓柱挣扎着站起来，他说腿脚不方便，山路走不快，就不跟他们一起了。一定要一起走，方宝强把刀别进腰间，说话就要去背老田，他说，今天能碰上，就算是有缘，他背着他走，没有问题。老田闪了一下身想要推脱，方宝强转向栓柱，那意思是让他劝说一下。

"有你们那两杆枪，一起走，总比我这一把刀踏实些。"

老田听见身下这个壮实的年轻人叫了声，"走。"那些女人们领着孩子就跟在他们身后，奔着寺庙的后门而去。栓柱端着一杆枪掮着一杆枪紧紧地跟在后面，出庙门的时候，他拉下手中那一杆的枪栓,像是准备着随时可能到来的战斗。

6

如果不是听说三爷爷死了,方宝强是不会这么快就回到筋竹冲的,他原来想好了,把女人们带得越远越好,随身带的粮食还可以吃几天,山里还有冬笋,他们可以去挖。但是,现在不能这样了。逃进山的第二天,两个跟来找他们的后生就带来了一个坏消息:三爷爷死了,时间是头一天下午,地点就是村西头那个埋日本人尸体和飞机残骸的大坑边上,这是他们躲在林子里亲眼看到的。他们说他们在那里躲了很久,远远地看到了全过程,看着他们把三爷爷扔到坑里,他们才离开。事情到来的是这样的突然,彩花一下子就哭了,方宝强把拳头砸在冻土上,连砸了好几下,有血从皮肤上渗出来。

三爷爷死得确实很突然,事先没有什么明显的征兆,那几个跟在他身后的村民一点也没有想到那个日本军官会向三爷爷开枪,而且还连着开了三枪。

日本人来了之后,先是把村子翻了个遍,挨家挨户地把那些没有来得及逃走的村民赶到村口的空地上。这些村民没有真正见过日本人是如何杀人如何烧房子,他们很害怕,害怕第一次见到听说过的情景就是面对自己的亲人自己的房子。三爷爷站在人群的最前面，心里也没底，他不知道日本人要什么，要在这里折腾多久，但他还是为自己先前的安排感到些许得意：粮食还没有被找到，而村里的女人们应该已经进山了。当然他也做了最坏的打算，如果他们要粮食，那就给他们，没什么大不了的，按他们说的做，关键是人不能出事，好汉不吃眼前亏，一村子老少爷们的，留得青山在不怕没柴烧。

日本人端着刺刀，围在周围，一个军官模样的人跑到另一个军官模样的人的面前，行了个军礼，大声说了几句话，他的样子严肃地有些滑稽，话说得一顿一顿的，身体也随着说话的节奏一顿一顿的。后者也大声地回了几句，如果不是在这样的场合，筋竹冲的村民，一定会认为这两个人是在吵架。当然，他们不可能是在吵架，那个更大的军官正在接受下属的汇报，他摆着上司的架子，吩咐手下人接下去要干些什么。

日本人里面竟然有会说中国话的。虽然他说话的腔调跟唱戏似的，还拽文，三爷爷还是听懂了。他问村子里谁是管事的，三爷爷就站了出去，他恭敬地点头向他也向那几个军官模样的人笑了笑。那个会说中国话的接着说，他们大日本皇军这次造访，并不想与大家为难，他们是来寻找前段时间一架失事飞机的,如果村子里的人有谁知道飞机的情况,请告诉皇军。池田中佐说了,他回头看了那个更大的军官,向在场的人示意,那就是池田中佐——只要大家配合,皇军决不为难大家。

在场的村民那天看飞机的时候,大都在场,谁都知道当时的情况。三爷爷暗自忖度了一下,决定把村西头埋尸体和飞机残骸的地方告诉他们。"也许日本人真的能早点离开,也许粮食还能保得住。"

高炮连让他们帮着挖的坑,现在日本人又让他们给刨开了。坑很大但并不很深,找对了地方几锄头下去,就能刨出一些飞机残片了。当时挖的时候,高炮连的连长刘勇奎因为想在晚饭前赶回阵地,着急忙慌地催促着手下的士兵和村民们赶紧干完了事,能把飞机和尸体盖住就行了,还他妈的给小日本造地下宫殿哪?

那十一具尸体被陆续挖了出来,那个叫池田的中佐在挖的时候,就走到过三爷爷的身边,上下扫了他几眼,还通过那个充当翻译的手下,问三爷爷是怎么知道这个地方的。三爷爷说,那天飞机掉下来的时候,他们来看过,后来中央军埋的时候他远远地也看见了。后来每挖出一具尸体,池田都会走上去盯着看,直到他在一具面前蹲下来停了好一会,面色凝重,小声地嘀咕着"先生",还用手把尸体脸部粘着的泥土拨了拨，起来时甚至眼圈还有些发红。他指着飞机的残骸问三爷爷，中国军队为什么要来掩埋？三爷爷摇了摇头，说具体的他也不清楚，听说可能是中了他们的炮。

枪是这个时候响的。池田从腰间突然拔了枪，大叫了一声"混蛋！"子弹就射进了三爷爷的前胸，池田走上来，对着已经倒在地上的三爷爷又开了两枪。等那几个挖坑的后生从惊恐中反应过来，围到三爷爷身边，血在他身下流了一大片，人已经断气了；还来不及留下任何话，脸上的笑甚至还没有来得及收敛起来，人就没了。

一想到三爷爷到现在还躺在那个被重新挖开的大坑里，方宝强就恨不能一下子飞回去。妈了个逼的，小日本不是个东西，杀了三爷爷，他们把他扔到坑里，就让那个大坑那么敞着口。三爷爷可是他方宝强的亲三爷，他得立刻回去料理后事，不能让他老人家就那么在那躺着。彩花也要去，方宝强让栓柱他们拦着她，他一个人回去。他还说，出现任何情况，都不要回村，没危险就在现在的地方呆着，一旦有什么动静，就赶紧往更深的山里去。

从表面上看，这是一个没有任何铺垫的决定，栓柱看着方家兄妹的样子，有一种突然到来的冲动：他要和方宝强一起下山。那个三爷爷，他见到彩花的那天依稀见过一面，而那个坑他却清楚地记得。

从碰到方宝强到现在也不过一两天的时间，这么短的时间对信任和亲近一个人来说是仓促的，但栓柱觉得这个比自己大上小半轮的汉子够朋友，背了老田一路不说，还把粮食分给他们。更重要的是，在山上他们几个男人离开女人一段距离说话的时候，有好几次，方宝强都在询问飞机，还有那些跟鬼子打仗的事情。栓柱说的不多，老田总是把栓柱的眼睛如何好、那天又是打得如何准之类的话吹嘘了一番。这个时候，彩花会从女人那边过来，蹲坐在哥哥身边，听着老田眉飞色舞说的话，却看着不说话的栓柱。你也给我们说说啊，她会突然笑着对栓柱说么说。然后就是招来方宝强的奚落，去，去，男人之间说话，女人一边去。什么男人的事情，那天还是我叫你去看的飞机，她就会用这样的话等着他。

栓柱当然没有说飞机的事，他说了一些战场上的情景，说到他们来不及掩埋的那十几具穿着新棉衣的兄弟的时候，脸上有激动的神情。原本蹲坐在那里的方宝强腾地一下就站了起来，手里把玩着的一小截枯枝被掰断。妈了个逼的，我从码头上逃回来的时候，也是这样，一个个朝夕相处的兄弟在你身边倒下死掉，你都没时间停下看看，更别说掩埋。他的反应比栓柱的还要大。

"等过了这一关，我跟你们一起去找部队，大丈夫纵横四海，不能再在筋竹冲躲着了。"他意气风发的样子。他说，这个世道，他们还手里还有枪炮，他却拿着把破刀当个宝似的。他跟他们说了刀的来历，老田可能是觉得当时的气氛太严肃了，指着栓柱开着玩笑说，怎么是把破刀，那可是这位小兄弟送给你的见面礼，你一见面却差点拿它砍了人家的脑袋。老田在笑，方宝强也在笑，栓柱却有点笑不出来。

"兄弟，你打下了飞机，摔死了十一个日本人，一早就给你那些弟兄们报了仇了，是不是？"方宝强拍着栓柱的肩膀，用这句话把他从怀疑和内疚中拉了起来。

栓柱决定了要和方宝强一起下山，他觉得这是一件和他有关的事情。

7

筋竹冲的冬夜，寒冷而且漫长。以前在山顶阵地，天一擦黑就吃晚饭，晚饭之后就回营房，栓柱根本没有太多的机会留意这一带的夜晚是个什么样子。即便是那些轮上夜岗的时候，山上山下也都没有什么灯火，他的眼睛再好也最多看见眼面前有限的东西；而且那时候没有现在这么冷，风吹动竹林的声响听上去也比现在的柔和。

下山之前，栓柱脱了军装，换上了一个年轻后生的对襟袄,老田把他子弹带里的子弹掏出了几颗交给了他,嘱咐他们一定小心,不到万不得已千万不要开枪,栓柱说这个他懂。老田还说,如果不是伤了脚,如果不是还有这些女人孩子,他会和他们一起去。彩花和方宝强告别的场景,栓柱看在眼里,她红着眼睛让哥哥送走了三爷爷就赶紧回来,还让他替她给三爷爷磕几个头。

趴在村西头林子里的土堆后面,牛栓柱和方宝强远远地能看见村子里有几处灯火显眼地闪亮着,他们猜想那一定是日本人占了的地方。他们看不清大坑那里有没有日本人,就只能再走近一些。一切很安静,没有人声,看来比预想的要好。快到的时候,方宝强说他一个人先过去,让栓柱先不要过去了,拿枪在这里看着,如果有动静还可以接应着点。栓柱看着他匍匐着向大坑爬去,速度很快却没有什么声响,只一会便在他的眼前消失了。

栓柱等了好长一段时间,也没见方宝强回来,正在他不知道该继续在这里待着还是要过去看看的时候,有日本人说话的声音传过来。栓柱判断得出,那应该是一两个站岗巡逻的鬼子发出的,他没有起身,趴得更低了一些。没有枪响,栓柱明白,那就是好事。他没有拉枪栓,他担心即便是轻轻拉起枪栓的声音也会打破这暂时安全的平静。

也不知过了多久,方宝强终于回来了,但并没有背回三爷爷。

"回吧。"他面色阴沉，即便在夜色中，栓柱也能感觉得出。

"不在？"栓柱的声音很小。

"在。"他听见了，却没有故意压低嗓音回答，"可找不着。"一说出这句话，方宝强就哭了。十几岁从师傅那里中断了习武回到家，哭完了父母，方宝强记得自己就没有再流过眼泪。但那天夜里，当着栓柱的面，他几乎哭红了眼睛。

方宝强是得哭。他爬到大坑边上，看到了完全没有想到的情景。探出头之前，他还担心万一三爷爷的尸体已经被扔到了他不知道的别的地方，坑里什么都没有，他该怎么办。但他万万没有想到，坑里根本就不只一具尸体，密密麻麻堆得满是。他爬下去，落在一具具已经僵硬的身体上面，他知道，这些都是村子里那些熟识的人，但现在，这个敞着口的尸坑里，他的眼前只有漆黑一团，似乎不时从云层里透过的月色也照不进来，他根本不可能知道谁是谁。他们散落着，堆叠着，看不清脸，分不清年纪甚至性别。方宝强费力地翻动他们，翻得吱嘎作响，他开始还在想，再怎么也得先找到三爷爷在哪，可老大一阵子，怎么也找不到。

"不找了，不找了，这么多人，你找得着谁，又埋得了谁？"听见有日本人走过来的动静，方宝强趴下一动不动，屏住呼吸，心里艰难地这么想着。从上面看下去，即便他大口喘气，也就都像是他们中的一个而已。

这场屠杀是在头一天傍晚发生的。在此之前，那个叫池田的军官问了村民们村子里有没有粮食，他让那个会说中国话的日本军官替他嚷嚷，如果知道了不说，找到了那和他们主动说的后果可就完全不一样。村民们被三爷爷突然的死惊吓得够戗，那几个年长的相互看了一下，决定把藏粮食的地方告诉他们。找到粮食，池田又问他们，村里还没有藏着其他的什么，年轻女人哪里去了？池田表情严肃，他手下的那些士兵们脸上却挂着掩饰不住的兴奋。这次没有人说话，他们问了几遍，还拿更厉害的话来威胁，也没有一个人说话。池田露出看不出内容的笑，嘀咕着，"好，好。"就把村民们强行分成了两队：一队是一些能当苦力使的成年男子，他要让他们为他们来搬运找到的粮食，还有那十一具尸体，日本人把他们关在村公所里。另一队是那些年老体弱的人，一共二十几个，他们被赶到那个大坑边上。屠杀分了三次进行，每批村民都被强迫着面朝大坑站成一排，尽管有人瘫软下去，有人哭喊着想要作最后的反抗，但结局都是一样。池田跟手下人说，那些大日本皇军精英们的尸骨和魂魄他们要带回去，飞机他们是带不回去了，就让这些中国人给它殉葬吧。等那些苦力们把他们要的东西运出山区，就会有更多的殉葬品。他已经向上司报告，找到飞机和殉国者，上司也默许了他在筋竹冲的行动。他想好了，要让随后赶来的军队记者们来看看，要让他们拍照摄影，要用这样的景象扫除听到冢田先生殉国消息以来，这段时间自己内心的压抑和怒气。

在那天傍晚，池田还在到了筋竹冲后上了一趟弥陀寺。他走在散落着树叶的庭院里，寺庙的住持和那几个小和尚走在一大队士兵的前面。逐渐暗淡下来的光线，让大雄宝殿里的香烛的光亮很显眼。池田插了几炷香，但没有磕头，只是低头微欠着身体站在那里小声念了几句话，是经文，为那个他在陆军学校时就尊为"先生"的冢田攻而念。干完这些事，池田通过翻译跟住持和尚说，虽然这不是在日本，但大日本皇军以及他本人对寺庙一向保持着敬重的态度，希望他们不要辜负了皇军的这番敬重。住持行了个礼，表示听懂了对方所言。离开前，池田说，都说出家人不打妄语，你们是否知道飞机的事？他们说，不清楚。他又问，是否有什么人到寺里来过？他们说，没有。住持听小和尚们说起村里的事情，但并不确切知道，现在日本人来过了，这里其实根本就不可能再是什么避难所了。"应该不会有人再来。"他心里想。

8

"回吧。"方宝强抹干眼泪,对栓柱又说了一句同样的话。

"现在真想碰上几个鬼子,真想打几枪。"栓柱没动,恨恨地说。他从听方宝强讲述刚才的情景开始,就一动不动地架着枪在那趴着。

"三爷爷以前总说,留得青山在不怕没柴烧。我相信,总有报仇的一天。"从坑里出来,方宝强就产生过这样的冲动:不管了,提着刀摸回村子,能杀一个算一个。但他知道他不能那么做,栓柱还在那等着,彩花还有其他人也还都在那等着。还是和他们一起找部队当兵去,把手里的刀换成枪,把一个人变成一群人一起干。

可栓柱手里的就是枪,他却是从一群人变成了一个人。现在,他不想就这么走。他说,再等等,就算回去,也要把刚才那一两个巡逻的鬼子干了再说。天亮还早,林子里很黑,应该走得脱。方宝强没想到眼前这个年轻的士兵这个时候会下这样的决定,他要跟他下山就已经让他很意外了,现在,他觉得那架鬼子的飞机就真得是这样的人才能打得下来。"行,听你的,就在这里等。"

小半个时辰,日本人的动静果然又出现了。栓柱先前的判断没有错，是两个人，这次他看得很清楚，似乎月光都比先前的亮了一些。栓柱把腰间的刺刀拿出来上上，方宝强的刀也出了鞘。他们判断了对方的行走路线，向前爬了几步起身蹲在隐秘之处，只等那两个鬼子靠近时猛然冲上去。

事情出奇地顺利，两个几天前才碰上的人，现在却一同杀了人，而且杀得干净利落，完全不像是第一次做这样的事情。虽然经过了惨烈的战斗，但栓柱不知道自己先前打出去的炮弹、后来打出去的子弹是否真的杀死了敌人，这一次，在这么近的距离，他清楚地看见自己的刺刀扎进了敌人的身体，那家伙闷闷地叫了一声，栓柱就快速地拔出刀扎了第二次；与此同时方宝强踩着另一个被他一刀砍翻的鬼子，把那把军刀送进了对方的胸膛，他用的力量很大，刀身贯穿了身体，刀尖都扎在了地上。他长出了一口气，觉得年少时练过的拳脚在这时终于派上了用场。"妈了个逼的"，他抽出刀，在鬼子的军服上把血擦掉。

现在可以安心地回去了。他们拿了鬼子的那两把枪，又翻出了一二十发子弹和四颗手雷，退回了林子里。但是，很快他们就听见了村子里嘈杂起来，明显地，鬼子发现死了人。接着，手电亮了，还有枪声，有不少人，鬼子开始搜山了。他们两个人在山林里快速奔跑，时而还要警惕暂时还没出现但很快就可能到来的敌人，这样的情景让两个人都觉得熟悉：栓柱和老田在林子里转悠的时候是这样，方宝强从码头逃出来的时候也是这样。但这一次，和以前又不完全一样——他们没迷路、有武器，也不害怕。他们知道彩花和老田在什么地方等着他们，但这种时候，不完全摆脱了鬼子不能往那里跑，他们得先朝别处去。

天蒙蒙亮的时候，他们和鬼子接上了火。三五个鬼子从他们右侧包过来，已经能大致看到人影了。鬼子先开了枪，子弹打穿毛竹竿的声音就在他们耳边，虽然知道一旦开枪，就等于暴露了自己，但现在不开枪看来是不行了。方宝强不会用枪，更别说打得准。他扛着那两杆三八大盖，跟在栓柱身边，着急自己帮不上什么忙。后来他们边打边跑，鬼子在一片毛竹不太密的地方追得近了，栓柱让方宝强拉了引信，扔出去了一枚手雷；方宝强扔得又远又准，有鬼子被炸着。他们这才能稍微跑开一些，喘口气。

怎么又跑回弥陀寺这一片的，他们都不太清楚，只知道朝没有枪声的地方去，跑着跑着发现从村西头的林子里开始，到现在已经绕了筋竹冲大半圈了。天更亮了，今天还能不能听见钟声？从寺庙高高的院墙下绕过，栓柱想，自己就像是跟这里有缘似的。

他们在寺庙后山又和鬼子撞上了。那天池田出了弥陀寺正门之后，环顾了一下周围的地形环境，就安排了一小队人在后山埋伏,一来为村中的大部队作瞭望哨,二来也顺便监视一下弥陀寺的情况。栓柱他们碰到的,正是那一小队鬼子。他们退到那片坟地里,从一个小土包移向另一个。方宝强清楚,这是埋了筋竹冲好几辈人的地方,他父母也在这儿。那天,下山前,其实他已经想好了,把三爷爷从那个大坑里背出来,一路背到弥陀寺后山的这片坟地下葬,他要亲手为三爷爷挖个舒适的所在,还要削下一节粗粗的毛竹,把它从中间剖开当作墓碑,用刀在上面刻下三爷爷那个不常被人提起的名字:方嘉运。可现在,一大清早,他们却不得不在这里和鬼子周旋,顾不上是否惊扰了安睡的离魂。

敌人越来越多,那些搜山的鬼子听到动静,都向这一片围拢。退到再也没有什么地方可退的时候,他们索性也不退了,把那三杆枪并排架在面前,静候最后的一场战斗来临。方宝强不会打枪,但他从栓柱那里学了如何给枪压子弹,敌人摸上来的时候,他趴在栓柱边上,轮换着给那三把枪填弹,再迅速地交到栓柱手中,让他瞄准射击,射完了,换把枪再瞄准再射击。两个人配合得很默契,就像是在山顶高炮阵地做填弹和射击练习时,栓柱和老田之间那样。

鬼子很警惕,摸上来的时候并不冒进,从枪的标尺和准星瞄出去,栓柱很难看到他们身体的正面。开了枪,他能看到目标消失在视野里,但他不知道那是他们躲起来了还是真的被打中了。倒是方宝强先后扔出去的那两颗手雷,炸得有声有色,甚至他们都看到了鬼子的身体被抛向了空中然后重重地落回地面,"妈了个逼的。"他还是不忘用这句粗口过着嘴瘾。

子弹快打完了,还有一颗雷,方宝强没想过把它留给他们自己,他想好了要在鬼子再近一点的时候扔出去。他蒙眬地预感到今天怕是走不了了,他算是死过一回的人了,能像现在这样活一次再死,也不冤枉。他跟栓柱商量,等子弹打光,把雷扔出去,就拿着刀冲,冲过去砍着几个算几个,倒在哪算哪。

方宝强没有实现自己最后的愿望,是栓柱替他干了这样的事情。像先前那样,打完一支枪,栓柱却没有接到方宝强递来的另一支,他没有立刻回头,以为是子弹没了。有鬼子射过来的子弹落在他面前的土堆上,尘土扬起来,栓柱觉得自己的额头一定是被擦伤了,有血流下来模糊了眼睛,他低下头抹了一把,可一侧脸,却看见方宝强趴在那不动了。他把他翻过来,发现子弹从面部打进去,脖子上也有弹孔,血还在冒,人已经死了。这个刚结识的朋友,离他这么近,来不及冲出去,甚至都没有痛苦的呻吟,就这么无声无息地死了。这让栓柱难过。不躲了,再也没有什么好躲的了,像刚才说好的那样,他把手雷扔出去,扔在几个鬼子聚集的地方,然后举着那把军刀,头也不回地冲了出去。

但没有他期待的酣畅快意的厮杀。他冲出去,却不知冲到哪里该停下来;额头的血越来越多地流下来,他的双眼已无法看清敌人的位置。他一手握着刀,一手拼命地擦着血,大叫着,"妈了个逼的,来啊,来啊。"然后,他听见枪响,觉得身体一麻,眼前完全黑下来,想站已经站不住了。

9

在这场战斗之后,筋竹冲练过拳脚跑过码头的汉子方宝强死了,高炮连里的新兵蛋子牛栓柱也死了,只不过,他不是立刻死的。

那枪从背后打在栓柱的右胸,并不致命,他面朝下倒在地上,日本人围过来,发现他不动了,但还有呼吸,与此同时,他们看见了他手边的那把日本军刀。一个领头的拾起刀仔细看了看,吃惊地读出了刻在刀上的名字,他觉得不能把这个不知道是什么身份的中国人现在就杀死,得把他和那把刀一起带回去,交给池田长官。

栓柱再睁开眼,是被冷水泼醒的。他坐在地上,上身被绑在一条立起来的长板凳上,两个日本兵在他身后一边一个扶着板凳腿,让他不至于瘫倒下去。栓柱的眼前有些模糊,身体也疼得厉害,但他依稀能够对周围的人和环境有个大致的判断:白天,有阳光,有些刺眼;开阔地,有人,很多日本人。他努力地眨动了几下眼睛,视线清晰了一些。他知道,这里应该是在那个大坑的边上,一个军官模样的人坐在他正面不远的椅子上,旁边方桌的刀架上横放着那把日本军刀。再远一点的地方,一些村民被日本人的刺刀隔着,正看着他。还有两个穿着日本军服的人,他们手里不拿枪,拿着奇怪的小方盒子,来回地走着。

池田从椅子上起身,走到栓柱跟前,那个会说中国话的军官也凑过来,问他是什么人?栓柱听见了,他不想说话,也没有力气说。池田沉着脸,会说中国话的军官一句一句地翻译了他说的话。

池田指着不远处的村民问:"你是个军人,他们说是你打下的飞机,是不是?"栓柱不说话。

"你在撒谎!"池田的声音突然大了起来,"怎么可能是你打下来的?飞机上根本就没有弹痕,告诉我你在撒谎!"栓柱还是没有吭声。

"混蛋。"他骂了一句,有士兵冲过来,重重地打了栓柱几个耳光。

在手下从弥陀寺后山上把栓柱和那把刀交到池田面前的时候,他就如此地愤怒过。逼着村民认出栓柱之后,为了发泄愤怒，他下令烧毁了弥陀寺。日本兵把和尚们赶进大雄宝殿，用香烛点了佛幡。他们在外面围着，对着跑出来的小和尚们开枪。弥陀寺的住持没有想着跑出来，大雄宝殿完全被烧毁前，他一直在佛像前打坐念经，直到大火把他吞没。

池田走回椅子，有一两分钟的停顿，他又快走了几步过来。这一次他脸上带着强挤出的笑容："跟他们说，飞机根本就不是你打下来的。你是个军人，只要你这么说，我们可以把你送进战俘营，还可以给你治伤。你不会死，还可以活。"他的笑容已经变形，说话的表情显得歇斯底里。栓柱不说话，嘴角轻微地向上扬了扬。那两个拿着方盒子的人走上来，把方盒子前面黑乎乎如同枪口一样的东西对着他，强光在一个人手里闪了几下，另一个人手里有虫鸣一般的吱吱声。

池田拿起了那把军刀，从口袋里掏出白手绢来回擦拭着。栓柱被拖到了大坑的边上，在那里，他看见了头天夜里方宝强哭着给他描述的情景，他闭上眼不再向下看，也根本没去听池田从他身后走过来的脚步声，以及那一直响着的吱吱声。他猜想，老田和彩花他们应该已经去到了安全的地方，日本人不可能在这里待得太久，老田会找到部队，彩花会回到筋竹冲。他现在一点也不心慌，努力地回想着山顶阵地的那个上午——他瞄得准，打得稳，一连三炮全都打中，

三声炮响 | 271

他看见飞机冒着黑烟在他面前还没有飞过山顶就一头栽了下去，他看得很真切。

10

一九四二年寒冬，筋竹冲的山上没有军号，山间没有钟声，山下的村民死的已经死去，逃的还没有回来，整个筋竹冲安静得没有一丝声响。

不过很快，开了春，林子里的新竹还没有长出来，就有人陆续回来。后来，那些时常从泥土里被刨出来的金属碎片，会让人不经意间仿佛又听见那三声炮响，想起和炮声相关的那个年月，那一些人。

醉酒带来歌唱

1

我们这帮朋友中间，就数路岩最有毅力。这么多年了，他一直都没有把他那出国的梦想放下。我们在大学读计算机系的时候正是出国最热的时候，学校里是个人物就在学外语，考托福考GRE的不计其数。路岩从那时起就想出去，也很用功的样子，但是不知是运气不好还是有别的什么原因，每次成绩下来，他自己都不好意思向国外的大学寄申请书。时间过得很快，几次试一考，就要毕业找工作了，我们都以为这下他该收收心了吧，可人家偏不。去不了美国去澳洲。随随便便找了份工作之后，他又开始考那时刚流行起来的雅思，可是不知为何他还是没有顺利地出去；那时我们和他的联系已经不是很多了，有时偶尔打电话或是见面的时候，我们总是问他，什么时候走啊？快了。他总是这么答复我们。再后来，路岩突然去了深圳，开始我们不知道他为什么会这么做，后来我们才知道，那时他已经不想去澳洲了，改去加拿大了。去加拿大不要考试，是走技术移民的路子。技术移民花钱多，而且到了那边开始可能会有一段时间没有工作，得有足够的积蓄，所以他才去了工资水平更高的深圳。

今年年初，路岩回到上海，在一个星期六的中午，请我们这些老同学吃了顿饭，饭桌上他向大家正式宣布了夏天就要去加拿大的消息。我们有点惊讶，当然也为他高兴。我们举着酒杯半开玩笑半正式地恭喜他梦想成真，他笑着说，你们就别再刺激我了，看看你们，再看看我自己，这么多年了，女朋友我都没敢谈，有什么可恭喜的，如果不是钻了牛角尖，我现在可能也像你们一样买房娶妻了。我们知道他这话有点言不由衷，他的高兴劲明明显显地写在脸上呢。我们问他接下去的几个月准备干什么。他说他已经把深圳那边的工作辞了，已经在上海重新找了家公司。我们有点不明白，问他，你一个都要去挣外币的人了，还在乎那几个月的人民币，还不利用这段时间玩玩，休息休息？

"这你们就不懂了，美国出了事之后，以现在的形势，北美那边的事很难说，以后的日子还指不定会怎样艰难呢。多一个工作经验，到那边就多一点找到稳定工作的机会。"他一下子严肃了起来说，"而且，我现在也不想一下子闲下来，闲下来就会胡思乱想。"

我们都笑，有什么好想的，想着到了那边怎么泡个洋妞呢吧！

那天，我们在饭桌上已经喝了不少酒，但路岩好像还很不尽兴，散席前他又让我们到他刚租的房子里去接着喝。那几个有老婆的推说有事就不去了，剩下的三个，李枫、韩国强还有我都没有拒绝路岩的邀请。出租车上，我们三个坐在后排，路岩坐在前面，我们一个个给女友打完电话报告行踪或是接完女友询问行踪的电话之后，他在前面就笑开了，我们问他你笑什么，他还是不住地笑，边笑边说没什么。路岩住的地方没有什么特别的，很简单但还挺干净的。我们进门不久后，就发现了路岩这里有一套很好 B&W 的音响。路岩说是在深圳的时候托朋友买的水货。他放了一张 CD，吵吵嚷嚷地唱着英文，他叫我们先坐一下，然后就进了厨房，用微波炉弄了几个方便菜，又找出了一些花生、牛肉干之类的东西，然后从橱里拿出两瓶"酒鬼"，兴致极高地叫着，来，来，接着喝。

李枫挽着袖子说，喝，有这么好的酒哪有不喝的道理。

别这么光喝呀，放部电影吧，韩国强嬉皮笑脸地问，有没有毛片，没有的话艺术片也行啊！

你这家伙都有了女朋友了，怎么还是这个德行？路岩推了韩国强的肩膀一下，毛片我这里还真有，不过现在看倒胃口。你要真想看，我借给你回去跟女朋友一起看，怎么样？

我和李枫在一旁起着哄，问韩国强，借你三个胆，你敢不敢？

我是刚谈，时机还不成熟，再有两三个月，你看我敢不敢？这种事就是层窗户纸，程波，你和梅莹有一年了吧，你敢说你们没有一块看过毛片？

韩国强成功地转移了谈话的目标，这让我还真有点措手不及，我骂了他一句，对这个问题不置可否。

闹了一会，路岩说，这样吧，咱们来点传统的——划拳喝酒，先捉队厮杀，两个输的人再划，最后的输家喝酒，另外再献歌一首，然后由输的人挑对手，开始新的一轮。

没有女听众，几个哥们在一块唱的哪门子歌？我们几个有点困惑。

那就多喝酒，喝高了，你们就会觉得好玩了，路岩说他在深圳的时候，跟那帮同事玩过这个，挺有劲的。

我们三个将信将疑，就说，要不试试？韩国强说，就当是拿你这套好装备练练歌啦，免得下次再去"钱柜"，我女朋友又说我歌唱得差，让她在她那些同事面前没有面子。

真的喝起酒来，大家就不怎么聊天了，只是在闹：拳划得震天响，自己输了要喝酒的时候推三推四，喝完了却赶紧去挑出自己要唱的歌；没有成为这个游戏最后输家的人催着失败者去喝酒，还像看热闹一样地看着刚刚喝下一杯的人脸红脖子粗地大声歌唱。就像路岩说的，几轮过后，大家的兴致不知为什么真的高了起来，而且随着酒瓶里的酒逐渐减少，这种兴致越来越高。可是让我们觉得奇怪的是，在我们四个人当中，路岩输的次数出奇得少，在韩国强和李枫已经唱了不下十首歌、我也喝的有点晕忽忽的时候，路岩连一首歌还没有唱过；他说命运真是青睐于他，好像知道他歌唱得难听一样，竟然一次也不难为他。

"不过，"他说，"我不能一点酒也不陪兄弟们喝！"——后来不管是谁输了，他都会陪着他喝上一杯——两瓶酒快要喝完，李枫躺倒，韩国强到卫生间吐过一回之后，他还是一次都没有输。

最后，就剩下我和路岩两个人了，我们坐在地上，背靠着李枫躺倒的沙发。我感觉有些困，眼皮老想往下耷拉，路岩的精神也没有刚才那阵好了。他说咱俩把瓶里的那点酒喝完就结束吧。我说歌我是唱不动了，输了咱们光喝酒行不行？他说行。我记得在划的最后三拳中，前两次我还是没能赢。最后一次我终于赢了他，他笑着说他终于输了，然后用嘴对着酒瓶把最后的几滴"酒鬼"喝干，喝干了他就一下子从地上站了起来：

"今天我不能一首歌也不唱呀。"说着他就开始摆弄他那套音响,然后我昏昏沉沉地就听到"在那遥远的地方……有位好姑娘……"这样的歌声悠悠扬扬、忽远忽近地响起。

那天晚上很晚了,我们三个人才从路岩家的沙发和床上醒过来。我们喝了一会茶,又闲聊了几句天,就说要回去了。路岩客气地说,你们谁不想回去住在我这里也行,我这里有看不完的电影听不完的音乐。我们都说下次吧,他说那也好。出门的时候,路岩喊了我一声。我问他有什么事?他说,也没有什么,就是想向你打听一个人。我问,是谁?也没谁,就是以前我们班的李眉,你跟咱班的女生挺熟的,你知道她现在在不在上海,在干什么?我好像猜透了他的心事似的"噢,噢"地笑了几声。他说,你别笑,不是你想的那样。看着他挺认真的样子,我也收敛起了笑容说,我也不知道,不过我可以帮你打听打听。

我们说了再见。我还说,有消息我会尽快告诉他。

2

一个多星期之后,路岩打电话又一次约我们这帮朋友周六一起出去玩,他在打给我的电话里说,中午他请我们吃饭,下午去唱歌,如果愿意,我们可以带着女朋友一起去,有姑娘在场，唱歌才有情趣。在电话的最后，路岩问起李眉的情况，我很不好意思地说，我问了几个以前和李眉相熟的同学，他们都说已经好长时间也没有她的消息了，他们建议我可以到一个同学在网上办的同学录上去发发帖子，看看有没有什么收获。我说我会继续帮他打听的，他却说其实也没有什么好找的，找不着算了。我虽然不太知道他到底为什么要找李眉，但是听他那种好像丢了一只猫似的口气，我还是有点不太舒服。在我的记忆中，李眉这个人有点奇怪，虽然长得一般，大学的时候却热情似火，跟谁好像都有一肚子的话要说似的，但是毕业了之后却好像一下子没有了踪影。不过，想想也很有意思，如果不是路岩这次提到李眉，我肯定也跟其他人一样，甚至都根本就不会想到还有这么一个女同学。

快到周末的时候，我跟梅莹说，愿不愿意和我一起去？她说不去。我说，为什么不去？你不是老抱怨我不和你一起出去玩，特别不陪你一起去唱歌，以至于你们公司一搞活动，你还是只会唱那些大学时代学会的歌曲吗？梅莹是我工作后通过朋友介绍才认识的，她在外地上的大学，比我要低两届。我知道她的抱怨是夸大其词的，她会的歌比我至少要多出两三倍，而且大多是工作之后才学会的；我在外面和别人一起玩的时候尚且应付得来，她哪里就会感到捉襟见肘感到落伍了呢?不过,也不一定,我是知道的,像她们这样的写字楼小姐和我们这样搞技术的还真是不同,除了上班,一天到晚想的都是些时尚的生活;现在的世界变化是多快呀,上个月买的时装这个月就过时了,加上成天都生活在追逐时尚的女孩子们中间,她常常有一种落伍的感觉也属正常。梅莹问我还有谁去?我告诉她李枫韩国强他们几个都会去。梅莹说,我不是问他们,我是说,他们都带女朋友去吗?我终于明白了她的意思,我说,我不知道她们去不去。

那到时候再说吧!在一般情况下,我肯定认为梅莹是答应了,因为我知道,即便那帮人不会每个人都带女友去,但也不会每个人都不带吧。梅莹我是知道的,不但属于那种"带得出去的女孩",而且她自己也清醒地认识到这一点;我猜想她在让我感到:在我的同事和朋友面前她给足我面子的同时,自己也能从这种诸如朋友聚会的活动中得到一种满足。

这一回我也没想错。星期五的晚上,梅莹果然答应我和我一起去了。可是谁也没有想到,头一天晚上刚刚说好的事情到了第二天却发生了变化。周六早上九点多钟,我还在床上的时候,梅莹就打来电话,她在电话那头急急地告诉我,她的一个朋友今天早上才告诉她,今天在伊势丹广场有名牌服饰和香水的特卖会,她没法和我一起去了。

我很纳闷,你明天去不行吗?咱们跟人家约好了,不去不太好吧?

我也知道不太好,但你知道吗,我同事好不容易才让给了我一张入场券,而且特卖只有今天一天,连PORTS、GUESS这样品牌的服装,CD、雅施兰黛这样的香水都在特卖,这种机会你说我怎么能错过?

我没什么可说的,我只能睡一会再起床,然后在去吃饭的路上编一个梅莹突然不能来的理由给路岩听。

到了约好的饭店,出乎我的意料:李枫韩国强他们也都是一个人来的。我问他们怎么也是一个人?李枫说,加班。韩国强说,去什么服装特卖会了。他们问我,我说,她妈妈突然来上海了。

"你们这帮家伙,就是说话不算数。"路岩没有生气,就是有点嘴不饶人,"幸亏我早有准备,我请了我刚认识不久的两个女同事来,过一会儿她们可能就过来了。我没跟她们说过要走的事,这种事在公司里传开了不好,你们注意一下不要说漏嘴了。"

说实话,我没有想到路岩还有这等本事,在新单位才上了几个星期的班,就能约出女同事来;更关键的是,后来姗姗来迟的两个女孩都是相貌出众、打扮入时的那一种。当路岩一个个介绍她们，说她叫胡小路、她叫莫清的时候，我暗自庆幸梅莹没有来。

那天的菜很丰盛，味道也不错。但两个姑娘好像觉得一般，因为她们在饭桌上和我们——当然主要是路岩——谈到了好多诸如上海哪家饭店哪个菜好吃之类的问题，而她们只字未提这家饭店；只是在最后上点心的时候，那个叫胡小路的姑娘吃了一口，"嗯"了一声，然后侧过脸去对另一个女孩说："南瓜饼不错，你尝尝。"

饭后路岩问我们，想去哪里唱歌？我们几个装作很绅士的样子说，小姐说了算。莫清很妩媚地用手抚过长发，问胡小路，去哪里呢？胡小路重复了一遍她的问话"去哪里呢？"然后说，"必爱歌"太土，"量贩式"太吵，"好乐迪"的歌又太少，我们还是去"钱柜"吧。她问我们意下如何？我们几个都说，行，行。

一到包房里，路岩就要了两打那种半斤一瓶的百威啤酒。她问女孩们要点什么，她俩说，先来两杯水就行，到我们要的啤酒喝不完的时候，她们再喝啤酒。她们的话，一下子让我们都兴奋了起来，路岩对着刚刚准备转身离开的侍者大叫了一声：再来一打百威！

两个女孩的嗓音甜美，又会唱很多歌；这没有让我太过于吃惊，我从梅莹常在我面前的抱怨中早已形成了"写字楼里的白领丽人们十有八九都是 KTV 包房里的优秀歌手"这样的观念。那天，真正让我吃惊的是：路岩也会唱那么多歌，也唱得那么好。李枫韩国强他们听路岩唱了几首歌之后，就开始数落他不够朋友：那天在他家尽骗别人唱歌，自己却那么深藏不露。路岩哈哈大笑：不是你们说的吗，没有女孩在场，唱歌没劲吗？而且，那天你们老输，我想唱都没有机会。看得出，路岩很放松很兴奋，他分别和两个姑娘合唱了好多首情歌，还不停地鼓励我们也陪姑娘们唱。胡小路和莫清好像不知道疲倦似的一首接着一首，即便是停下来听别人唱的时候，也自己哼着歌。她们还在我们特别是韩国强唱的时候放肆地开着玩笑，奚落着他的歌唱得真臭，调都不知道跑到哪里去了。开始的一段时间，女孩们还只是唱歌没有喝酒，后来在我们几个喝掉了一半啤酒的时候，她们也加入了喝酒唱歌的行列。再后来，夜幕降临的时候，我们玩得就更加尽兴了。我们第一次听见路岩用一种足以乱真的假嗓子唱了好多首女声歌曲，最绝的是他竟然能用一种类似于老式留声机里发出的声音，模仿周璇：

"夜上海……呀夜上海……你是个不夜城……"他能唱得妩媚动人。

"天涯呀……海角……觅呀觅知音……"他还能变换出一种凄婉哀怨的腔调。

路岩真是让我们服了，就连胡小路她们也在一旁啧啧称赞。

酒越喝越多，我们的歌唱得也越来越肆无忌惮。姑娘们歌唱得好，胡小路的酒量也出奇地好。又是李枫最先倒在了沙发上。我记得我最后唱了一首被我自己认为是保留曲目的黄品源的《你怎么舍得我难过》，然后就靠在沙发背上一动也不想动了。我听见，胡小路和莫清两个人在我唱完歌后笑了起来，我还蒙蒙眬眬地听见她们中的一个对另一个说，《蓝宇》看过没有，里面反复把这首歌唱了好多遍。我不知道她们在说些什么，我的头靠在路岩的肩膀上都快睡着了。

稍稍有些清醒的时候，我才发现除了胡小路其他人都已经喝得半躺在了沙发之上；坐着的胡小路、半躺着的莫清在酒精的作用下，都是面如桃花。胡小路大声说着，没劲！她推了推她身边的路岩说，你们别躺下，赶紧起来呀；你们比赛一下看谁先起来，谁先起来我吻谁一下。还在我考虑要不要挣扎着坐起来的时候，路岩就以一种很快的速度一下子站了起来，后来我看见在我们的起哄声中，胡小路在路岩的脸颊上重重地亲了一口。

这个情景像一口老陈醋一样，让在场人的酒一下子都醒了许多。

3

有一段时间,路岩没有和我们联系,路岩他们公司那个叫莫清的女孩倒是给我打过一次电话。那天晚上,正是梅莹很规律地一周一次住在我这里的日子,我从她身上起来,正靠在床上抽那根完事烟的时候,我的手机响了。我看了看,是一个陌生的号码,我犹豫了一下,还是接了电话。

莫清说我是莫清呀,还记得吗?我说,记得,记得。我问她找我有什么事,她说很不好意思,这么晚了还来打搅我。我说,没关系,有什么事你就直说吧。莫清说她正在家里赶一份第二天就要发给客户的文件,但是不知是怎么搞的,她的电脑突然出现了问题,她怎么都打不开文件了。她说一时也想不到去找谁,却很快在脑海里反应出我的名字,她说她知道我是搞技术支持的,不知愿不愿意帮帮她。

我从床上下来,打开我的笔记本电脑,复拟了一遍她告诉我的症状,不到十分钟,我就把她的问题给解决了;那是一个很小的问题,我是知道的,她们这种办公室小姐就是这个样子,用起电脑来好像比谁都熟练的样子,一旦出现了问题,就不知道怎么办了。有时我甚至会想,她们的生活有时就像她们跟电脑的关系一样,时尚而又脆弱。

莫清在电话那头夸我真是太厉害了,真是帮了大忙了,她还说什么时候请我吃饭来表达她的谢意。我说，不用了。我问她最近路岩在干嘛呐？她很惊讶地说，你还不知道？他好像正和胡小路谈朋友呐！

挂了电话，梅莹就问我是谁的电话，我没想瞒她，就说是路岩的同事，上次唱歌认识的，就见过一面。我跟梅莹说过上次唱歌的事，但我没有细说。

她还挺好意思的，见过一面就来麻烦你？

我嘴上说着，是啊，可能是被逼急了，病急乱投医吧。我心里在想，路岩这家伙想干吗？马上就要走的人了，至于这么急吼吼的吗？

路岩再次给我打电话还是约我和他出去喝酒，我问还有谁？路岩说，他没有叫其他人，就是想找我，有些事想找个人好好聊聊。听得出，他的情绪不是很好，我问他是不是遇到什么事了？他说，你先出来吧，出来了我们慢慢说。

在酒吧喝了一会酒，谈话进入了正题。路岩问我，觉得那个叫胡小路的女孩是一个什么样的人？我说，很热情，怎么，动心了？路岩笑着说，你看出来啦。然后很快就收敛起了笑容，动什么心，我现在这种情况，还谈什么动心不动心？

从路岩后来的讲述中，我知道，这段时间他真的是和胡小路在交往。他说，他陪她去了几乎所有知名的KTV，唱了好多歌。他以为两个人的关系可以在一次又一次的歌唱里飞速发展，一两个月下来，在他自以为该发生质的飞跃的时候，他让她去他住的地方唱歌，她答应了。那天他们玩得很疯，也喝了不少酒。在他小心翼翼地说出让她不要走的时候，她却异常冷静地微笑着说：这样不好，大家是朋友，如果她答应了他的话，以后还怎么做朋友呢？

路岩还向我学着胡小路的口气说："听说你要去加拿大了，真可惜才认识不久，就要说再见了。不过，以后我们还可以常联系嘛。我还和朋友开玩笑地说，以后买倩碧和美保莲方便了，以后等你回来探亲的时候，可别忘了我呀！"

路岩摇着头说：我还以为她不知道呢，没想到早就知道了；我也以为她是个一点都不古板的女孩呢，没想到她一点都不是。

我不知道路岩到底是怎么想的，他这个人，大学的时候，性格有点内向，在女孩面前特别羞涩，没想到几年过去了，他竟然在出国之前还想和一个认识不久的女孩发生那样的事情。说老实话，人家拒绝了他是正常的，换作是我，我也不愿意和一个就要远走他乡前途未卜的人有什么不必要的瓜葛。想归想，我又不能这么和路岩直说，看着他那副闷闷不乐的样子，作为朋友我还得劝劝他。

"追不上算了，真的追上了还麻烦呢！"我知道，路岩对那个姑娘很难说是什么爱情之类的东西,最多不过是像酒后冲动一样的某种感觉而已,而且即便真的有点爱情成分,又能怎样,路岩能够为此而放弃加拿大吗?不可能,在这个城市中根本就不可能有这样的童话。

"其实本来也没有什么,关键是这么多年了,我都是一个人,现在好不容易想体验一下谈恋爱的滋味,却是这样的结果。"路岩的语气明显轻松了一些,还带着一些自我宽慰的味道,"唉,到了那边,这样的事又是遥遥无期喽!"

"怎么会遥遥无期呢,中国的好女孩去了那边的不计其数,先找到一个好工作,就不愁找不到好姑娘。"

"事实不是这样。"路岩喝了一大口酒,"去了那边的女孩就像是进入了狼群里的羊一样,因为在那里像我这样的中国男人更多;更何况,女孩还会成为外国人追逐的对象,而我们根本无法进入白人姑娘的视线。你只见过上海男人娶了外来妹,你见过上海姑娘嫁给外地民工吗?从某种程度上说,到了那里,我们的处境就和这里的民工没有什么分别。"

我知道这只是一种悲观的比喻,但我也承认这可能就是事实。

后来,我们又聊了一些这方面的问题。在某一个时刻,路岩好像一下子变得坦然了,"不说这些了,咱们把这最后一杯酒喝完,喝完了我们去一个好地方唱歌,顺便体验一下作为这座城市主人的快乐。"

我开始还不太明白他指的"作为这座城市主人的快乐"是什么意思，但当他带我来到一个不大的夜总会KTV包房，又叫来两个操着外地口音的陪唱小姐时，我明白过来了。我问他怎么知道这样的地方？他说，在深圳的时候，一个人呆得太无聊了，也跟着同事去过不少这样的地方；这些地方都有着一种你说不出但认得出的特点，各地都一样，所以上次他和胡小路来这里的时候一眼就看了出来，只不过上一次他不可能像这次这么做。

那天我们边喝酒边唱歌边和小姐调情，路岩很兴奋，很熟练地用假嗓子学唱周璇的歌，很熟练地在小姐身上又揉又亲；虽然我也很兴奋，但第一次做这样的事，我还是显得有点战战兢兢笨手笨脚。我心里明白，我和路岩不一样，他是一个要走的人了，而我从第二天起还要在这里和一个叫梅莹的姑娘一起生活。所以那天路岩有点喝高了，我却把血液中的酒精含量保持在我自己可以控制的范围之内；所以那天路岩把一个小姐带回了他住的地方，而我则是一个人回了家。

4

路岩的行期定了，飞机票也已经买好了。最后的一个多月里，由于工作很忙又要在周末抽出时间和梅莹一起去挑房子，我没有和他见过面，只是打过几次电话。有一次我从一个在美国读书的女同学那里得知了一些关于李眉的消息，急急地打电话告诉他。我说，听说李眉去年去了多伦多大学读书，现在应该还在那里，我问他，这算不算是一个好消息？他说，可能算吧，可是谁知道呢？

再见到路岩是他走之前的最后一个星期六。我们这帮朋友约好给他饯行，地点就在路岩刚回上海时请我们吃饭的那家饭店。这一次，人来得特别齐，每个人都是带着女朋友来的。女孩们相互之间也算是认识，唧唧喳喳地聊得很开心的样子，倒是路岩和她们大多都不认识，我们向他一一介绍，路岩还有意用一种酸溜溜的口气说，认识你们真高兴，只可惜刚一见面就又要分手了。可能是我们女友在场的缘故，开始的时候，路岩在酒桌上显得有点羞涩，和我前几次见到的他简直有点判若两人，倒是有点读书时候的样子。后来酒喝开了，他才自如起来。

那天饭店的大厅里很热闹，还有助兴的乐队和歌手。一个妆化得很浓、年纪也不算小的女人一首接一首地唱着客人们点的歌。有一阵我们撺掇着让路岩也上去唱唱歌，我们都说那个女的唱得比他肯定要差多了。女孩们对路岩的唱功好像也有所耳闻，嚷着，对，对，路岩你上去唱呀，你一个人可以唱男女对唱啦。对于唱歌，路岩这一次表现得远没有前几次那么积极，我们提议了好几次，每次他都笑着说，来，先喝酒。

路岩开始轮着和酒桌上的每一个人喝酒，后来他彻底地喝多了，高了也吐了，吐干净了，他就走上了舞台。他从唱歌的小姐手里拿过话筒，说要唱几首歌献给他的朋友们。他还嘟嘟囔囔地说了一通他为什么要上台唱歌的话，我听见他说：酒是粮食的精华，酒后的歌唱是语言的精华。

第一首歌："在那遥远的地方……有位好姑娘……"

第二首歌："最爱你的人是我……你怎么舍得我难过……"

他唱得很好，台下有人鼓掌，台上的小姐拿着另一个话筒走到他身边说，哥哥，我们一起唱。路岩笑着看了她一眼说："下……下次吧，现……现在你给我走开。"

第三首歌他又唱起了周璇："天涯呀……海角……觅呀……觅知音……"

第四首他唱的什么，我已经忘了，但我记得当时台下有人鼓掌，也有人发出嘘声。

那天路岩唱他第五首也是最后一首歌的时候，眼睛里含有泪水，他站在舞台上，低沉地唱着："啊朋友再见……啊朋友再见……啊朋友再见吧再见吧再见吧……"

我们几个有点感动，在他唱完后我们也走上舞台，把他扶下漫长的铺着地毯的台阶。

那天在饭店我想起了大学毕业时的情景：那时到火车站送离开上海的同学，不论平时关系如何，只要《朋友再见》的旋律从嘴里唱出来，在场的人都会感动。不过，我也知道，就像和那些分别了的同学再也没有见过面、很少联系也很少想起他们一样，路岩离开之后，我们之间的联系肯定也会越来越少直至中断。在现在这样的城市和社会中，我们只可能在喝多了酒的时候歌唱友谊和爱情，只可能在类似那天的情境中，才会因为友谊和爱情而感动；当酒醒了，歌声停止的时候，我们还会一如既往地去过那种平静乏味、没有什么波澜的生活，毕竟在每个人的生活里都有着那么多的事情要等待着你在清醒的时候去做。和路岩接触的这段时间里，我有时会问自己：喝醉了酒没有羁绊甚至没有禁忌的状态和平日里的状态，那一种才是真实的呢？我说不清楚，我想路岩他也说不清楚。

路岩走的那天，我们这帮朋友都得上班，路岩说他的家人会去机场，所以我们都没去送他。我见路岩最后一面是为他饯行之后的第三天晚上。他让我去他住的地方，说有点东西要送给我。我一进门，他就指着他的那套 B&W 音响设备说，这个也带不走，留给你吧。我推脱着不愿意接受。他笑着说，我原本还真没想送给你，如果李眉在上海的话，他原本想把这套设备送给她的。他说，你们都不知道，咱们班也没有人知道，李眉歌唱得其实很好，但她总是喜欢在没人的时候一个人唱。路岩说大学时他注意过她，发现她那时虽然很热情的样子，却像他一样没有什么真正的朋友。

"如果不是钻了出国这个牛角尖，指不定我们还会成为一对呢？她不是在加拿大吗？以后我也许还能找到她。"路岩笑着说。听着路岩的话，我有点笑不出来。

"你还是收下吧，一个人寂寞的时候唱唱歌也行，和女朋友一起练练歌也行。"他见我还是推脱，就说，"就算你先替我保管着，也许没多久，我就又回上海了。"

我心里还是有点不是滋味，这倒不仅仅是因为那套音响，主要是因为他说到他自己在大学时代没有什么真正的朋友，虽然我知道所谓的友谊到底是个什么样的东西，但听他那么说，我心里还是不舒服。那天晚上，在我从他那里拿走那套音响之前，我跑遍了我平常常去的几家音像店，买了上百部卡拉OK、CD、DVD拿回去送给他。我知道，在北美，人家不玩卡拉OK，虽然音响设备很便宜，光碟却要比这里贵很多。

路岩走后，有两件事我好长时间放不下。

一件是：在他上飞机之后不到一个星期，我就收到了在美国读书的那个女同学的电子邮件，她说，她竟然在一次北美同学会的活动中见到了李眉，她还用一种很羡慕的语气告诉我李眉已经快毕业了，而且她结婚了，嫁给了一个地地道道的加拿大人。

另一件是：路岩原来的那个叫莫清的女同事时常给我打电话，还约我一起去酒吧喝酒，去 KTV 唱歌。我对她这个人感觉还不错，跟她吃过几次饭，但是一直也没有答应她一起去喝酒唱歌。歌我还是唱的：我和梅莹已经买了房子，我们把路岩留下的那套音响放在我们的客厅里，没事的时候，我们就一起练练刚刚流行起来的新歌。

左肾

1

大年三十一大早,卢刚就被一阵急促的电话铃声吵醒。前一天的晚上,卢刚吃了一顿年夜饭:是厂工会专门为今年响应号召不回家过年的外地工人提早举行的。饭桌上,工会和街道的领导举着酒杯动情地说,大家辛苦了一年了也没回家,给厂子做了贡献也减少了国家的麻烦,今天就放开来吃喝,把厂子当家,把上海当故乡吧。卢刚觉得他们说得有点太好听了,他没回家跟他们说的那些可没什么关系。不过,有酒有菜总比吃盒饭强,好久没有痛痛快快地喝过酒的卢刚,放开量喝了七八两尖庄,后来回到宿舍,脸也没洗,脚也没洗,脱了衣服倒头他就睡下了。尖庄这酒太上头,到了现在,铃声响过了七八遍之后,卢刚躺在床上也就只是翻了个身,还觉得头晕乎乎的;但他确实是醒了,还朝着挂在门边的电话看了一眼。

妈的，要是在床头装一部分机就好了！

这是一间很大的房间，房间里放着六张高低床，卢刚睡在离门最远的那张下铺。卢刚知道叫厂里装一部电话分机是不现实的，说实在的，他现在工作的这家合资电器厂的条件已经算是不错的了，虽然十几个人一间宿舍，但毕竟有电话，平时和朋友通个电话什么的，也不要跑到街边的磁卡电话旁排队——有时好不容易排到了，没说几句后面的人就请你帮帮忙快一点，还哭丧着脸说他家里有急事要和他商量。可是，卢刚实在不愿意起床去接那个电话；在这种时候，不需要别的，就是一部小小的电话分机，也许就能让卢刚觉得生活其实相当完美，但没有，他就会觉得缺憾。

电话铃终于停了。也不知道是找谁的，卢刚心里想，可别谁家有什么急事？哎，有就有吧，同屋的这些人现在有的正在回家的路上，有的说不定已经到家了，用不着为他们担心了。想到回家，卢刚心里泛起了一种异样的感情。出来打工的第一年就不回家过年，虽然父母也没说什么，可是卢刚能感觉得出来，他们还是有点失望，妹妹刚嫁了人，过年她即便回家也过不了几天，更多的时间里老两口肯定感觉孤单。卢刚其实也很想回家，看着别人整理行装，他也有点蠢蠢欲动，但实际的情况是：城里人的春节可不像农村的，一歇可以歇到春耕，厂里只有十天的假；他的家在西北，不像同屋那些人都是苏北的、安徽的，最远的也出不了江西，而且路上又挤，当然卢刚不是怕辛苦，辛苦一点有什么，关键是路途越远，就意味着车票越贵，花几百块钱回家待不到两天，还不如多寄点钱回去呢。他一个人在上海待着，春节这几天能花多少钱，和李会泉喝酒大多也不要他花钱。想到接下去的日子，这么大的一间房都属于他一个人了，想到可以和李会泉一起喝喝酒，逛逛平时难得一逛的大上海，卢刚心里又有了一种说不出的快乐。

电话铃这时又响了。接吧，别是李会泉打来的。卢刚从热乎乎的被窝里爬出来，顺手把盖在被子上的军大衣披上，迅速地跑向门边。

竟然是同屋的苏北小张，他说他已经到家了，特地打个电话回来找他。

"有啥事？"

"没什么，看你在不在，给你拜个早年。"

"去你妈的！你小子别跟我胡扯！"

"当然还有点事想麻烦你。我有一个远房表哥，做小生意的，明天去上海，想住在我们那里，所以我先跟你打个招呼，想请你等他一下，免得他到那里找不到人。"

"厂里有规定，我怕管房的阿姨不同意。"

"就是为这事才要麻烦你的。她要是不问，就什么事也没有，她要是问起来，你就说他是你表哥，怎么样？我看阿姨平常跟你话挺多的，肯定行。也就三五天的时间，他把事一办完就走。"

"好吧。"卢刚嘴里说着好吧，但心里有点不痛快，他其实知道过年这几天管房的阿姨不上班，根本用不着说什么表哥不表哥的废话；有个人来住一下，本来没什么，但是打破了卢刚的计划，他这个人就是这样，原来有什么事想得好好的，突然又出来一档子别的事给搅了，他心里就特别不痛快。

"够朋友。回来我一定给你带两瓶洋河大曲。快回去接着睡觉吧。对了，我表哥姓杨，叫杨青峰。他会交给你我写的一张字条作为凭证。他大年初一下午到。"

上海的冬天特别冷，湿冷，加上房间里不装暖气，冬天刚开始的那阵子，卢刚每天睡觉都要把衣服全盖在被子上。因为这个原因，当轮到夜班的时候，他比别人都高兴——厂房里有空调，干活的时候一点也不觉得冷，白天气温高了，躺在被窝里，也就舒服多了。屋里的人总是在这一点上嘲笑他，说他还是北方人呢，年纪轻轻的这么怕冷，一定是肾亏；肾亏是讨不到老婆的。在这种时候，卢刚总会笑着说上一句，"我肾亏？你们给我找个女人来试试，我肾亏？！"

卢刚觉得自己不可能肾亏。睡觉前，如果不是因为太累躺下就着的话,他总会想想女人。挂了电话之后,卢刚反倒一时睡不着了,虽然屋里现在已经没人了,他还是习惯性地翻了个身,面朝着墙侧躺着,开始像平时那样想他常想的女人了:初中同班的小霞读了高中也没考上大学,听说去了深圳,她的模样可算得上俊俏,到了深圳少不了走什么歪路……村子里的李家寡妇模样也挺招人,就是人倒霉了点,丈夫在外面打工的第一年就出车祸死了,去年那次她肯定是想跟我搞来着,现在想想我还真不该不答应……还有谁,还有在老乡李会泉原来打工的服装厂的那个安徽妹子,一笑起来身上的肉就晃悠悠的,李会泉说早晚他都要去找她……

也不知是想到谁的时候,卢刚把事给办了。事后卢刚很快就感到了睡意,他睡得很沉,以致电话又一次响起,他睁开眼,以为自己才睡了一小会儿,但时间已经是中午了。

"还没起,你也太舒服啦?昨晚干什么坏事了吧?"

"舒服个屁,我早晚都要去买个分机,一上午净是电话。"

"晚上别忘了来。"好几天以前,李会泉就叫他三十晚上去他那里,年夜饭一起吃。李会泉说他还叫了两个女的来一起吃饭,卢刚问她们是干什么的?还能是干什么的,像我们一样不回家的外地妹呗,李会泉语气暧昧地说,正好四个人,晚上你小子怕冷,我特地给你找了一个火辣辣的川妹子。

"去你妈的！"笑着骂这句话的时候，卢刚心里痒痒的。

现在该起床了，去打点开水来洗个澡了，干干净净地过个年，在女人面前显得脏乎乎的可不好。

2

李会泉浦东的那间小屋是他半年前租的，那时他刚从服装厂出来，说是想做点小生意，得有一个自己的地方。关于李会泉的生意，卢刚开始还问过，李会泉说，现在还算不上什么生意，等他把摊子搞大了，再叫兄弟你一起来干。后来卢刚就不问了，他觉得虽然是初中同学，但来到上海这个地方，每个人都有每个人的生活；李会泉比他还早来了一年，开始混得也比较艰苦，现在人家刚想干点事情，你就跟在后面问这问那，显得有点那个。他不说，咱就不问，但卢刚心里觉得李会泉还是挺够朋友的，妹妹结婚时卢刚找他借了四百块钱，到现在他也不提还的事，而且每回喝酒大都是李会泉出的钱。有时酒喝多了李会泉会拍着卢刚的肩膀说，你小子在上海先好好混，等你混不下去了你再来找我。

到李会泉家的时候，卢刚看见桌子上的菜很丰盛，还放了两瓶泸州老窖，饭桌边两个姑娘正在玩牌。李会泉指着其中的一个说，小夏。指着另一个说，小梅。然后又指着卢刚说，介绍一下，这是我哥们小卢。卢刚很奇怪李会泉为什么只说了姓却没说名字。

酒桌上，李会泉一如既往地能喝，除了和卢刚喝，还和两个姑娘喝。两个姑娘也是格外热情，老是给他们劝酒，添菜。叫小夏的那个和李会泉很亲热的样子，李会泉也很放肆，常把小夏搂进怀里，又揉又亲的。卢刚怀疑李会泉是不是喝多了，在这种情景下，卢刚感觉有一点不自在，但当坐在他旁边的小梅也把她那热乎乎的身体时不时靠过来时，卢刚的不自在消失了。电视里正放着春节晚会，窗外还时常听见鞭炮的声响，一杯杯好酒在肚子打转，卢刚觉得浑身暖洋洋的，舒服极了。

饭吃到一大半，小梅提出要去外滩看灯。李会泉说，我有点高了，和小夏就不去了，小卢你陪小梅一起去吧，不过，一定要保证人家小梅的安全。这是他当着大家的面说的，在卢刚要出门的时候，他贴在他耳边说的是：去完外滩，把她带回你那里，想干嘛就干嘛。李会泉还往他手里塞了两百元钱，卢刚说，你这是干吗？

"拿着，打的用。"

"我自己有。"

"别废话，赶紧走，我这儿还等着呢。"

卢刚还想说点什么，但李会泉已经关上了门，关门以前,他竟然还说了一句:新年快乐!

在去外滩的车上,卢刚感觉出李会泉在电话里说的并不是一个玩笑,他事先可能真的安排好了。想着接下去要发生的事,卢刚禁不住有点兴奋,他拼命地在自己的脑海里寻找着该如何干好下面的事的经验,但那里面却几乎是一个空白,这让他很紧张,而且一想到是李会泉安排了这一切,卢刚还老有一种被别人盯着的感觉,这让他有点不自在;其实在和李会泉的交往中,李会泉常把很多事情安排得好好的,卢刚觉得他的确够朋友,但同时也会常常感到这种不自在。

一到外滩,小梅就说她有点冷。江风迎面吹过来,卢刚也冷,但还是脱下他的羽绒衫叫她披上。小梅没有穿,她说,还是你自己穿吧,穿好了抱着我。

"小卢,你说上海好吗?"

"说不好。"

"上海多好啊,你看对面的金茂大厦多漂亮!听说在里面吃一顿饭就要花上万块钱,一碗汤就好几百,一瓶酒就上千。"

"再漂亮好像跟我们这些人也没什么关系。"

"怎么会没有关系呢?李会泉说他迟早要在金茂大厦请一顿饭。"

提到李会泉,卢刚就没有接着她的话说下去,只是把小梅抱得更紧了一些，还把一只手从她的腰部慢慢地向上移了移。

"回去吧。"小梅小声地说。

"回去！"

3

看着小梅半裸着上身躺在他宿舍的那张床上向他微笑，卢刚觉得眼前的情景和去年夏天的一幕十分相似。那时他还没有来上海，还在他们家乡的县城里游荡，面对的是一个小发廊的按摩女。那次，卢刚是想老老实实地理个发的，但理完发之后，一个姑娘从里屋走了出来，问他要不要按摩一下，他就改变了原来的想法。他跟在姑娘的后面，来到里面一间昏暗的隔间，然后爬在窄窄的按摩床上。姑娘用手指捏着他的后背，痒痒的，有一刻她还用膝盖压在了他左面的腰眼上问，老板舒服吗？卢刚壮着胆子在她的身上摩挲起来，后来他干脆压在了她的身上，在他把她上衣就要褪去的时候，姑娘却一下把他推开了。

你怎么上来就这样？在城里吃馆子还要先问问价呢？

那时她就像现在的小梅那样半裸着上身向他微笑。当时卢刚真是想干，但最终也没有干成。原因很简单：他兜里的钱只够付按摩费的,要想再干得深入点,就得搭上半个月的生活费;卢刚觉得在他们那个破县城,这些女人也敢要那个价,完全出乎了他的意料。后来走出小发廊的时候,卢刚琢磨过来了:那个女人开始不提钱的事,肯定是想在他最兴起的时候把价格抬高,卖个好价钱,妈的,真是无商不奸。不过,卢刚想想自己也不亏,付了按摩的钱,还搭着在她身上胡乱摸了一通,但再仔细想想还是觉得亏了:没事我他妈的花钱要你按摩干吗?而且那个女的根本不会按摩,刚才还觉得挺舒服的腰,一走出来,就开始隐隐作痛。

看着小梅,卢刚感到自己左半边的腰又开始隐隐作痛。

卢刚大概猜得出小梅是怎样的人,疼痛也提醒卢刚要不要先问问价钱,但他又觉得现在的情景让他无法开口提钱的事。他坐在床边犹犹豫豫,好长一段时间都没有脱完衣服。

你倒是快一点呀,我都有点困了,小梅笑着说。

卢刚脱裤子的时候顺手从裤子口袋里掏出了两百元钱递了过去。

"给你。"

"干吗?"

"拿着吧!"

"李会泉给过了。"说这话时,小梅一下子收敛起了笑容,同时迅速脱光了上衣。

李会泉真他妈的够朋友！卢刚在心里这么想着，感到很不自在。这种不自在的感觉后来一直延续着，卢刚觉得自己之所以那么快就气喘吁吁地结束了他生平第一次真正的战斗，就是因为这种不自在的感觉在作怪。卢刚没有想到，和一个真正的、陌生的女人睡的感觉竟然比一个人干的感觉也好不了多少，他觉得心里乱糟糟、空荡荡的，同时他还想到有这样一个机会自己却没有做好，说来这个年过得真是挺遗憾的。

不过，卢刚后来是有机会来弥补自己的遗憾的，但他没想到一件意外给他带来了更大的遗憾：大年初一的清晨，窗外下起了雪，卢刚醒来的时候就发现自己的身体蜷缩得像一条蛇，紧紧地缠在熟睡中的小梅的身上：床不宽，他的右手从她的脖子下穿过，扣在她右边的乳房上，他的左手从她的肩上绕过去，抓住了她的左乳，那样子就象是一副合身的乳罩；他的腿夹着她的腿，他的脸对着小梅白皙的背。卢刚很冲动，一下子就把小梅翻了过来，小梅很快也有了反应，事情很快就进入了正轨，就在卢刚觉得腰也不痛了，整个人也越来越舒服的时候，他妈的却响起了敲门声！

卢刚用夹杂着气愤和惊慌的嗓音叫了一句，"谁？"

"我。请问一下卢刚在不在？"

是一个男人的声音。小梅紧张地猛然从床上坐起来，她这突如其来的动作一下子几乎把卢刚从狭窄的单人床上掀下去。卢刚挣扎着保持了身体的平衡,他边穿衣服边说:不要紧张。他想,几句话把门外的人给打发了就没事了。

卢刚没想到门外的那个人说他是杨青峰;对方还拿出了苏北小张的字条。

"不是说下午到的吗?"

"我想早点来,就赶了夜车。"他站在门外伸着脑袋向屋里看了一下,然后冲着卢刚干笑了两声说,"打搅了,东西先放在这里,我下去吃早饭。"

第一眼卢刚就看杨青峰有点不顺眼,他在一个最不合适的时候的到来让卢刚的情绪低落到了极点。小梅明显也很不高兴,在杨青峰回来之前,她揉着没睡醒的眼睛走了,走的时候卢刚说要不要送送她,她说用不着,他还想问怎么再跟她联系,她说,找李会泉吧,我们那儿他熟得很。

打搅了。杨青峰过了半个多小时回来时又说了这句话,他嘴里叼着一支烟,还递过来一支烟。卢刚冷冷地说他不会。杨青峰赶紧说那我抽烟你不介意吧?卢刚想你抽都抽了还问我,真他妈的假惺惺的。杨青峰收拾了一下行李,然后说,你忙你的,不要招呼我了,坐了一夜车,我要先睡一觉,下午就出去办点事。

4

从大年初一到初三,连着三天卢刚给李会泉打电话都没找到他,接电话的小夏总是说,他有一笔生意要谈,出去几天,什么时候回来她说不清楚。杨青峰也是早出晚归地忙着,他跟卢刚的话不多,客客气气地保持着距离。卢刚觉得他这个人挺怪的,好像在干什么事怕人知道似的,腰里的手机一响,就连忙拿着它到房间外面去听。卢刚心想,你干什么我压根就没兴趣知道,至于这样吗?初四早上,天刚亮,杨青峰的手机又响了。卢刚还躺在床上,被手机那巨大的动静给弄醒了。杨青峰可能是嫌穿衣出去太麻烦了,就在床上接了电话。他说话的声音很轻,但卢刚还是听见了只言半语。好像是在谈生意,说到钱,还讨价还价,杨青峰说二十五万太少了,怎么也得三十二万吧。后来他似乎有点激动,嗓门大了起来:不是说好的吗?少于三十万不卖!再后来双方好像达成了一致。挂了电话,杨青峰起了床,洗漱一下就出去了。

这几天腰又有点痛,加上没有什么事可以干,卢刚觉得这个年远没有当初想象的好,更让他感觉不好的是:别人都有他们自己的事,好像就只有他一个人无所事事,李会泉突然之间出去谈生意了不说,就连杨青峰这样的人也在忙着几十万的生意。他整个上午都躺在床上，醒醒睡睡、胡思乱想，他把那天和小梅在一起的事情翻过来倒过去想了好多遍，越想越觉得烦躁，越想心里越不痛快。真是没用！如果给他一个重来一次的机会，他一定会干得很出色。

卢刚决定去找小夏，然后再通过她找到小梅。初四下午，卢刚搭上了开往浦东的大桥线公交车，一路上冷冷清清的，车开到杨浦大桥上的时候，刚刚放晴的天又开始下起了小雨。卢刚坐在窗边，看着外面的房屋和街道，突然之间感到在上海这大半年的生活原来是这样的没意思：上班、下班、睡觉、吃饭，就拿着那么一点钱，自己却还感觉挺有奔头的。卢刚也不是没有想过跟着李会泉干，但他总觉得李会泉有很多事情不愿意对他讲，而且说实话，卢刚总觉得李会泉的生意肯定是小打小闹，不成气候。可认识了小梅之后，卢刚感觉自己的这些想法可能都错了；想到那天在外滩小梅说到李会泉的口气，卢刚的心里就又有了一种不知哪里来的不自在。

小夏果然在。卢刚到的时候，她可能正躺在床上看电视，她开门时头发乱乱的，被子没叠，电视里是一个晚会之类的综艺类节目。她开始很惊讶，说小卢你怎么来了？李会泉还没回来呢！

"我不是来找会泉的。"

"那么是来找我的喽？"小夏的笑容让卢刚有点不好意思看。

卢刚一说想打听一下怎么能找到小梅，小夏就用那种让他很不舒服的语气说："怎么了？想不到你还挺念旧的嘛，那天晚上挺好的？"

小夏边说着这些话，边走来走去地整理着凌乱的房间，她叫卢刚坐，说他来得正好，她正觉得一个人挺无聊的呢。说了一会闲话，卢刚忍不住又问了一遍能不能帮他找一下小梅。

"小梅这几天不在，找我不是一样的吗？"

小夏坐在了卢刚的旁边，把手搭在了他的身上，后来卢刚觉得身上的躁热感随着对方靠得越近越发厉害，他没有推开她，他坐在那里没有动，但当小夏伸手脱他的衣服时，他猛然间把她扑倒在了床上。

整个过程就只有十几分钟的时间，虽然腰还是有点痛，但卢刚仍然觉得很痛快，在短暂的时间里，他心里的憋闷好像一下子就发泄完了，他仰面躺在李会泉的床上，看见窗户外面的雨已经变成了雪花，想着自己在短短的几天里竟然和两个原本陌生的女人发生了关系，他却不知为什么突然有一阵子觉得鼻子有点酸酸的。

看着挺斯文的，没想到这么粗暴。小夏不断地拿她的身体蹭着躺在她身边的卢刚,有点没尽兴的意思。卢刚一动不动,只是轻声地说:不要告诉李会泉,也不要告诉小梅。

那天小夏叫卢刚不要回去了。卢刚说,不行。小夏说,不用担心,李会泉今天回不来。那也不行,卢刚说,他那里还有个朋友,要等着他开门——当然这只是个借口,来的第二天,杨青峰就把他的钥匙拿去配了一把,他说这样方便一点,也不会影响卢刚这几天的活动——卢刚坚持要回去,因为一想到李会泉,他心中刚找到的那种平静立刻又会消失,还是回去感觉踏实点。

5

傍晚到宿舍的时候,杨青峰已经回来了,卢刚一推开虚掩着的门,他就特别热情地迎了上来问,晚饭吃了吗?卢刚说,没有。他就高兴地说,走,咱们出去吃。

这个火锅城虽然就在他的宿舍边上,但卢刚从来没来过。杨青峰倒是显得很熟悉的样子,他叫了一个鸳鸯锅底和一桌子的菜,然后往椅子上一靠,用一种如释重负的口气说:这几天给你添了不少麻烦,但因为实在太忙,也没请你吃顿饭,也没什么时间聊聊,现在好了,事情总算办成了。

生意做成了?卢刚就问了这一句,杨青峰就开始了滔滔不绝的倾诉。

我这算什么生意？小卢，我这是在帮一个朋友的忙。他深深地吸了一口烟，然后用了一种特别诚恳的语气接着说，这件事我也不怕告诉你，我有一个朋友在苏北老家下了岗，老婆也没有什么工作，孩子还小。被生活逼得没办法他们七拼八凑地借了一点钱做起了生意。可是也是该他们倒霉，钱赔了不说，孩子还得了重病，没有别的办法，我才来上海找我在医院的一个朋友，看能不能帮上他们的忙。做生意？杨青峰笑着摇了摇头说，你知道我是来做什么生意的吗？卖肾！不到三十万，我就帮他把左肾给卖了，明天我就回去接他来住院，但是要改变生活，对他来说，除此之外又有什么更好更快的办法！

卢刚看得出他有点激动，也许是被事情本身给怔住了，也许是被杨青峰讲述这件事时的情绪感染了，卢刚有点改变了原来的看法，觉得杨青峰这个人其实不错。卢刚用一种同情的语调说，你这个朋友挺惨的。杨青峰点点头说，唉，不提了，喝酒吧！然后他们在那里一边喝酒一边感叹生活的不易，杨青峰说上海那么多的高楼大厦，高楼大厦里有那么多的有钱人，看看他们就觉得在人家那里钱来得也太容易了，自己赚点钱怎么就那么难。卢刚没说什么，但在上海打了大半年的工，他也确实时常有这种抱怨，每当这种时候，他就想他现在在厂里打工到底还有没有意义,但更多的时候他知道抱怨归抱怨,他没有办法改变什么。在他们把菜吃得差不多的时候,杨青峰才又一次提到了他那个朋友,他暧昧地笑着说,其实人有一个肾和两个肾感觉没什么两样,我在医院的那个朋友说,甚至在床上干女人感觉都不会有什么两样。

饭吃到八点多钟,杨青峰的手机响了,他说了几声"好、好的"之类的话,就挂断了电话,然后他对卢刚说,我们走吧。出门的时候,他解释到,一个朋友请我去唱歌,要不一起去吧。卢刚知道对方这是在客气,他觉得大家萍水相逢没必要搞得那么近乎,就说,不去了,我回去也还有点事。

那好,那好,晚上我可能回来得很晚,也可能就不回来了,明天早上我们再告别,杨青峰拍着卢刚的肩膀说,不过能跟你聊聊真是挺好的。看着他穿过马路窜上对面的一辆公交车之后,还向自己摆了摆手,像跟一个很熟的人告别似的,卢刚摇着头笑了笑。

倒在床上,卢刚一直在想杨青峰说的那个人,一只左肾换三十万,卢刚问自己,如果这笔生意落在自己面前,他会不会做?有了三十万,幸福的生活就会向他走来,如果是那样,他春节就可以回家了——还回什么家,他就根本不需要出来打工了,——不过还是上海好,有了三十万,他就来上海做生意，跟李会泉一起干，那时候就不会老是让李会泉照顾他了，想找谁就找睡，用不着连找个女人都要李会泉替他安排，不过，要找女人他也不会找小梅小夏这样的；小梅好是好，但毕竟是干那个的。但是没有了左肾真的不会影响干女人吗？卢刚在记忆里细细地重温了一遍这两天与小梅小夏在一起的经历，如果不影响那就太好了，但是如果影响了他倒是要考虑考虑——考虑什么呀，这件是和我有什么关系，这不过是听来的一个故事，不到实在混不下去了，谁会去卖肾呐。卢刚在那里胡思乱想，在他睡着之前，他记得自己想到的最后一个问题是，小梅呢，他和李会泉这两天干嘛去了，他们两个有没有干过呢？

6

大年初四下半夜，大概两点钟，卢刚被一阵急促的电话铃声吵醒。

谁他妈的这时候还打电话？！妈的，床头还是应该装一部分机。卢刚披上军大衣，哆哆嗦嗦地跑到门口拿起了话筒。

"是卢刚吗？我是杨青峰。你能来一下吗？我在上海就认识你一个人。"杨青峰的语调阴沉，把卢刚吓了一跳。

"怎么了？！"

"我出事了，受了伤，手机没了，身上的钱就只够打这个电话的，你能来接我一下吗？"

"你在哪？到底出了什么事？"

"你来一下吧，回去再慢慢说。你放心，我不会骗你的，我在上海就认识你一个人。"

卢刚当时在脑子里闪过这样的念头：杨青峰在干什么，是不是有什么骗局？但是他说话的语气是那么沮丧，所以当他说，他现在正在靠近五角场的一家叫"海天"的KTV门口之后，卢刚还是决定去跑一趟。

杨青峰真的没有骗他，还没有下出租车，卢刚就看见杨青峰在一栋旧的二层建筑前向他招手：他的额头上有血迹，衣服也被撕破了。上了车，卢刚问他，到底怎么了，要不要先去趟医院？他说了一句"没事，回去再说"，然后就坐在车的后座上，闭着眼仰着头靠在靠背上，一路上，他都保持着这个姿势，再也没说话。

回到房间，杨青峰开始哭泣，一个男人没喝醉酒也能哭成那样，卢刚觉得一定是碰见了特别伤心的事情。

"到底怎么了，你跟我说，看看我能不能帮上忙？"

"我何必呢？何必呢？"他伤心地喃喃自语。

"咱们报警吧。如果你觉得报警不好，那我叫几个朋友，找狗日的算账。"卢刚觉得请过自己一顿饭的杨青峰现在很可怜，胸中突然升起一股英雄气。

"小卢你真够朋友，但我吃饭时还骗了你。"杨青峰抹了一把眼泪轻轻地说。

"你什么意思？"

"我吃饭时接到的电话是一个女人打来的，是我几天前在一家理发店认识的，当时她问我要不要按摩，按摩的时候她又问我要不要那个，我当时觉得这样对不起我老婆就没要，但是后来我又有点后悔了，打电话和她联系了，吃饭时的那个电话就是她给我的回音。谁想到后来会出那样的事，都怪我他妈的意志不坚定。"

卢刚问后来怎么了，杨青峰用双手反复地搓着脸和头发，然后说：

"一个圈套，我他妈的钻进了一个那么明显的圈套，但却无能为力。我按照那个女人说的地址找到了'海天'KTV，在她的带领下走进一件很小的包间，当我刚刚脱去她的裤子还没来得及怎么着的时候，两个男人就突然闯了进来，对我一顿狠打；他们其中一个说，那个女的是她妹妹，说我想干嘛？那个女的这时也开始哭泣，说是我强迫她的。他们就恐吓我要么找警察来，要么赔给他妹妹点钱。我第一次干这种事就遇到这样的情况，心里有点紧张，但我知道这是一个圈套,电视里这样的案子就不止报道过一次,我心想你们少跟我来这一套,叫警察就叫警察,但我有我的难处,我不能被这件事拖住,我没法这么说。最后,他们拿走了我钱包里的几百元钱和一部手机,又打了我几拳扬长而去。"

卢刚端来一盆热水说,有什么事明天再说,你洗洗赶紧睡吧。与此同时,卢刚想那个女人的发廊杨青峰总认识,找李会泉叫几个人一起去,准把他们收拾了,但杨青峰后来的话打消了他的这个计划。

杨青峰说:"小卢,我真不该骗你。"

为了改变一下凝重的气氛,卢刚笑着说:"出去搞女人,是我我也不会明说。"

"我不是说的这件事,我是说,晚上我说的那个卖肾的朋友根本就不存在,但我说的那些事情却是真的——只不过联系卖肾的人是我,那个要卖肾的人也是我!我跟别人都说好了,明天就去住院,今天晚上原本想再好好体验一下那只左肾还在我身体里的那种感觉——平常不觉得身体还有这玩意,但快要失去了还真有点舍不得;我这一辈子,从来没有碰过除我老婆之外的女人,原来我不觉得这有什么不好,但这几天,当我把卖肾的事联系好之后,找一个陌生女人的欲望却异常强烈。"杨青峰开始微笑,语气变得非常平静,"也不知道为什么会这样,其实用不着这么担心的,医生说了,缺少一个肾，不会影响什么，甚至都不会影响在床上干女人。我想，我之所以如此，也许是我的左肾在挥泪向我告别吧。"

后来的几个小时，卢刚躺在床上没有睡，他知道杨青峰肯定也是这样。

第二天，是卢刚把杨青峰送进手术室的。手术是以无偿捐赠的名义进行的，因为据说明目张胆地买卖人体器官是违法的，在此之前，卢刚看见一群人把一个箱子交给了杨青峰。卢刚看见医生还有那个需要左肾的病人的家属都用异样的眼光看着他，他不知道他们在想什么，也许他们把他当成了卖肾者的兄弟或是朋友：医生好像在埋怨他为什么会让自己的兄弟或朋友作出这样的选择，病人家属好像在骂他们这些外地人竟然开了这么高的价格。手术进行时，卢刚想，在这个新年里，最后陪在杨青峰身边的竟然是他这个才认识几天的人。杨青峰没说，但卢刚猜想他八成是瞒着妻子和孩子来上海的，想到冰凉的手术刀从他腰部慢慢地割下去，卢刚觉得自己的腰好像又开始痛了起来。

手术室的门打开了，医生对着一群病人家属说，手术是成功的，病人的身体没有什么"排异"反应，有那么十几天的时间观察，如果一切正常，那就说明移植手术成功了。卢刚问，杨青峰的情况怎么样？他能怎么样，一切正常，快的话一个星期之内就可以出院,从此快乐地生活了。

杨青峰在医院里恢复的那几天,卢刚有时会去看看他,后来厂里开始上班了,他去的次数才少一点。元宵节的时候,他还和苏北小张一起去看过他一次,还带了煮好的元宵。杨青峰对卢刚说,他以前没有告诉小张事情的真相,只是说想来上海做点生意,现在请他也不要说。卢刚答应了。所以小张问起他们相处的这段时间怎么样时,卢刚说,杨青峰人是好人,就是身体太差了,比他还怕冷,天冷一点就生病了。小张开玩笑地说,没想到他比你还肾亏。

卢刚没想到把杨青峰送上了火车的那天,杨青峰的情绪会那么激动,他紧紧地和卢刚拥抱,像是和兄弟的生离死别。他掏出一个信封交给卢刚,说,这个你一定要收下,不为别的,就为在上海还交了你这个朋友。卢刚坚决没有收下,他知道那里面的是什么,知道它们从何而来,他知道如果收下了,他腰痛的毛病肯定会加重。车要开的时候,杨青峰像个女人一样无声无息地流下了泪水,看着他流泪的样子,卢刚感到自己胸中有一股气难以蹿出来,憋得难受。杨青峰从窗子里向卢刚摆手告别,这让卢刚想起了那天从火锅城出来杨青峰在公交车上向他摆手告别的情景。如果时间能够回到那天晚上,事情又会怎样?卢刚不知道。他笑着摆手,在心里默默地说,走吧,从此快乐地生活!

7

对于在自己生活中短暂出现的人和事,卢刚有自己记忆和忘却的选择:比如说,杨青峰他想很快忘掉,小梅他却时常想起。

李会泉好像很忙的样子,从春节到现在,卢刚就和他通过几次电话,面一次也没有见过,有几次卢刚在电话里暗示想过去玩玩,他都说下次吧。卢刚问怎么能找到小梅,李会泉说连他也有一阵没看见她了。

其实卢刚也知道,即便再和小梅见面,也不能给他带来什么新的东西。工作紧的时候,他其实是没什么时间胡思乱想的,只不过这段时间厂里的效益不好,别人都在传说外商要撤资,像他们这样打工的都得另谋出路;没什么活干而卢刚又不愿去想今后该怎么办的时候,他才特别想和那个与他在大年三十晚上有过一次不成功交欢的女人再见一面。他想跳过李会泉,但是他又不得不先找到他。

"我想离开厂子,又不知要去什么地方,要不我跟你干?"在一次通电话时,卢刚就这么直接地问李会泉。

"你想好了?我可跟你说过,到实在混不下去了,再来找我。"

"想好了。"

"好,那你现在过来,我请你喝酒,我们聊聊。"

后来的事,完全出乎了卢刚的意料。他坐在李会泉的对面,喝着他倒过来的酒,听着他讲述跟着他要干点什么,他简直不相信自己的耳朵。

"这一年,你们都是这么干的?"

"光这么干可不行,有时候,我也干点别的,比如到小区搞点现金、首饰之类的东西。怎么了,怕了?可是不干这些,你说我能干点什么,像以前一样在厂里天天干满十小时,一个月才挣五六百块钱,还被别人看不起,说你是乡下人,命贱?"

"你就不怕出事?"

"怕,怎么不怕?我想好了,再干几个大的,我就离开上海,离开他们去南方,正正当当地做点生意。你要是来,我们一起干,然后一起走,还有小梅小夏,你不是一直都想着小梅吗?当然你不干我也不会勉强你,原先我是把你当兄弟才没拉你下水,现在我也是把你当兄弟才告诉你,但是如果你说出去的话,可别怪我不讲兄弟情面。"

卢刚一口气喝下了一杯酒,好像想起了什么。

"我问你,你们大年初四夜里有没有在'海天'KTV干过那样的事?"

"干过。你怎么会知道？"李会泉有点惊讶，但他的眼里还是充满了卢刚厌倦了的那种好像安排着一切、控制着一切的优越感。

"去你妈的！"卢刚使劲把酒瓶扔在地上，酒和碎玻璃落满了房间的每一个角落，"你知道你们抢的那个人是干什么的吗？他第二天卖了自己的左肾，拿着卖肾的钱回家给孩子治病，这种人你们也抢？"

李会泉已经站起来了，但卢刚把话说完他又坐下了。卢刚不说话，李会泉也不说话。

"都一样，我们和他都一样。都是实在混不下去了，但又不愿窝窝囊囊活下去的人。他卖的是肾，我们他妈的卖的是命！"过了好一会儿，李会泉才压低嗓子恨恨地说。

"那天和你一块干的那个女的是不是小梅？"又过了一会儿，卢刚问。

"是。"李会泉说是。

"她现在在哪里，我操她！"

8

卢刚确定自己是不会跟着李会泉干的，但他不敢确定，如果没有小梅，如果没有杨青峰，他的想法还会不会这么坚定。在后来的两三个月里，他被厂里辞退了下来，没有地方住，他通过管厂里宿舍的上海阿姨在很偏远的城乡结合部租了一间小房；没有工作，他就常常去找，同时打着收入低下又苦又累的零工。虽然很节省，但钱还是花得很快，卢刚知道再有一两个月如果还没什么起色的话，他就必须得回去了。但他不甘心，他反复对自己说，他也是一个不愿窝窝囊囊活下去的人，而且，卢刚还时常想起小梅；想到那一夜的快乐和缺憾，他不甘心。卢刚老是想再去找小梅，在他十分沮丧而事情又没有丝毫进展的时候，卢刚对自己说，如果能让他和小梅再好好地干一次，他就回去，不再在这里苦苦支撑了。

卢刚怎么也没想到，有一天敲开他的房门的人竟然是小梅。她一个人，手里提着个大包，她说她到厂里找过他，管房的阿姨说他在这里。卢刚问，怎么了？她哭着说，出事了，李会泉逃到南方去了，小夏也没有了影子，她一个人哪里也去不了，现在，除了他，她在上海再也没有第二个可以信任的人。

那天夜里，好像是个月圆之夜，卢刚完成了自己的心愿。虽然天还没有热起来，但在小梅的身上，卢刚光着身子也还是汗流浃背：第一次和小梅做爱时的所有新鲜和快乐都重现了，所有和小梅第一次做爱时的紧张和不适统统不见了，在那种快乐里，卢刚甚至感到了那天在小夏的床上感到的发泄和酸楚，感到了看着杨青峰离开时的悲壮，感到了在李会泉面前砸烂酒瓶时的决绝。他感到胸中的一股英雄气一直向上升腾，在达到最高点的时候，他大叫了一声"我操！"那股气就和他的体液分别从他的身体的上方和下方喷薄而出。

那天晚上，卢刚的腰没有痛，这反倒让他有点不适应——他不知道自己的肾到底在什么部位，是不是一直完好无损地在那儿，他总是告诉自己他的肾肯定在那儿，因为那里时常会发出疼痛——但现在在最需要证明它存在的时候，它却一点也不痛了。卢刚觉得有时候那玩意真像是我们自己那么不可思议。

"弄到这个地步，我们今后该怎么办是好啊？"小梅躺在卢刚的臂弯里喃喃地说。卢刚的双手像一副合身的乳罩一样扣在她的乳房上。

"你还记得那天晚上想和你干的那个男人吗？你知道他第二天干了什么吗？"卢刚微笑着在小梅的耳边说，声音不大但很有力，"他从他的身上取下了他的左肾，从此他和他的家庭过上了幸福快乐的生活。"

寻找李眉

1

傅平记得他先有了左手无名指上的伤口，然后才有了这次从山城到海城的长途旅行。现在，他斜倚在卧铺车厢上铺狭小的空间里，反复问自己这样的问题：就这么一走了之，是不是太过于冲动了？开始他似乎生出过一丝悔意，后来车窗外经过不知名的城市灯火射进来，傅平看见自己隐隐作痛的伤口，重又坚定了离开的决心。

傅平清楚地记得，那天，隔着窗子，他明明看见罗蕾的身影就落在她卧房半掩着的门上，可是任由他如何叫门，她就是不来开门。开始傅平还以为这是玩笑，最多不过是因为前一天的不愉快而进行的报复演习，他还假装大叫着说，我走了，然后躲在楼道的拐角处点上烟，等着以退为进，等着门打开时突然冲上去把罗蕾抱起来，像从前那样让一切烟消云散。

一支烟的工夫，门开了，但伸出头来的不是罗蕾，而是张千帆那小子。看着他探头探脑、鬼鬼祟祟的样子，傅平一下子意识到事情的严重性。张千帆算得上是傅平的朋友，朋友怎么能干出这样的事呢？傅平脑子里在那一刻就只有这种念头，他猛然间冲了出去，在张千帆还来不及反应之前，已站到了他的面前。傅平看得出对方眼中的惊慌，这使他取得了一种奇怪的心理优势。

"没想到你在这儿，早知道叫你开门了。"

"罗蕾心情不好，我来陪她聊聊天。"边说张千帆还边露出看不出内容的笑，"刚才我真的想来开门的，可罗蕾不让。"

"心情不好，我怎么不知道啊？罗蕾心情好不好，你怎么比我还清楚。我要是不来，你们的心情不会不好吧。"

"你不要误会，事情不是你想的那样。"

"我误会，我怎么会误会你这样的朋友。"傅平边笑边生出一丝恶意的冲动。

张千帆的脸色有些发青，停了一会他说："你自己闹出的事，你还来怨我！"

这话让傅平有些糊涂，他正要问个究竟，罗蕾却从门后闪出来，向张千帆轻声说道："你先回去吧，谢谢。"他顺从地点点头，转过身缓缓地走开了，走之前他留下了一句话——"心平气和地谈。"——他先看了看罗蕾,又看了看傅平,也不知是说给谁听的。

看着女友和另一个男人这么默契地交谈,傅平觉得自己就像双层的愤怒中夹了一层疑惑的汉堡包一样放在那儿,冒着傻气。罗蕾见张千帆走远后,也不理傅平,一个人又走回了屋,这次她身后的门没关上。

"解释一下吧。"傅平稳定了一下情绪,对背对着他的罗蕾说。

"这正是我想让你做的,"她的语调很高,"你说你怎么能这样?"

"我怎么了,我怎么了。"边这么说傅平边暗自忖度,到底罗蕾知道了什么。

"这封信从何而来,李眉为什么用这种语气给你写信。"

这下傅平更加糊涂了,什么信,什么李眉?罗蕾把一封信扔给他,说,自己看吧。

亲爱的傅平:

请原谅我的不辞而别。刚离开你的几天,我感觉像是过了好几年。自从离开山城的那一天起,我就无时无刻不在想念着你。想到这半年属于我们的美好时光,想到那一个个令人兴奋不已的夜晚,我就会问自己,离开山城离开你，是否是一个错误。

　　但我必须得走。其实，我知道除我之外，还有另一个女人的存在，或许早于我，或许晚一些。我相信，你没有告诉我自有你的道理，所以我没问过你，我现在提出这件事，也没有别的意思，只是把原来当面不好说的事情说出来，我觉得，既然我知道，我就有义务让你知道我知道。不辞而别，肯定给你带来了不快，但请相信，我的离开与此事无关。

　　我在海城很孤独，但这里的孤独很独特，像毒品一样让人一沾上就会沉迷。我还没有找到工作，实际上我并未真正去找，我打算在有工作之前，依旧以卖画为生。这里的人好像比山城的人爱画，昨天我竟画了二十几幅肖像素描。对了，你爱画么，相处半年了，也没问过你，也没给你画一张。不过，你的样子，你每一块肌肉、每一寸骨骼都清晰地映在我的脑海里，就是现在画，我想我也画得出，只是不知道你爱画么。

　　你会来海城吗？你来，我们又会有好时光。

爱你的李眉

　　"这封信是从哪里冒出来的？"傅平读这些文字的时候，一度也生出一丝真实的幻想，但读完之后他立刻缓过神来，

"一定是谁开的玩笑,一个恶作剧。"

"就为了这个?"

"这还不够吗?"

"这不是真的,我不认识这个叫李眉的女人,而且,可能根本就没这个人。你也不想想,为什么它会在你手里,而不在我这呢?"

"这是我在你昨天丢在我这里的脏衬衫口袋里发现的,信已拆了封。而在此之前之后,只有你来过我这儿,总不可能是我搞的阴谋吧。"罗蕾转过身,脸色发白。

傅平一时无言以对。他慢慢地坐在床的另一头,想了好一会儿也没想出个所以然来。"反正与我无关,这里面肯定有什么地方搞错了,但我们不知道。"

"你要给出一个可以证明你无辜的证据,否则,我没法相信你。"罗蕾站起来说,"现在,你走吧。"

傅平还想解释几句,但罗蕾竟不由分说地把他往门外推,这让他有些愤怒,"张千帆是怎么回事?"傅平一手扶着门框,故意用这句问话激怒对方,来发泄自己的愤怒。

"无聊!"

在门被罗蕾用力带上的时候,傅平"哇"地大叫了一声,他从门的夹缝里抽出手来,然后就看见自己左手无名指的根部有血流出来。

2

车窗外正下着雨,不知海城的台风过去了没有。旭阳路496号,傅平想,到了海城他按着信封上这个不知是真是假的地址,能否找得到那个叫李眉的女人。他们又会在怎样的情景中见面、交谈呢?本来,如果单凭一封来历不明的信,傅平肯定不会相信她的存在,更不会跑到陌生的城市来寻找陌生的人,但事情的微妙之处在于:就在傅平那晚从罗蕾家郁郁离开之后,他就在自己的住处收到了另一封寄自海城的信。信的内容让他更为疑惑和惊讶。

亲爱的傅平:

等不及你的回信,我就又有了给你写信的冲动。在一起的时候不觉得,现在离开了,我才感到我对你的依恋。

海城这两天有台风,我整天缩在一间老房子的阁楼里;屋顶有些漏,就像我的回忆。没有别的事可以做,只能画画,没有别的人可以画,我就开始画你。起初我以为这会很简单,但拿起笔我才发现,最为熟悉的人在隔开不久之后会在某一刻突然变得陌生,你的相貌在我想把它画出来时，在我的脑海里模糊了。我无法解释，我真想立刻见到你，用双手仔细地抚过你的面庞，然后画下它。

想起来了，我给你去信你不会介意吧，你也许正一心一意地对待一个女人，不想受到打扰，但我没有别的办法。如果你不介意，请给我回信，如果你介意，来一趟海城吧，我给你画一幅画作为结局。

昨天我在削画笔的时候，不小心割伤了手指，虽然是右手，但只伤了无名指。天气好了，我还要出去画画呢，伤了手可不好。

你能来海城吗？我希望你来吗？但愿你的回答比我的确定。

爱你的李眉

傅平读完这封信时，对有关这些信是阴谋或恶作剧的看法有了一丝动摇。这倒不是因为信的外在特征如何真实，傅平知道这些信从山城寄到海城再由人寄回来也并非没有可能。动摇的主要原因在于：两封信的文字背后，傅平似乎看见了一个活生生的人。他一时间忘了刚才在罗蕾那的不快，陷入对两封信的沉思中。也许，李眉是真实的，只是她寄错了地址，而还有另外一个叫傅平的人，但是，为什么她竟能把给另外一个傅平的信这么巧地寄到也叫傅平的人的手里呢？她的手指为何伤得如此蹊跷？而且，第一封信又是谁撕开的呢？他有些想不清楚，如果不是自己，那是不是说，有可能是罗蕾呢？怎么又回到了阴谋的老路上了，傅平觉得也不大可能，就没有再沿此思路想下去。

就在傅平还在犹豫要不要写回信的时候，李眉的第三封信又来了，这是四天以后。可以说，正是这封信，最后促成了傅平的海城之行。信的内容很简单：一幅肖像画。傅平打开折成四折的信纸，发现不是文字而是画时，一下子愣住了。他又对着镜子端详了好久，才确信画的真的是他。傅平还注意到画的背面写着一行小字：

> 四天的时间画出这幅画，太漫长了。停笔等待的时间太漫长了。记忆太漫长了。

3

傅平到达海城的时间是正午，阳光很好，道路上看不出台风肆虐的痕迹。从车站出来的路上，不断有兜售地图的小贩操着他听不懂的本地语向他涌来，渲染了傅平在偌大一个城市中走失的可能性，他想地图对于寻找反正是必要的，就买了一张。但当他想把地图展开时，地图之大着实令他惊讶了一番。开始他以为两手抓住地图的两侧就可以让城市平面完整地呈现在他眼前，但事实上这样做了，他还看不全海城的三分之一。手忙脚乱地翻弄地图，使傅平在人潮汹涌的海城街头显露了外乡人的身份，有人投来异样的目光，尴尬之中，傅平有些后悔：来海城之前就应该先给那个叫李眉的人回信，叫她把如何找到她的方法和路线写明。可转念一想，他又觉得那样做是可笑而又毫无必要的。首先李眉存不存在还是一个问题，其次即便她存在，寻找李眉也仅仅是他傅平一个人的事情，如果有了李眉的加入，这件事对他的吸引力也就下降了。想到这里，傅平索性把地图平铺在了路边的空地上，跪了上去。海城人对他的行为很好奇，甚至还有人驻足旁观。经过十几分钟，傅平终于在靠近市郊的地方找到了那条名叫旭阳的路。后来一个闻风而来疏散交通的警察，问明了情况后热情地告诉他该如何乘车去。

花了两个多小时，换了三趟车后，傅平在旭阳路496号的木门上敲了两下。傅平注意到，这是一幢两层的带有阁楼的老式房子，和李眉信里无意透漏出来的一些信息颇为吻合。他想也许就这么找到了李眉，就这么可以解开困扰自己多日的疑惑，可以回去向罗蕾解释了。没人应门，傅平又敲了两下，这次他先听到女式皮鞋敲击地板的声响，接着听到年轻女子的声音问:"谁呀?"

"我找李眉。"

打开门的是一个很年轻的姑娘,她上下打量了傅平一番后问:"你找谁?!"

"李眉。一个叫李眉的年轻女子。"傅平真希望面前的女子接下去说她就是李眉,然后问他点什么。但他看着对方若无其事的表情,觉得事情不会这么简单。况且他还注意到了她的右手无名指上并没有伤口。

"你是谁?"

"我叫傅平,从山城来。"

年轻姑娘回过头去,冲着卧室喊了一句:"没事儿,你出来吧!我说没事,瞧把你吓得那样儿!"一个小伙子从里屋走出来,故作镇定的表情让傅平厌倦。

"前些日子,这里住过一个画画的女人,就在上面的阁楼。几天前她突然说要另找住处,就搬走了,连预付的一个月房租都没找我要。我不知道她是不是叫李眉,但她走时,在房间里留下了一封信,说给一个叫傅平的人,就是你吧?"

"那她搬去哪儿了,你知道吗?"

"我怎么知道?"她突然又转过头去,"你还不去把那封信拿来,站在那儿,一会我爸妈就回来了,还想不想接着玩啦！"

在小伙子回身进去时，傅平问不耐烦的姑娘李眉是怎样一个人，姑娘说你怎么问我？傅平说我们是笔友，没见过面。姑娘恍然大悟地"哦"了一声说，她画画你总是知道的吧，她还给我爸我妈我外公我朋友和我都画过，画得怎么样我不知道，不过总比照片有意思。她的外貌很难形容，不高不矮，不胖不瘦，算不上漂亮但人很白，长发，细眼睛。傅平问还有什么，她说，还有，还有，对了，她右手无名指上有明显的伤疤，她说是在她给她画画时发现的。

傅平接过李眉留下的信时，姑娘和小伙子都露出一丝微笑。傅平认得出李眉的笔迹，知道这确实是出自她之手。信封得很严实，看来比他预想的好，没人拆过。

木门关上后，傅平就在走廊里读完了信。

亲爱的傅平：

　　如果你能看到这封信，我必须在信的开头就预先表达我的惊喜，看来我对你的判断是正确的。这让我确信在这个城市的奔波中时常感到的欣慰是真实的，并非出自我自己的想象。你一直没有回信，我就知道你会来，但我又害怕再见到你，怕你的到来是我们这个故事的结局。

我画的你，你喜欢么？其实，上一封信一寄出去我就后悔了。我猜想我离开山城之后你一直就过着幸福的生活，如果我的画你不喜欢，那我就干了件适得其反的事，如果你喜欢它，那你就可能不自觉地回忆起我们的往事，这会给你的幸福生活带来隐患。我的理智告诉我，我应该等你来，然后好好谈一谈，但我做不到。原谅我让你空跑了一趟，也许这种告别方式对双方来说，伤害最小。

请不要再在海城找我，在这么大的城市寻找一个可以成为陌路的人，疲劳而又没有什么意义。再见。

爱你的李眉

傅平站在那里，抽完了一支烟，然后重新叩开了木门。姑娘问你怎么还在这？傅平说，那间阁楼还空着吗？他想租。姑娘犹豫了一下说，得问问她父母，不过价钱高的话，她也可以作主。姑娘又问，你要租多长时间？傅平说，一个月应该够了。

4

李眉住过的房间狭小、阴暗，地板上有一些油彩的痕迹。傅平躺在床上，思考着几天前还睡在这同一张床上的该是怎样的一个女人，有时他甚至想到如果真的与她这样的流浪艺术家恋爱会是什么样子。当然，他想得更多的是在海城的下一步寻找行动。

傅平从房东小姐的口中得知，地铁广场是李眉这类人常去的地方。之后的几天，他早出晚归，每天都在那里守满八小时。他也曾碰到过两三个给人画素描的人，但都是男的。他向他们打听是否有一个年轻姑娘来过这里和他们干同样的事情，他们都说没见过。傅平又问如果想找李眉这样的人还可以去哪？酒吧，特别是文化一条街的酒吧，有一次一个美术学院的落榜生给他指点了迷津。

海城的文化一条街明显带有几十年前的气息，酒吧、书店、名人故居、专业博物馆等文化场所鳞次栉比，透露出幽雅闲适的格调。傅平尽量学着文化人的口气向每一家酒吧的服务生询问，他们不卑不亢的回答帮了大忙，傅平最后确定了五家有年轻姑娘来画过画的作为等待李眉的场所。做完了这些事，他去邮局取了些钱，还给山城拨去了他来海城之后的第一个电话。

罗蕾家的电话开始一直占线，拨到第三次时终于通了，但好久也没人来接，傅平觉得不可能没人，就放下电话，拿起来又拨了一遍。这一次响到第六声时，一个男人的声音从山城传到了傅平的耳朵里，他立刻就听出是张千帆那小子，鬼鬼祟祟的。傅平没作声，当对方不耐烦地又问了一遍"你找谁"时，傅平大声说了一句"我找李眉！"就撂下电话走开了。

傅平现在把每天的时间先等分成两份，从晚上十点到第二天上午十点，赶路、睡觉；余下的十二小时再分成不规则的五份，用于泡在不同的酒吧里。为此他还特地买了几本有关文学艺术的书，主要为了掩人耳目，顺带着也能打发大多数无聊的等待时光。有好几次，傅平遇到了主动走上来和他攀谈的陌生女子，这总是给他带来希望，却很快又让他以失望告终。她们常以"先生一个人，可以请我喝杯酒"之类的话开始，聊不到几句，她们见没法从无动于衷、心存旁物的傅平那里得到她们想要的，就起身离开了。傅平不知李眉是否来过文化一条街，还会不会来，也不知道在别人眼里，她会被看成什么样的女人。

傅平第一次真正的机会出现在这种生活开始的第三天。那天他刚从一家酒吧转移到另一家，时间大概是下午两点多钟，那时他正喝着啤酒盯着离他不远的桌子上的一对男女。他们好像在讨论什么话题，男的时不时地做出在解释什么的手势，女的时而微笑着点头时而陷入沉思，很投入的样子。这时，傅平看见一个年轻的女子靠近了他们，向他们询问了什么，男的摆了摆手，露出被人打扰了兴致的不耐烦来，姑娘欠了欠身，转身想要离开。傅平这时发现她背的是画夹，就立刻站起来向她举手，姑娘很快发现了他，微笑着向这边走了过来，好像走近早已约好相见的朋友。傅平在她走来的过程中尽力观察她的相貌，姑娘的美丽有点炫目，这让他很不安，但没有看见她的右手，傅平觉得还有一丝希望。姑娘问，先生是不是想画张肖像，傅平说，是的。姑娘又问，画正面还是侧面，傅平告诉她要正面。姑娘在取下画夹拿出画笔的过程中说了价钱，傅平只顾注意对方的右手，心不在焉地说，可以。令傅平感到奇怪的是，他总也看不清她的右手无名指，好像对方知道他要的是什么而故意躲着似的。后来，漂亮姑娘让他的眼睛看着她的眼睛，开始画了起来。画夹斜支在她的腿上，那只让傅平牵肠挂肚的右手在画夹后面忙碌着，像一个活物，摆脱了傅平猎人一样的目光。姑娘画得很快，画的过程中她除了叫他调整姿势之外，没说过一句话。傅平猜想他们这样的人大概工作时不想受到打扰，就耐着性子想有什么话等画完再说吧。二十几分钟后，姑娘把画递给了傅平，用的是左手。她问，先生满意吗？傅平看了一眼，用了酒吧里常听到的口气说了一句早就想说的话："请问小姐芳名，我想知道是谁给我画了幅这么好的画。"对方露出矜持的笑容，这让傅平觉得自己好像暴露了用心。姑娘说她有一个原则，不想和顾客发生除生意之外的任何关系，请他原谅她不能说出自己的姓名。傅平说，你误会了，我在寻找一个像你这样的叫李眉的姑娘，我没见过她，但她给我画过一张画。说着他试探性地拿出了那张画。姑娘伸出右手接过去，傅平好像没有看见无名指上有伤痕。她赞叹这张画的水平很高，说你有这样的肖像画本可以不用再要我的画。傅平笑着摇了摇头。后来姑娘主动地说，除了在这些酒吧里，你还可以去美术学院周围的画廊找找，李眉也许会去那里推销她的画，姑娘说，凭这张画的水平她的作品出现在画廊里也不足为奇。姑娘还热心地要去了傅平的地址，说她常来这一片，可以帮他留心一下，有消息好通知他。姑娘告别时，怎么也不愿意要钱，傅平再三坚持，她才收下了。她接钱用的是右手，这一次傅平确信她的无名指上没有伤痕。

5

海城在傅平去美术学院的那天下了他来之后的第一场雨，雨量中到大。一路挤车跋涉，让他的衣服湿了大半，裤脚溅满泥浆。原本这样的天气，待在酒吧里会很惬意，但想到李眉这样的天气不会出来画画，傅平决定与其白白浪费一天，还不如去画廊碰碰运气，也许，李眉有画在那里代售，这样他就有可能从画廊老板嘴里知道该如何找到她。

傅平在美术学院后门的那条路上，挨个拜访了每一家画廊。在一些装潢得极富艺术气息的画廊里，傅平觉得对艺术所知甚少就像是一张标签，贴在他的脑门上，一些衣着没有一丝雨天痕迹的人在他身边走动，这更增加了他的不自在。在这一类画廊，他问有没有一个叫李眉的年轻女子来送过画，看不出是老板还是伙计的人总是没有任何表情地回答他，没有，同时请他小心，不要弄湿画和地板。傅平想象着李眉从这里走过，拿出自己的画时，是不是遇到了同样的情景。在他十分沮丧又快走到路的尽头的时候，他从一个小画廊的老板那儿，得到了肯定的回答。

老板是一个中年男子，在傅平说出自己的姓名后，他说十几天之前，有一个叫李眉的姑娘来这里给他看了她的画，他说他其实不大懂画，但觉得不错，就留下了两幅代售。两天以前，姑娘突然跑来取走了画，还交给他一封信，请他转交给一个来此找她的叫傅平的人。中年男子拿出信时，微笑着说："她是一个不错的姑娘，我为她转交信件，她还给我画了一张肖像，"他指指墙上一幅已裱好的画，"现在我做完了我该做的，对得起这幅画了。"

李眉是一个女巫，有着神奇的预言能力，傅平觉得自己就像一个孩子,被她牵着去猜一个意义重大的谜语,深陷其中却无法找到答案。但转念一想,傅平又很难相信现实生活中有谁有如此魔力,他又一次开始怀疑李眉这个人的存在,又开始觉得事情愈来愈像是一个陷阱。他是在这种情绪下打开信的。

亲爱的傅平:

请原谅我没有履行我上一封信许下的诺言,没有真正的告别。但我知道你肯定还在找我,一想到在这个城市中有人持续不断地在寻找自己,我就没法控制情绪,我真想被你找到,真想像在山城一样与你共度美好时光。然而我只能这样与你交谈,我了解自己,我知道相见意味着什么。

回山城去吧!那里有你的爱人和生活。和一个沉溺于流浪和画画的人在一起,你无法享受爱情全部的快乐,尽管这可能让你感到新鲜、刺激。我想我是了解你的,只是有一点我不确定,你喜欢画么?你了解我什么,能和你长相厮守的人才适合你,这一点我做不到,请不要再在海城找我了,想象和好奇的力量太大,陷入其中是一件很麻烦的事,你看我是不是陷得太深了?我自己真的说不清楚。

回山城去吧!别再在海城寻找李眉了。

希望这一次能真的告别,我写下这封信时,好像已没有前几次痛苦了,我想如果你也是这样就好了。再见。

爱你的李眉

看完了信,傅平为什么想到的第一件事就是给罗蕾打电话,他自己也说不清楚。电话响了很久也没人接,但在那一刻,傅平打通电话的愿望十分强烈,他挂上又拿起重拨了一遍,如此反复多次,终于在第六遍的铃声响了七次之后,一个急促的男声出现了,对此傅平好像并不意外。

"罗蕾在吗?"

"傅平吧!你在海城吧!昨天的电话是你打的吧!"

"罗蕾不在?"

"她昨天连夜去海城找你了,我说陪她一起去,她让我留在这里,说你还有可能打电话来。她还说她记得李眉信上的地址,如果你打电话来就叫你在那儿等她。她说有什么事见面再谈,你一定要等她来。"后来当张千帆还想说些什么的时候,傅平挂上了电话。

6

回到住处,已是晚上七八点钟了,跑了一天,傅平觉得肩上的画夹有些沉重。在傅平开门时,房东小姐与他撞在了一起。她穿着睡裙,还故意用身体蹭了蹭傅平的肩膀,一副风情万种的样子。傅平发现小伙子没来,她父母也不在,姑娘明显喝了酒,显出醉态。傅平把她扶回她自己的房间,让她躺下。她反复说着一个人的名字,傅平猜想是那个小伙子。她喃喃地叫他不要离开她,后来她开始哭泣,泪水沾湿了床单。在一瞬间傅平生出了怜意,他轻轻地抚摸着她的面颊,等她安静地睡去后,才回到阁楼上。

罗蕾就要来了,还是已经来了?应该在这里等她,还是该连夜搬走?傅平辗转着难以入睡,罗蕾到来的消息让他异常紧张,他尽力把这段时间发生的事重新梳理了一边,但很多地方他还是想不通,也没法在它们之间找到一些必然的联系。李眉是谁?最大的问题是他自己怎么又从山城来到了海城——那个常常若隐若现的李眉到底是谁?除此之外,傅平还多出了其他的疑问来,比如,罗蕾与这件事有什么关系,张千帆又是干什么的,自己在海城遇到的那些人又是什么角色呢?他们想让他干什么?傅平这几天是带着满脑子的疑问进入梦乡的,这使他睡得不沉又没法轻易醒来。他不知道罗蕾到底哪一天会来，真希望第二天醒来，罗蕾就坐在他的床边，给他解释整个事情的原委。

7

傅平打开那扇木门，看见罗蕾站在门口向他微笑，然后在很短的时间里，她哭出了声，边哭她边轻声地说："傅平我总算找到你了。我跑遍了大半个海城，现在在另一个城市，总算找到你了。"

当他们在阁楼上面对面坐定之后，罗蕾有一些埋怨地问傅平，为什么不辞而别，离开海城来山城流浪，为什么不给她打电话，为什么这么长时间之后才给她寄去那封信？傅平说，好多次了，他都想给她去信，有几次都写好了又被他撕掉了。他也给她打过两次电话，一次没人，另一次是一个男人的声音，于是他没有出声就挂了。罗蕾听了就说傅平你真傻。罗蕾还说，其实她多少知道傅平离开的原因，傅平微笑着叫她说说看。

"因为猜忌和嫉妒呗。"罗蕾做了一个调皮的表情继续说，"那次你在我那里遇见张千帆，是他来告诉我他交了个女朋友，让我给他看看。我跟你说过，你不信，现在他们都要结婚了，你总该信了吧！"

傅平说："你讲的不完全对，还有一些我自己都说不明白的原因。"

两人在这时都有一些沉默。后来罗蕾用一种怜惜的口气说，傅平你瘦了，这段时间生活很苦吧。傅平说也没有，他在山城里游荡，去了好些美丽的地方，虽然没有很大的广场，没有海城那么多的酒吧和画廊，但在这里他还是干得很愉快，只是，傅平说只是看不见她，他的精神状态常常陷入矛盾和焦虑中，有时还能作出一些让人不安和烦躁的梦来；梦中的场景既如此真实又那么难以解释，他常在醒来之后冥思苦想，也想不出个所以然来。傅平还说，就在昨天晚上他甚至还想搬走，让她找不到他呢，现在看来幸亏没那么做，不然他准会后悔。罗蕾后来谈到画，说他给她画的那张画真好，虽然她不太懂画，但她看得出它的与众不同。傅平说，其实，当他一寄出那封写有他的地址的信后就后悔了，他知道有了它，罗蕾会直接来找他的。罗蕾说，现在不是很好吗？

罗蕾躺在傅平臂弯里的时候说，跟我一起回海城吧。她感到傅平点了点头，于是罗蕾伸出右手与傅平的左手五指交错地握在了一起。傅平问，你的无名指怎么了，罗蕾说是被山城的出租车门夹了一下。罗蕾又问，你的呢？傅平说是前两天削画笔时不小心弄伤的。

"这个星期内出发,我们还能赶上张千帆那小子的婚礼呢,看见他们往彼此的无名指上戴上白金指环,你说,你会想到我们今后的快乐时光吗?"罗蕾在那若有所思。

傅平后来不经意地问起新娘的情况,罗蕾说就是我以前跟你提过的一个叫李眉的姑娘,她和你一样,还是个画画的呢。

玻璃

早晨七点钟，闹铃响了。

我睁开眼，环顾了一下房间四壁，一种幸福感充满了我的内心。我翻了一个身，看见窗子的玻璃上有朝阳的影子。太好了，这个星期天是个好天，选择今天去拍照看来是选对了。

李眉应该起床了吧？昨天她还说，想到第二天就要拍婚纱照，兴奋得难以入睡呢。我拿起电话，拨了李眉家的号码。是她妈妈接的电话，她说，你起来啦？李眉早上很早也就起来了，现在正在卫生间呢。她又问，准备得怎么样了？我说，房子的厨卫和木工活都做好了，接下来就等着油漆了。李眉她妈用一种关切的口气说，这段时间，房子装修李眉没出什么力，辛苦你了。我说，没什么辛苦的，这是应该的。然后我听见李眉她妈放下电话，喊了李眉一句，李眉好像有点不耐烦地叫了一声"上卫生间也催"之类的话。李眉她妈重又回到电话旁，我赶紧说，让李眉不要急，我一会儿出门打的过来接她。李眉她妈问，你们跟人家约的是几点？九点，不会迟的，我又说了几句客套话，然后挂了电话。

从李眉家出来，是八点一刻。出租车司机问我们去哪，李眉有点得意地说：巴黎婚纱摄影。

李眉在路上问我，想好了定哪套家具了吗？我说，前几天看到有一套红木的，好是挺好但价格贵了点。李眉说，上次我们一起看的那套样子虽好，但却是贴面的，然后她感叹着说，还是应该买好的，如果超出了预算，可以叫她爸妈赞助点。其实原本不会超出预算的，我一直控制着，就是结婚照一下子多花了七八千块，我原本只是顺着李眉的话随便地这么一说，并没有什么别的意思，可我没想到，李眉一下子不高兴了，一两千块的能叫婚纱照？别人看了要笑话的。上次我看了公司同事在巴黎婚纱拍的照片，那效果，别的价格别的店都拍不出。再说，一个人一生中能拍几次婚纱照啊，你不想拍得好一点，给我们留作人生重大事件的纪念？是、是，你别着急，我也没说不去拍，你看我们不还是正乐滋滋地坐在去巴黎婚纱的出租车上吗？

"师傅，请快一点，我们要晚了。"

"车堵，我也没办法，我也想快一点，能多做点生意呢！"

巴黎婚纱一楼的大厅装潢得十分华丽，我看得出：他们用的大理石和玻化石是意大利进口的，比我们客厅里用的合资的要昂贵许多，一平方的价格在一千元以上。那几盏吊灯我在灯具城也看见过，每盏都得要好几千。李眉已经不像在车上那样有情绪了，她挽着我，走过一个个化妆台，低声地跟我说，这里的环境真是不错。我心想，价钱也不错。但我说，生意还真好。

我们还没有站定，一个很漂亮的小姐就走了过来，她先是微微地向我们鞠了个躬，然后问，请问二位预约了吗？我们约在九点，路上车堵来迟了十分钟，真不好意思，李眉说这话时的笑容很好看，我好久都没看她这么笑了。

我们被安排在四楼单独的一个化妆间，领我们上去的小姐在电梯里时介绍说，我们选择的是价格昂贵的全套摄影，所以有自己专用的化妆间和摄影间，摄影师也是他们这里最好的。李眉"哦"了一声说，我们以为在一楼大厅呢，那里好像也不错。太吵，小姐撇撇嘴说，大厅太吵了，而且常有些无聊的人隔着玻璃站在店门口看着顾客化新娘妆，弄得人不自在。人家站在街上，我们又没法禁止他们看，所以凡是选择全套摄影的，我们都尽量安排在楼上，至于选择价格相对低廉的组合摄影的，公司只能委屈他们了。真是的，你在那儿化妆，别人像看表演似的看着你，感觉肯定不好，你们想的真是周到！李眉又一次很好看地笑了笑。

小姐下去的时候说：恭喜您二位，希望今天在我们这里，能留下二位美好的回忆。李眉依在我的肩膀上，和我一起说了声，谢谢。

开始化妆前，摄影师先自我介绍了一番，那是个戴着眼镜的中年胖子，不是那种衣着入时、扎着小辫瘦瘦的样子。他说他先进去调光，走开之后，三四个年轻的女孩不知从哪里一下子冒了出来，她们穿着粉红色类似护士服一样的制服，把我和李眉分别围在了两个化妆台前。李眉显得很自然，从容不迫的样子。我听见小姐夸李眉长得漂亮皮肤又好，李眉"咯咯"地笑着，她们好像还说了我什么，我没有听清楚。后来李眉甚至和小姐聊到了眼霜用"美宝莲"之类的牌子，会使脂肪在眼下聚集，还是用"资生堂"之类的日本牌子，感觉清爽。说实在的，虽然李眉在我面前有时会发点脾气，但她与别人闲谈时的样子，我真的很喜欢；她身上那种不失矜持的亲和感，那种见过世面的优雅，真让我有点骄傲。与她相比，当时我自己的感觉就有点不自在了——简直像在动手术：这么细致地让人在自己的脸上先一层层地去掉点东西，让后再一层层地涂上点东西，长这么大，这是头一回。哎，花了这么多钱，就找到了手术台的感觉，真是不值。可我转念一想，留着钱为了什么，还不是为了李眉高兴，李眉现在挺高兴的不是很好？而且说不定等照片出来了李眉会更高兴呢，更何况李眉说的也有道理，留个美好的回忆，也许多年之后，我和李眉看到照片时，还能想到今天，想到今天之前之后的很多事情；回忆很难用钱来衡量。就这样吧，别多想了，既来之，则安之，希望今天拍照顺利就行了——以前我不是这样的啊，什么都想着钱，肯定都是这段时间买房、装修搞的。

"窗外有人！"我正在走神，就听见李眉突然大声叫了一句。然后我，还有那三四个小姐不约而同地都转过了头去。

"哪呢，哪呢？"我起身站在了李眉的旁边，李眉说她刚才通过镜子的反光看见窗外有人，我顺着李眉手指的方向看去，果然，在和化妆台相对的几块窗玻璃的外面有人影闪动。四楼外面怎么会有人呢？虽然巴黎婚纱用的是淡蓝色的玻璃幕墙，有点影响视线，但窗外的的确是人影。我走了过去想看个究竟，快到窗户边上的时候，影子却好像一下子消失了。我心里犯着嘀咕，到底是什么东西？当我把脸靠在窗玻璃上，尽力向外面张望的时候，一个人从窗台下面缓缓地站了起来；那人在玻璃外面的动作并不是很突然，但离得太近——如果没有玻璃，我怀疑对方站起来时都会撞到我的下巴——我还是吓了一跳。

那人看来也被我吓了一跳。有那么十秒钟的时间，我们就这么隔着巴黎婚纱淡蓝色的窗玻璃互相对视着。我退了两步,这才看清楚,玻璃外边的是一个擦玻璃的工人,穿着类似于中山装样子的蓝色衣服,戴着口罩和安全帽,就两个眼睛露在外面。他站在简易的升降机上,系着安全带,手里还拿着刷子。

"是擦玻璃的临时工。"胖摄影师不知什么时候走了过来,"对不起,打搅你们了。"接着他向窗外摆了摆手,那意思是叫那人先到别处擦去,这里有客人,先别擦了。但是窗外的人好像没明白,还提着个刷子,一个劲地在那冲着我们点头示意,看不清他的眼睛,从身形上看,又清瘦又谦恭。

"叫你先擦别的地方,没看见这有客人吗?"摄影师从旁边打开了一扇窗,大声地说了一句。

那人终于明白了,很尴尬地向摄影师抬手道歉,然后笨拙地移着简易升降机,向上离开了。

"一个外地人。昨天他自己跑上门跟店里说,如果需要,他可以一天之内,把我们的玻璃幕墙擦干净。"胖摄影边从窗边踱回来边说,"反正我们的外墙需要擦了,就答应了下来。外地人,挣点钱不容易啊,这么大的一幢楼,他只要八百块,工具还自带。"他笑着摇了摇头,然后又跟我们说了一遍"对不起"。

化完妆又做好头发,时间已经到中午了。婚纱店的服务还真是细致，由于我们选择的是价格昂贵的全套摄影，他们还在中午给我们提供一顿免费的自助餐。在二楼吃饭的时候，李眉跟我说，这里的服务她很满意，心情高兴了，下午肯定能拍出好照片。

吃饭时我是面对着窗子坐的，李眉坐在我的对面，所以这一次首先看到窗外那个擦玻璃的人是我；我看见他时他正在用袖口擦汗，因为上午的事，我怕李眉再看到他情绪会受影响，就没有告诉她，自己也装作没看见的样子。但是那小子在窗外动作还特别多，老是让我忍不住会去看上一眼：他先是用刷子在那一直刷个不停，后来可能是看见里面的人在吃饭刺激了他自己的食欲，他弯下腰拿起了个像是馒头的东西，啃了起来，啃了几口他又弯下腰去，当我再看到他时，他已经拿着个水壶仰着头喝水了。

"看什么呢？"可能发现我老是向着她身后看，李眉问了我一句，同时扭过了头，"又是那个擦玻璃的？"

"是。"

"那有什么好看的？快点吃饭吧，吃完早点去拍照。"

照片一共有六组，也就是说，我和李眉要换六套服装，李眉还得换一次妆。摄影间的空调有点热，再加上灯光，刚拍到第二组，我身上已经出汗了。我提出是否可以把空调调低点，摄影师很遗憾地说，他也觉得热，但这里的是中央空调,一层楼有一个调节器,没办法。他给我递来了一块毛巾,然后说,现在开窗,会影响光线。拍完每一组,换衣服时你们可以休息几分钟,拍到第四组时,小姐要换妆,先生您就可以到窗口或者外面透透气了。

"他呀,就是口温泉,什么时候都冒热气。"李眉在一旁插嘴,然后她又低声地对我说,"怎么回事儿,轻松一点,坚持一下。"

但被摄影师指挥着摆出一个又一个姿势,做出一种又一种表情,真不是一件轻松的事儿。在拍第三组时,摄影师要求我做出要吻新娘的动作和表情,说实在的,在外人面前我有点害羞,做了几次都不理想。摄影师像是在给演员说戏似的对我说,先生你别不好意思,你是新郎,现在,在你的眼里除了新娘之外没有其他人,你尽量把这里想象成洞房。我一听他这么说就想笑,真要把这里当洞房,不是便宜你了?李眉拉了拉我的衣服说:"傻笑什么呢?认真点。"

"新郎看着新娘的眼睛,两眼中要充满温情,对、对……新郎的头再低一点,嘴唇自然一点,不要撅起来,挨得再近点,但不要碰到新娘的嘴唇,对、对……新娘的眼睛稍稍眯一点,要显出迷离感,对,对……新郎的眼睛不要眯,要在温柔中加上点刚毅,哎,好,就是这样,别动……"

"对不起。我鼻子上有一滴汗。"就在摄影师就要按下快门的时候，我实在忍不住痒，说了这句话。而且那也不仅仅是一个坚持的问题，我是这样想的：鼻子上有汗，拍出来肯定也不好看。

摄影师看得出有点失望，但还是笑着给我递过毛巾。但李眉好像真的有点生气了；她坐那儿一动不动，也不说话，只是拿眼睛看着我，我知道那意思是：你怎么这么多事！她肯定认为我对待拍结婚照的态度不端正，认为我这种态度和婚姻的神圣感很不合拍。"真是对不起！"我向摄影师表示歉意的时候拉了拉李眉的手，但她缓缓地把手抽了回去。

好不容易拍到了第四组，我也终于可以趁李眉换妆的时候休息一下了。我站在化妆间一扇打开的窗户边上，风从礼服的袖口吹到我的皮肤，凉爽了许多。窗外的商业街上的人们来来往往，都很高兴的样子，但我却一点也高兴不起来，李眉在拍那个镜头之后就没跟我说过话；在镜头前她微笑，但在一个镜头和另一个镜头之间，她就换上一副闷闷不乐的面孔，让人不敢相信在结婚照里的和现实中的是同一个人。

在这种时候，我还又一次看见了那个擦玻璃的。当时，他在三楼边干着活很高兴的样子。干一天，擦这么多玻璃才挣八百块钱，我不知道他有什么好高兴的。我在窗边感觉不舒服，我还是去厕所蹲一会，顺便抽根烟吧，反正李眉的妆还有一会儿。

抽第二支烟时,我好像听见了一声女人的惊叫,当第二声传到厕所的时候,我仔细一听:不好,是李眉。我赶紧捻灭了烟,拿起手纸胡乱地擦了几下,提着裤子就跑了出去。

"窗外有人!"李眉看见我,冲我大声说了一句,"你刚才跑哪去了?"

我说我在上厕所,听到叫声立刻就来了。我又问到底出了什么事?

李眉说,她刚才化完妆,就去了女更衣室换另一套婚纱,就在她衣服脱到一半的时候,感觉没有窗帘的那小半边窗玻璃外面有人影闪动,她就惊叫着穿好衣服跑出来了。

"该死的!肯定又是那个擦玻璃的,我一看到那小子,就觉得他不是什么好东西!"我抑制不住积聚了好一会儿的怒气,脸气得通红。

"没人,没人啊。"胖摄影从女更衣室里走出来,很纳闷地说着。我也跑了进去,打开窗户,四下里看了看——怎么没人,右面很远的地方,那个擦玻璃的不正干着活吗?他好像没注意到我在看他,一副专心致志的样子。但我稍微理智地想了一下,觉得他不可能在这里偷窥之后,两三分钟之内用他那个简易的升降机逃出那么远去。

"你们店怎么开的,更衣室的窗帘也不装好?!"判断错了,但我还在气头上,就大声质问摄影师。

李眉拉了拉我的衣服，意思叫我不要激动，还说，不能怪他们，也许是她自己眼花了。我看着李眉的眼睛，觉得说这话时，那里面流露的东西比前面拍照时的温柔了许多，我的气也就消了一大半。

重新走进摄影间前，李眉挽着我，和我一起向摄影师道了歉，她笑着说，都是因为我太紧张了。摄影师说，没事，他完全能理解。但我注意到说这话时，他的语气虽然还算温和，但脸上已看不到笑容了。

后面的几组照片拍得很快，我不知道是因为摄影师放低了要求呢，还是我的表现积极多了。照片拍得快了，李眉的心情也好多了，在又一组拍完休息的时候，她说，她刚才吓了一跳，但现在却挺高兴的。

"你还高兴，我刚才差点跟人家吵起来。"

"就是因为这个，我才高兴的。"李眉调皮地笑了笑，还说，"如果不是还要拍照，我真想吻你一下。"

最后一组是传统服饰照。我看着李眉穿着大红旗袍，我自己穿着长袍马褂站在一起的样子，打心眼里感到喜庆，那感觉有点像过年；年年年能过，这样拍照可能就不会有第二次了。这时，不知为什么我的心情变得很轻松，一切什么房子、装修、家具、预算之类的事都被我抛在了脑后，我准备要像李眉一样体验一下拍结婚照的快乐。而且摄影师重又露出了笑脸,又像给演员说戏一样地说个不停。

"好!一切OK!我保证几天后你们拿到照片时,会十分满意。"最后一张照片拍完之后,摄影师有点兴奋,可能是他感觉这一组发挥了他的水平的缘故,"我保证,多年之后,当你们再一次看到照片时,肯定忘不了今天,忘不了巴黎婚纱摄影。"这句有点像广告词,但把我和李眉都说乐了。

我们走出摄影间的时候,我看了一下表,已经是下午五点了。我和李眉那时都很快乐,我甚至也觉得今天这七八千块花得值了。

可是就在那时,我们却很奇怪地发现那几个穿着粉红制服的小姐都趴在窗边上,向楼下看着什么。

"出了什么事?"摄影师走向窗子,我们跟在他后面。

"那个擦玻璃的,干活时不小心从五楼掉下去,摔死了。"一个小姐告诉我们。

"真的?!什么时候的事?"摄影师惊讶地问。

"就在你们刚拍最后一组照片的时候,我们怕影响你们的情绪,没去打扰。"另一个小姐说。

李眉好像有点害怕,紧紧地靠着我。我探出头去,看见下面有着好几堆人群。

"警察已经勘察过了现场,尸体也已经被抬走了,是个女人,穿了男人的工作服。他男人在旁边哭得不行了,说自己手受伤了又不想失去这单生意，他老婆才提出替他去干活的。下面的是一些目击者，好像还有报社、电视台的人。"第三个小姐说。

"真是太倒霉了，你说，擦个玻璃却送了性命。刚才还是个活生生的人呢，转眼之间就……真是太倒霉了……她来给店里擦玻璃，我们连她叫什么都还不知道呢，她就……真是太倒霉了。"摄影师说。

"真是太倒霉了。他倒霉，我们也倒霉了，有人死在婚纱摄影店门口，传出去肯定影响生意。"第一个小姐这么说的时候，我看见摄影师赶紧用手捅了捅她，我想那意思无非是，有我们这对顾客在场，别说那样的话。

李眉和我都想赶紧离开巴黎婚纱。换下衣服，妆都没有卸我们就走了。走的时候，摄影师让我们留下地址，还很善解人意地说，不需要我们自己来取照片了，他们会派人给我们送去，如果有什么不满意的，再和他们联系。

在我们从电梯里出来走到大厅里的时候，有一个新闻记者模样的小伙子拿着个采访机之类的东西放到了我们面前，好像还问了一句什么问题。我说不清心里是什么滋味，李眉的情绪也看得出十分低落，哪里还有闲心回答问题，我一把推开他，搂着李眉径直朝大门走去。我听见那小子在我身后骂了句什么，但我真的不想搭理他。

出大门的时候，我不知李眉看到了没有，我是看到了那摊血；颜色变得发黑，好像都有点干了。我不知道那个擦玻璃的叫什么名字，但她的眼睛我能记得。我猜想她摔下来的时候，长头发会从安全帽中散开来。我可能是今天——她生命的最后时刻——看到她次数、想到她次数最多的人。出租车上，我和李眉没怎么说话。李眉就说了一句，"那个擦玻璃的女人真是太倒霉了。就和我们隔了层玻璃。"

我除了安慰李眉，脑子里也是空空的。今天一整天我们干了什么，甚至连我们刚才是怎么拍照的我都有点记不清了，但我却想起了摄影师拍完照时说的那句话："多年之后，当你们再一次看到照片时，肯定忘不了今天，忘不了我们的婚纱店。"我在这一个时刻也还想到：也许擦玻璃的女人和她的男人也曾拍过一张简朴的结婚照。

异禀

1

丁顶随父亲到了市里，之前的四五年，裁缝出身的父亲在外为了生意四处奔波，丁顶在家乡小镇上学，跟着爷爷生活。现在父亲办起了服装厂，生意小有规模，也在市里安了家。那天，暑假过了一半的光景，父亲开着车来镇上接丁顶走的时候，爷爷笑着送他们离开，丁顶看到爷爷扭过头去的时候抹了一把泪。爷爷说了，他会来城里看他的。

到了城里，父亲很兴奋地给丁顶展示他们的家和他的房间，丁顶的亲生母亲在他很小的时候就已病逝，后来父亲又结了婚，还给丁顶生了一个同父异母的妹妹丁梦。与丁顶不同的是，六岁的丁梦从小就一直和父母生活在一起，这让两个孩子之间显得有那么点隔膜。

一开始，丁顶在这个新家庭中拘谨又无所事事，在丁梦对着妈妈哭闹、不愿意练钢琴的下午，丁顶的思绪早已回到了和小伙伴们比赛潜水的嬉戏中。爷爷教会他游泳，在夏天常带他一起下河，丁顶记得，每当心中默数憋气到了快要坚持不住的时候，脑子里就会有很多事情快速地闪现，让他觉得很舒畅，好像能抓住和看清所有的事情一样。有那么一次，他在水里迷恋这种感觉，几乎溺水，是爷爷一把将他捞了上来。

丁顶走的时候，爷爷给了他一把老家的钥匙。丁顶问父亲，爷爷为什么不和他们一起来城里？父亲回答说，爷爷在镇上住惯了，不愿意来。

父亲早已给丁顶办好了转学手续，他说新学校是城里最好的小学了，他费了很大的劲还托了关系才办成。开学第一天去新学校，丁顶在全班同学面前介绍自己，他愣了好久，才说了自己的名字，班主任陈老师让他再多说些自己的情况，他缄口不语。一个调皮的胖男生站起来插话嘲笑他，"不会是个麻瓜吧？"丁顶能听出这句话的挑衅和侮辱意味，他知道霍格沃茨学院，也很喜欢有关哈利·波特的书和电影，课堂上的哄笑让丁顶更紧张了，他憋得满脸通红，大气都不喘一口，真想冲上去给那个不怀好意的胖家伙一拳，打在他的鼻子上。丁顶当然只是想想，不可能在老师的眼皮子下面真这么做，但很奇怪的是，他的头脑中却很清晰地出现了那个胖男生流鼻血、还把脑袋仰起的情景。陈老师的数学课上到一半,胖男生同桌的女孩举手报告说他又流鼻血了,丁顶惊异地回过头,看见胖男生把头靠在了后座的桌子上,拿白纸团塞着鼻孔,脸庞还有没擦掉的血迹。丁顶不相信这是真的,好像自己一下子会了魔法一样。

在学校里,丁顶有些不合群,在镇子上的时候他可不是这样,小伙伴里他是个头,有几回爷爷被老师叫到学校里,原因是他太调皮,上课老闯祸。爷爷从不会因为这些事凶他,还跟他说,男孩是要皮一点,皮一点才会更勇敢。

学上得虽不怎么快乐,但也有开心的时刻。同桌邱小婷,对他挺热情,好几次在同学欺生的时候,会挡在他的面前用很严厉但也好听的声音说"你们想干嘛?"她是学习委员,成绩好,课下还会主动问他有没有什么上课没有听懂的,还很积极地纠正他的英语发音。

有一天,陈老师在数学课上出了一道挺有难度的题,丁顶第一次听说这叫"奥数题"。全班只有邱小婷和一个叫孙劲豪的男生两人报出了答案,但陈老师说,孙劲豪的答案是对的,而邱小婷的错了。丁顶看见她满脸通红的样子。第二题似乎更难些,同学们小声议论着,一直都没有人回答,下课铃响了。后座的那个胖男生故意问邱小婷怎么解这道题,她没有理他,男生就挑衅地说,有什么了不起,去问孙劲豪喽,他肯定做得出。邱小婷很突然地一下子趴在桌子上哭了出来，胖男生还不依不饶凑过来起哄，丁顶气不过，推了他一把，对方一屁股跌倒在地。

在教师办公室里，丁顶挨了陈老师批评，陈老师弄清原委后，似乎也消了些气。她说："看来你是路见不平该出手时就出手啊，但是，你打抱不平也得有些本事才行啊，我希望不光是拳脚本事！"陈老师看她的意思丁顶不明白，就又补了一句："是学习的本事！"她说如果什么时候他能做出课堂上大家都没有做出来的数学题，才叫真本事。丁顶屏住呼吸，犹豫了一下说："我现在就会。"在陈老师回头拿纸笔让他做做看的时候，丁顶在这个过程中一直没有换气，他觉得脑海中有清晰的画面显示出问题的答案，他脱口而出。陈老师有些惊讶，让他在纸上演算出过程，看他的眼神都变了。她又问了几题，丁顶都对答如流，要不是上课铃响了，她都不会放他回教室。

很自然，丁顶很快就成了陈老师眼里有数学天赋的好学生，他在班级里的地位也变高了，非但不再有人欺负他，同学还时常主动向他示好，顺便问问数学题。学期中间还没到国庆节的时候，丁顶和邱小婷、孙劲豪一起被学校选去参加小学奥数比赛，但只有他一路过关，取得了市里的一等奖。回学校时，学生们围在他身边，还有人献花，他像个凯旋的小英雄。但是，他似乎有些心不在焉，他知道这一切不是因为什么数学天赋，而是因为自己那种奇怪的能力。每当遇到他解决不了的难题，他只要屏住呼吸就能解决，就像在镇上和爷爷一起游泳时憋气一样，只不过有些题要憋的时间长一点有些短一点而已。

在学校，其他同学渐渐和丁顶熟识起来，反倒是邱小婷对他一下子冷淡了很多。丁顶主动和她说话，她也不理，就像有些男同学跟他说的，女生真的很奇怪。

2

在家里，丁梦开始缠着跟哥哥一起玩了，她像个小老师一般教哥哥用钢琴弹音符。最简单的旋律让丁顶想起了爷爷教给他的童谣：

"姆姆你真早，半夜割晚稻；晚稻未开花，我要吃黄瓜；黄瓜味太淡，我要吃橄榄；橄榄太清味，我要吃甘蔗；甘蔗都是渣，我要吃金杏；金杏满肚子，我要吃糯柿；糯柿都是核，我要吃大蒜；大蒜味太辣，我要吃江蟹；江蟹十只脚，我要吃喜鹊；喜鹊尾巴长，看见亲娘叫阿爷。"

他哼唱起来，丁梦听得很入神，唱着唱着丁顶的眼眶就湿了。

镇上离城里其实并不是很远，开车也就两个小时左右，丁顶说了好几次想周末回去看爷爷，父亲总是以丁顶学习要紧、自己生意也忙为理由，推脱说放了寒假再说。丁顶有些埋怨父亲，忙生意，就知道忙生意！

天气有些凉了，出门上学得带上围巾，继母开车送丁梦上学有时也会捎上丁顶。那天早上出门时，丁顶看到两辆车挡在他家的车前面，好几个人从车上下来，大声喊着父亲的名字，丁顶从车里探出头去，一个剃着光头满脸凶相的壮汉还瞪了他一眼。父亲从家里急急出来，一边催促他们赶紧开车走快去上学，一边跟那几个人上了车。丁顶听见父亲说，不是说好了厂里谈的吗，怎么到家里来了？

深夜父亲和继母吵了一架，声音很大，丁顶不想偷听，但还是基本听明白了。继母在家做全职太太，花了不少时间弄股票啥的，应该是继母把一些工厂的流动资金偷偷拿去炒股被套，父亲只能借了一些高利贷填补，可没想到厂里的货销路又出了问题，没能及时还上钱。讨债公司的人几次三番地找到公司，今天又上门找到家里来了。丁顶不懂啥叫股票，但他听见父亲说要把房子抵押出去，应该不是一件小事。在镇上，有好几次据说是搞旅游的公司来想买爷爷的房子，爷爷都坚决没有同意，爷爷说，没了房子就没有了家。这话，丁顶记得。

丁顶曾看见过父亲和继母在书房的电脑前面对着红红绿

绿的数字和曲线指指点点，那就是股票。当他基本弄清了股票涨跌的红绿颜色之后，就有了尝试着帮父亲一把的冲动。有天放学早，继母在厨房收拾，他就偷偷溜进书房，对着打开的电脑里的炒股界面屏住呼吸，费了好半天劲，憋得满脸通红才记下了一只股票的名字，头脑中出现了它的走势图和红色的数字，而旁边的日期却是第二天。那感觉很奇妙，比他对付数学题时更有一种眩晕感，他不知道股票的问题会不会像数学题一样迎刃而解，从书房出来去卫生间差点吐了。

第二天早饭时，继母和父亲聊着股票的事，丁顶插嘴说他觉得有只股票今天肯定会大涨。儿子的行为让父亲觉得可气又可笑，他当然不会当真，还假装严厉地说："小孩子好好读书，谈什么股票？"下午收盘前，父亲接到了妻子的电话，兴奋的语气让他吓了一跳。"涨停了！"她在电话那头说，"你儿子会魔法啊？！"

没想到那只股票真的会涨停，晚上父亲追着儿子问他是怎么知道的，儿子说他就是知道，好像梦见了一般。丁顶在父亲的强烈要求下，第二天再次预测了一只股票，这次父亲照着买了，又涨停了。丁顶看见父亲在屋子里狂奔握拳，还对他又抱又亲的，禁不住产生一种陌生又熟悉的感觉，他蒙眬记得很小的时候妈妈还在，父亲似乎这样对待过他。

"乖乖，你真是我的好儿子！"

到底是怎样的一个过程，丁顶自己也说不清楚，在一段时间里，他反复多次帮着父亲预测了股票的走势，借的高利贷应该是还清了，父亲的工厂也重新走上正轨，看着父亲意气风发的样子，丁顶高兴但也有点慌。继母对他的态度也越来越亲热，有一回晚饭后，她拿出一整套哈利·波特的服装道具和玩偶送给他的当礼物。"知道你喜欢哈利·波特，这个送你。"继母语气中有夸耀的感觉，"听说学校要搞化妆晚会，咱儿子就来哈利·波特！"

以前在镇上，放学了天还早就出去玩一圈，吃完晚饭再写作业，爷爷从不干涉他。来了城里，放学本来就晚，到家了也没有什么可玩的，还会被大人要求着快点写作业。之前就是这样，现在情况却有了些奇怪的变化。父亲不怎么去工厂，会早早地等在学校门口接他回家，一到家就拉着他直奔书房的电脑前，丁顶知道：一周七天，工作日五天他上学股票就交易，周末两天他休息股票也休息，而且每天下午五点股票收盘，所以父亲想要他要赶在这个时间之前面对数据，屏住呼吸预测第二天的情况，有那么一两次，丁顶放学晚了，父亲还显露出些许怒气，这让丁顶有点不爽。

另一个让丁顶不爽的地方在于，对着电脑憋气一次两次没什么，次数多了，他都要憋得更久才能得到想要的结果，父亲和继母在一旁并不知晓他是怎么做到的，只会一个劲地说空洞的"加油"、"坚持"、"再试一次"之类的话。频繁使用这种奇异的禀赋,是很耗费精力的,近来丁顶时常感觉很疲倦,晚上睡不好,早上起不来,整个人都没什么精神。有一次,丁顶上课时竟然趴在课桌上睡着了。陈老师走到他身边用手拍了拍他的脑袋叫醒他。

"最近都干什么啦?"

"没干什么。"

陈老师让他到黑板上解答一道题,他迷迷糊糊地看了一下感觉并不知道答案,如果是以前,他偷偷憋气情况就会好转,但这次他就是觉得很累,实在是没有力气也没有兴致再这么做了。

"陈老师,这题我不会。"

"不会没关系,但不能取得一点成绩就骄傲,要脚踏实地继续进步才对!"

丁顶回到座位上低下了头,邱小婷十分疑惑地看着他。

放学的时候,丁顶看见他爸的车停在路边,他爸在车里打电话,他装作没看见故意绕过去,准备走回家。路上,好久没和他一同放学一起走的邱小婷从后面超过他,回头微笑着说:"你可不能骄傲啊,我还正在努力想赶上你呢。"丁顶跟上去,夕阳里,两个孩子并肩走在回家的路上。

丁顶在写作业,父亲笑嘻嘻地进来打搅他。父亲说下午等了他好久，后来过了五点他回来时竟然丁顶已经回来了。

"今天算了，明天还是得早点回来，就指望你啦！"

那天晚上，丁顶穿着哈利·波特的衣服，戴着眼镜拿着魔法棒，在房间里对着镜子跟自己说话，他决心不再使用这个特殊能力了，没有什么魔法，他要靠自己的力量努力学习，他要正常的自如的呼吸，不要再用憋气对付那些数学题了。同样，他也不想再帮大人们预测股票了，原本是为了帮他们渡过难关，没想到他们没个够。这段时间他老是想起爷爷跟他说的话，"要实诚！"那天邱小婷看他的眼神他也忘不了，如果知道他是靠着这样的方法成为好学生的，爷爷和邱小婷应该都会很失望。

3

要想预测不准是很简单的，后面几天丁顶虽然推脱不掉，但他胡乱报了几个股票，父亲买入都跌了。他也反复说之前都是蒙的，他想好好学习，别让他再弄什么股票了。丁顶很激动的样子，大人都愣住了。

被套牢了几笔资金之后，父亲确实不再来找丁顶弄股票了，但有一天晚上，电视里放着双色球开奖的直播节目，父亲看进去了，这回不是股票而是彩票的事情了。有几天每天早饭的时候，父亲总要让丁顶给他报一串数字，他记下来后再去彩票站下注。丁顶往往都是恶作剧地随便说了几个数字敷衍了事，还戏谑地说前几次股票都是蒙的，彩票就更没准了。好几次在双色球电视开奖前，父亲紧张得很，丁顶从自己房间的门缝里看出去都能感受到。丁顶也想过用一下特殊能力帮他中一个大奖，然后彻底摆脱大人在这方面的纠缠，但他再一琢磨，觉得又不能这样：他知道"欲壑难填"这个词的意思，他不希望父亲如此。

父亲的彩票从没有中过，但他却依然每次都要问了丁顶之后再买，他一期期地撕掉没中的彩票的过程丁顶看在眼里。与此同时，丁顶把心思都用在了学习上，有些他不会的，他也不去多想别人诧异的眼神，就是去问老师还有邱小婷孙劲豪他们，很快他发现原来自己根本就不用使用什么特殊能力，同样能解决那些数学难题。一个月左右，父亲渐渐相信儿子之前股票的事真的是蒙的，也不再拿这些事情烦他了，也不再买彩票了，而丁顶的成绩特别是数学成绩又一次回到了优秀。

生活终于恢复了平静，但平静的生活有一天突然被打破。那天丁顶放学回到家，家里竟然一个人也没有，平常这个时间，继母已经把丁梦接回来了。一直到天快黑了，家里都还只有他一个人，他给父亲打了电话，打了好几次父亲才接，告诉他出了点事，他们要再晚些才能回来，让他自己在家找点吃的，有人敲门千万别搭理。

那天很晚了，父母才回来。丁顶一直没睡，听到开门声就从房间里一下子跑出来。继母在哭，父亲在安慰她，丁梦没有回来。"丁梦呢？"丁顶意识到问题很严重。父亲说他们去报了案，刚从警察局里回来，丁梦失踪了。继母去接丁梦的路上和一辆骑摩托车剐蹭了一下，对方无理纠缠，好不容易处理完这个事再赶到幼儿园，丁梦就不见了，说是被接走了。大概一个小时以后，父亲接到了陌生电话，有人打电话来说丁梦在他们那，让父亲准备好一百万第二天送到指定的地点，不许报警。电话那头，丁梦在哭着喊爸爸妈妈。

父母犹豫再三还是报了警，警察了解了事情的经过和细节，制定了营救方案，让他们先回来休息，第二天按计划行事。丁顶看着父母着急的样子，心一下也悬了起来，他和丁梦这段时间已相处得很融洽，他可舍不得这个妹妹。父母很是担心对方知道他们报了警，而警察明天如果没法查出丁梦在什么地方实施精准营救的话，那丁梦怕是凶多吉少。

父亲让丁顶回房睡觉，退到房间里的丁顶怎么睡得着？他觉得自己不能袖手旁观，他得干点什么。看着妹妹的相片他屏住呼吸再次调动自己好久没用的特殊能力，希望能找到妹妹的下落。试了好多次，弄得满头大汗的他脑中的画面还是不清晰。夜深了，父母都回房间了，丁顶来到卫生间，他放了满满一大浴缸的水，然后趴了进去，那感觉像是在小镇边上的小河里憋气潜水。身边的水很丝滑，头脑中的图景可以瞬间切换很多的时空和场景，他睁开眼睛然后又闭上，在城市的角落里搜寻妹妹的身影。他知道明天的某个时刻之前，他如果没法知道妹妹的下落，后果不堪设想。一分多钟过去了，两分钟过去了，他想着再坚持一下，事情可能就不一样，但是他胸口疼得厉害，头也晕了，大概到了他的极限，他猛然把头抬起来，大口喘着气，几乎呕吐。那天晚上，在没有人注意到的卫生间浴缸里，丁顶就那么反复沉入，抬起，抬起再沉入，直到天都快亮了，他又一次从浴缸里露出头来，脸上带着一丝微笑……

让父母没有想到的是，第二天他们还没有把钱送到要求的地方，丁梦就被警察救了出来，地点是在老城区的一处出租屋里，绑架她的是一伙年轻人，为首的是那个讨债公司的光头。他们这伙人，看到丁顶他爸顺利还清了高利贷，猜想最近他一定有不错的现金流，他们在丁顶家蹲守了很久，摸准了丁梦妈妈接她放学的时间，故意安排了车辆事故，又找到幼儿园放学管理中的漏洞，把丁梦抱上小面包车就走。后来据交代，他们也曾准备绑架丁顶来着，因为丁梦是每天接送上下学的，而丁顶有时会自己走回家。后来他们跟踪了丁顶几次，发现他总和一个女同学同路，而且看他那个机灵的样子可能也不太好对付，才又打起丁梦主意。

父母抱着丁梦激动地哭泣，丁梦也哭，父亲一个劲地感谢警察，警察说他们一早接到一个从公共电话打来的举报，提供了具体的地址，说在这里看到可疑的情况，警察这才如此安全顺利地救出人质。父亲说真要好好谢谢举报人，警察说举报电话是从一个公共电话亭打出的，他们也在找这个人。

丁顶在家等丁梦回来，他带着欣慰的笑容抱过妹妹，给她擦去这会又流出的眼泪。

4

冬天到了，元旦假期一家人去看爷爷，乡村的景色让丁梦兴奋不已，她跟在哥哥身后跑向爷爷。爷爷一手一个搂着他们，显得有些吃力。丁顶开始很高兴，却很快觉察出爷爷有些异样，他若有所思收敛起笑容，偷偷地憋着气使用着他的特殊能力，脑中却没有一些关于爷爷的清晰画面，反倒是父亲打开一瓶酒无意中发现中了十元奖的情景老是跳出来。吃饭的时候，父亲真的中了奖，兴奋得像个孩子，大叫着："买了好多彩票一个也没中，今天终于中奖了。"啤酒从瓶中喷了出来，弄得到处都是，丁顶提前拿盘子挡了自己的脸，他知道这样的情景会发生。

学期也快要结束了，课堂上，陈老师宣布了一放寒假丁顶就要代表学校去省城参加全国奥数比赛的消息，邱小婷很认真地鼓掌，还侧过脸来跟他说："加油！"

丁顶很高兴，他知道这次和上次去市里比赛的情况不一样，这次他经过了艰苦的努力，完全是靠自己的能力。他给爷爷打电话报告了要去比赛的消息，爷爷也很高兴，夸孙子真棒，说等省城的比赛完了，他就来市里看他，和他们一起在市里过年，他还说给丁顶准备了他最爱吃的松糕。

要去省城的那天清晨时分，丁顶从睡梦中惊醒，他仿佛梦见爷爷从床上踉跄着摔倒，然后一动不动地趴在地上的情景，爷爷床头药瓶里的药丸洒了一地。让他担心的是，他不知道这是真的梦境，还是他呼吸不畅导致的脑中情景。丁顶定了定神，憋足了一大口气，周围的环境看不清，但爷爷趴在地上的景象又一次出现了。不能耽搁了，丁顶急急地收拾了一下东西，带着爷爷给他的老家钥匙，跑出了家门。

天亮时父亲叫丁顶起床，说要出发去省城了，却发现丁顶不见了。

丁顶搭长途车回到小镇，一路向老房子跑去，他不断地想使用特殊能力，但奔跑时憋气是很难受的，他脑子里却混乱一片，什么也感受不到。丁顶打开家门，家里没有人，他一口气又跑到老街的茶馆，跑到小河边，跑到公园的广场，这些爷爷常去的地方都没有爷爷的身影。有认识的长辈看见他，还来不及问一句"小顶，干啥呢？"他就风一样地跑过去了。他也跟隔壁邻居奶奶打听爷爷的下落，得到的是"昨天晚上还在一起跳广场舞，早上还真没看见！"之类的回答。他哭着再次找了一大圈后回到老屋，憋着长长的气想得到一些线索，但还是徒劳。恍惚中，他看见爷爷从门外逆着光走回来，手里拎着一堆做松糕的原料。丁顶喊了声"阿爷"，就晕倒在爷爷怀里。

"姆姆你真早，半夜割晚稻；晚稻未开花，我要吃黄瓜；黄瓜味太淡，我要吃橄榄；橄榄太清味，我要吃甘蔗；甘蔗都是渣，我要吃金杏；金杏满肚子，我要吃糯柿；糯柿都是核，我要吃大蒜；大蒜味太辣，我要吃江蟹；江蟹十只脚，我要吃喜鹊；喜鹊尾巴长，看见亲娘叫阿爷。"

伴着这首童谣，丁顶仿佛又回到了和爷爷在小镇生活的时候，一些似真似幻的画面浮现在丁顶的脑海中，又是祖孙两人裸着上身在潜水的情景，丁顶从水里出来，站在身边的爷爷突然不见了……

丁顶从医院醒过来，发现父亲在他面前，他问，阿爷呢？阿爷在哪里？父亲说，阿爷没事，就在隔壁房间的病房。父亲说，丁顶晕倒后，爷爷把他送到镇医院，然后给他打了电话，他急急赶过来，救护车又把丁顶转移到市医院。到了市医院，爷爷突发了心脏病，但好在是在医院发的病，很快得到了及时救治，没有生命危险，要是一个人在家里时犯了病，那就危险了。

丁顶昏迷了两天，医生的结论是大脑缺氧导致昏迷，可能是压力太大，太紧张了，或者太疲劳的原因。医生说：这事很有意思，是不幸中的万幸，孙子晕倒，爷爷把孙子送到了医院，没有耽搁；又因为送孙子来医院，爷爷虽然突发心脏病，但也避免了悲剧的发生。

春节前，丁顶和爷爷一起出院了，爷爷和他们一同在市里过年。经过了这一次，爷爷也答应留在市里和他们一起住。丁顶错过了比赛，老师和同学们都为他可惜，但他自己知道得到了更宝贵的东西。

这次生病让丁顶失去了那种特殊能力，他还偷偷试了几次，发现真的是没有了。丁顶感觉这是好事，一家人在一起他很幸福。新学期开始的时候，他依然是一名优秀的好学生，对自己充满了信心，在这次没有别人知道的蜕变之后，丁顶快乐又安心。

语言的流动与故事的生长（代后记）

对文学的兴趣是以阅读而非写作开始，这很自然，但阅读和最初的写作之间在我这里隔开了较远的时间，这却和大多数写作者不同。漫长的少年时代似乎没有清晰的文学启蒙，除了"作文"，我几乎没有写过什么东西，但小说却看了不少。我记得，我写的第一篇小说习作是大学四年级临近毕业前，那时我从复旦管理学院的理科专业已经考上了复旦中文系现当代文学的硕士研究生，而之所以会决定由理到文跨专业读中文系研究生，也不是因为小说写作，而是因为此前三四年时间懵懂的诗歌写作经历让我产生了诗歌研究的热情。在复旦中文系硕士和博士研究生的五六年间，最初的学术训练与初步相对集中的小说写作是同一个时间过程，而两者在思维方式、表达习惯，甚至需要的生活状态上又很不一样，所以我一直需要有一个"开关"进行切换，这是要做又不一定能做好的事情。

那时的校园生活很简单，很难说有什么丰富的生命经验，阅读经验多大程度上能较为自然地进入到小说的写作实践中，也是一个问题。但是，有意思的是，当时对于欧美现代主义诗歌乃至中国白话新诗的大量阅读和粗浅研究，确实一定程度上给我提供了一些小说写作的素材和启发。往前追溯，对先锋派小说家诸如马原、残雪、余华、苏童等人的小说阅读较多，进而又由他们读了一些所谓"后现代主义"作家诸如卡尔维诺、博尔赫斯、雷蒙德·卡佛、戴文·坡等人的作品，所以写作中就有了《马拉美的婚礼》《青年主人公》《达利的一天》等这些"刻意"的模仿。在那个时期，似乎叙事比故事本身更让人兴奋，语言的流动也似乎更想去追求一些所谓的诗意。

读博士研究生时，中国当代先锋文艺思潮是我的主要研究内容，而这其中"底层叙事"和"边缘文化"又从理论层面影响到我的小说写作实践，《寻找李眉》《左肾》《呼喊》《玻璃》《痊愈》可以说就是这样的作品：有了更现实的底层场景、更生活化的故事逻辑，但又想在其中找到一些相对新鲜的表达。另一个角度上，带有一定青年性和都市感的日常生活也成为故事生长的路径，诸如《面试》《别人的房子》《醉酒带来歌唱》里面有我比较熟悉的生活和人物，当然，在选择性回忆中，故事离生活似乎更近了，这样的带有法国"新小说"味道的策略，也可能因为我自己小说叙事能力的欠缺，反而离真实更远了。

先后在上海大学文学院和影视学院（2015年后的上海电影学院）的工作让我把更多的经历投入到了教学、研究和学院工作中，兴趣领域也更多地从文学转向电影。一个契机，我有可能与看到我小说《左肾》的电影创作者和投资方合作，拍摄一部根据《左肾》改编的电影，我做了编剧的工作，写了好几稿的剧本。虽然因为各种原因这部电影最终没能拍成，但我零敲碎打的编剧工作却由此开始了，后来也陆续编剧或者策划了一些影视剧、网剧，也在不断与一茬茬年轻人的交流中监制和指导了不少学生短片。

我的小说写得原本就不是很勤，而且只写中短篇，也从未写过长篇。我曾出版过一本叫《天才／疯子：达利画传》的书，某种程度上说，在保持了传记的基本属性的同时，我是把它当作长篇小说在写。小说写作的快感，在我看来也就是那种"语言的流动和故事的生长"美妙之处依然让我着迷。所以，后来还是断断续续地写出了几篇带有孩子视角的"儿童题材"短篇小说，比如《对岸的树林》《异禀》等。因为写剧本的关系，还用写剧本的方法在小说里处理了一个历史题材，写了《三声炮响》，是比较注重场景、动作、情节和现实因果逻辑的写法。

很有意思的是，虽然小说写得不勤，但一种"先锋"的冲动似乎还没有完全消失。所以,《迷影》这样一个把"一日旅行"和"电影发明"结合在一起的"怪诞"故事,《周年》这样对第一人称叙事主人公性别故意进行模糊的"叙事实验"也会出现,出现时似乎还带着语言流动的基因。

这本小说集里的作品,一半以上曾经在《山花》《小说界》《小说家》《青年文学》等文学杂志上发表过,其余的包括较为晚近的作品也没有再"投过稿"。这些年来,我发表了不少论文、电影评论,也出版了《先锋及其语境:中国当代电影的探索策略研究》《光影路:世界电影地图(三卷本)》《现象与影像:立雪斋电影笔记》《光影中国十讲》等几本书,《华语电影三城记:城市电影地图(三卷本)》《中国当代电影研究的三个向度》等书也都完成,在出版过程中。近几年来,诗歌写作在中断了若干年后又成为我的习惯,剧本和小说也都在有一搭没一搭地写着,这三者之间的差别是显然的,却在我这里又有着一定的公约数和兼容性:创新、诗意、语言流动而具有的美感、故事生长中的生活质感,乃至形式与内容、创意与手艺的关系之类的问题是我能意识到、但未必能真正解决好的事情。

小说是"个人写作"的成品,而非"集体协作"的半成品,所以作者有着很大的自主性,而这样的自主性要成为写作的韧性又颇为不易。坦率地说,我也有过一些长篇小说的写作计划,但事务繁忙导致的"时间碎片化"一定程度上阻碍了计划的执行,希望这本由十六个短篇小说组成的小说集的出版,能够多少鼓励和刺激我在小说写作上投入更多的时间精力和毅力韧性,未见得能"输出"什么了不起的东西,但求一来别让读到我这些"语言"和"故事"的人太过失望,二来让那些一直打动我的"流动"和"生长"能够继续。

程波

2022 年 10 月

图书在版编目（CIP）数据

迷影/程波著.-上海：上海文艺出版社.2022.12
ISBN 978-7-5321-8525-2
Ⅰ.①迷… Ⅱ.①程… Ⅲ.①短篇小说－小说集－中国－当代 Ⅳ.①I247.7
中国版本图书馆CIP数据核字(2022)第216213号

发 行 人：毕　胜
策　　划：李伟长
责任编辑：李　霞
封面设计：人马艺术设计·储平

书　　名：迷　影
作　　者：程　波
出　　版：上海世纪出版集团　上海文艺出版社
地　　址：上海市闵行区号景路159弄A座2楼　201101
发　　行：上海文艺出版社发行中心
　　　　　上海市闵行区号景路159弄A座2楼206室　201101 www.ewen.co
印　　刷：崇明裕安印刷厂
开　　本：1240×890 1/32
印　　张：12.125
插　　页：2
字　　数：212,000
印　　次：2022年12月第1版 2022年12月第1次印刷
Ｉ Ｓ Ｂ Ｎ：978-7-5321-8525-2/Ⅰ·6720
定　　价：58.00元
告 读 者：如发现本书有质量问题请与印刷厂质量科联系　T：021-59404766